Adriana Popescu

Paris, du und ich

DIE AUTORIN

Adriana Popescu, 1980 in München geboren, arbeitete als Drehbuchautorin fürs Fernsehen, bevor sie für verschiedene Zeitungen, Zeitschriften und City-Blogs schrieb. 2012 gelang ihr mit dem E-Book »Versehentlich verliebt« der Auftakt einer Reihe von Überraschungserfolgen. Mittlerweile harrt eine große Fangemeinde ihren nächsten Veröffentlichungen entgegen, die in mehreren großen Publikumsverlagen erscheinen. Mit »Paris, du und ich« legt sie nun ihren heiß ersehnten zweiten Jugendroman vor.

Von Adriana Popescu sind bei cbj erschienen:
Ein Sommer und vier Tage (40337)
Paris, Clara und ich (21593)
Mein Sommer auf dem Mond (31198)
Schöne Grüße vom Mond (22178)

Mehr über cbj auf Instagram unter
@hey_reader

Adriana Popescu

Paris, du & ich

cbt

Dieses Buch ist auch als E-Book erhältlich.

Für alle Pink Flamingos

MIX
Papier aus verantwortungsvollen Quellen
FSC® C014496
Verlagsgruppe Random House FSC® N001967

1. Auflage 2018
Erstmals als cbt Taschenbuch April 2018

Umschlaggestaltung: *zeichenpool, München
unter Verwendung der Abbildungen
von © shutterstock (Alexej Losevich; coka)
MP · Herstellung: CM
Satz: Uhl + Massopust, Aalen
Druck: GGP Media GmbH, Pößneck
ISBN 978-3-570-40366-2
Printed in Germany

www.cbj-verlag.de

»Paris is always a good idea.«

Audrey Hepburn

Ne me quitte pas

Verlass mich nicht

Liebes Paris!

Jetzt ist er also da. Der Tag, vor dem ich mich die letzten Wochen so sehr gefürchtet habe, ist da. Heute Nacht habe ich kaum geschlafen. Wieso ist einem, wenn man sich verknallt, nie bewusst, wie schmerzhaft so ein Abschied sein kann?
Dabei darf ich mich nicht beklagen. Immerhin waren die Tage mit Alain wirklich zauberhaft schön. Auch wenn ich weiß, dass er sich ein bisschen mehr erhoffte, glaube ich, dass er die Zeit sehr genossen hat. Zu dumm, dass Du ihn jetzt zurückbekommst und Stuttgart wieder grauer wird. Dir, liebes Paris, kann ich keinen Vorwurf machen, denn welche Stadt hätte nicht gerne einen Typen wie Alain wieder zurück? Worüber ich mich aber beschweren kann, das ist die Deutsche Bahn.

Liebe Deutsche Bahn!

Jeden Tag hast Du gefühlte vier Stunden Verspätung, nie bist Du pünktlich, oft verpassen Tausende Menschen ihre Anschlusszüge. Im Winter geht die Heizung nie, während im Sommer die Klimaanlage ständig ausfällt. Einmal verlasse ich mich darauf, dass Du nicht funktionierst – und was passiert? Ausgerechnet heute bist Du überpünktlich? Das ist so typisch! Schönen Dank für nichts!

Deine Emma

Alain, der lässig neben mir steht und dabei aussieht, als würde er von vier Modefotografen für das neue Cover des *GQ Magazins* fotografiert, bekommt von meinem Disput mit der Deutschen Bahn, den ich in mein kleines, schwarzes Notizbuch schreibe, natürlich nichts mit. Am Gleis, das uns gegenüberliegt, wird durchgesagt, dass der Zug leider fünfzehn Minuten Verspätung hat. Ich würde für fünfzehn Minuten gerade eine Niere und meinen kleinen Bruder Sebastian verkaufen! Nützt nur alles nichts: Der Zug nach Paris wird pünktlich sein. Alain wird erst nach Karlsruhe und dann, wenn er umgestiegen ist, in seine Heimatstadt zurückfahren. Zurück nach Hause. Weg von mir. Ich sehe wieder zu Alain, der zuerst einen Blick auf die Uhr wirft und mir dann ein Lächeln schenkt.

»Du wirst mir fehlen, *ma rouquine.*«

Ma rouquine – das bin ich. Sein Rotschopf. Ich liebe es, wenn er mich so nennt. Und dann der süße französischen Akzent, wenn er Deutsch spricht – zum Verlieben! Er klingt dann so sexy. Dabei streckt er seine Hand aus und ich lehne instinktiv meine Wange dagegen. Ein Kloß bildet sich in meinem Hals bei der Vorstellung, dass er bald schon wieder verschwunden ist und uns nichts weiter bleibt, als wirklich alle Kurznachrichtendienste dieser Welt zu nutzen. Dabei haben wir uns die letzten vier Wochen täglich gesehen. In der Schule, bei mir zu Hause, abends mit den anderen Austauschschülern Stéphanie, Cathérine und Co. Ständig! Ich habe mich viel zu schnell an seine Anwesenheit in meinem sonst recht öden Leben gewöhnt. Alain hat endlich die Zutat in mein Leben gebracht, die ich aus zahlreichen Büchern kenne, auf die alle Mädchen in meinem Alter warten: Verknalltheit, die Schmetterlinge in meinem Bauch Loopings drehen lässt.

Er lächelt und zeigt seine perfekten Zähne, die ihm Mutter Natur zum restlichen perfekten Aussehen auch noch mitgegeben hat. Ich musste bis vor einem halben Jahr eine Zahnspange tragen, um endlich entspannt lächeln zu können. Aber Alain ist einfach makellos, so wie er eben ist.

»Vielleicht dauert es gar nicht so lange, bis wir uns wiedersehen.«

Doch wir wissen beide, dass es trotzdem viel zu lange dauern wird. Der Schüleraustausch ist vorbei, somit zieht bei uns wieder die Normalität ein. Die Zeit der Schmetterlinge, wenn wir uns in Bio ein Buch teilen mussten oder er wie zufällig nach meiner Hand gegriffen hat, sie ist vorbei. Er muss zurück an seine Schule in Paris, dagegen wird mir Stuttgart wieder blass und langweilig vorkommen. So wie früher, bevor er in mein Leben gekommen ist. Vier

Wochen. Nur vier Wochen, aber die haben gereicht, um mein Herz an ihn zu verschenken. Wer braucht schon die Realität, wenn man Tagträume haben kann? Ich bin eine Meisterin der Tagträume, angestachelt von den Büchern, die ich verschlinge, in die ich am liebsten kriechen würde, wenn mir mein Leben zu öde und durchschnittlich vorkommt. Alain legt seine Arme um meine Taille und zieht mich zu sich ran.

»Du wirst mir so fehlen.«

Er wickelt eine Strähne meiner roten Haare um seinen Zeigefinger und sieht mich über den Rand der Sonnenbrille aus traurigen Hundeaugen an. Meine Gesichtsfarbe passt sich der meiner Haare an, wenn ich daran denke, wie viele gemeinsame Fotos mir bleiben. Würde jemand das Album auf meinem Handy durchsehen, könnte man mich für eine obsessive Stalkerin halten.

»Ah, Emma! Du bist so ... *extraordinaire.*«

Sein Daumen streicht über meine Wange. Ich muss kurz die Augen schließen und mir dieses Gefühl genau einprägen, weil ich es schrecklich vermissen werde. *Ich bin außergewöhnlich.* Das habe ich schon häufig gehört. Allerdings wurde es meistens mit einem sarkastischen Unterton vorgetragen, nämlich immer dann, wenn ich mit der Nase in einem Buch verschwunden bin und Einladungen zu den angesagtesten Partys der Schule dankend abgelehnt habe, weil ich lieber Zeit mit fiktiven Figuren aus den Romanen Hemingways verbringen wollte. Hoffentlich meint Alain es jetzt im positiven Sinne, denn ein klassisches Kompliment ist es sicher nicht.

»Ich habe noch nie ein Mädchen wie dich getroffen.«

Auch das könnte, wenn er es anders betonen würde, alles andere als ein Kompliment sein. Seine Lippen streifen meine. Ich spüre, wie sich mein ganzes Leben dreht. Wenn mir jemand erzählt hätte, dass sich der heißeste Typ der Austauschklasse ausgerechnet in mich verknallt, er mit mir jede Minute verbringt und mich jetzt am Bahnhof zum Abschied in seinen Armen hält und küsst - ich hätte ihn gefragt, aus welchem Liebesroman er das wohl hat. Mein Leben war bisher nicht gerade die Vorlage für einen Bestseller der romantischen Unterhaltungsliteratur. Doch das hier ist kein Tagtraum. Es ist meine neue Realität. Bevor ich die Tränen zulasse, die sich zum Abschied sehr präsent in den Vordergrund drängen wollen, küsse ich schnell seine Lippen und erhoffe mir ein Lächeln, das die Grübchen auf seinen Wangen zum Einsatz bringt.

»Du wirst mir fehlen, Alain.«

Jaja, ich weiß, ich weiß! Ich bin jung, die Welt mit ihren Abenteuern liegt noch vor mir. Die große Liebe, die man für gewöhnlich nicht schon mit sechzehn findet, schlendert irgendwo da draußen ahnungslos durch den Alltag und weiß nicht mal, dass ich existiere und gerade in den Armen des falschen Jungen mein Herz verliere. Im Moment fühlt sich Alain aber richtig an. Er lächelt - wenn auch grübchenlos - und drückt mich kurz an sich. Mein Magen krampft sich zusammen, weil ich spüren kann, wie unspektakulär mein Leben in weniger als zehn Minuten wieder sein wird. Dann bleiben mir die erfundenen Geschichten anderer Autoren und mein kleines, schwarzes Notizbuch, in das ich meine Gedanken, Gefühle und Tagträume hineinschreibe. Ohne das Buch wäre ich wohl schon längst durchgedreht und von meinen Eltern irgendwo eingeliefert worden. Statt nämlich ihnen oder meinen Freundinnen Bea und Luisa davon zu erzählen, banne ich meine geheimsten Träume lieber auf Papier.

»Ich werde dich jeden Tag anrufen.«

Ich nicke tapfer, obwohl ich weiß, dass es sich wie *Cold Turkey* anfühlen wird. Wie soll man von Sich-jeden-Tag-Sehen auf Ein-Anruf-am-Tag umsteigen, ohne die Entzugserscheinungen in ihrer vollen Grausamkeit zu spüren?

»Vielleicht kann ich dich besuchen kommen? Ich war noch nie in Paris.«

Alain scheint einen Moment über meinen Vorschlag nachzudenken. Paris. Die Stadt, in der all meine Helden eine Zeit lang gelebt haben, die sie in ihren Büchern beschrieben und mir damit ein klares Bild in meinen Kopf gezeichnet haben. Die erwähnte *Lost Generation*: Ernest Hemingway, F. Scott Fitzgerald, James Joyce, Samuel Beckett. Nicht gerade die Autoren, die andere Mädels in meiner Klasse gerne lesen. In meinem Kopf entspinnen sich tausend Tagtraumvarianten unserer gemeinsamen Zeit in der Stadt der Liebe. So oft habe ich mir gewünscht, durch Paris auf den Spuren meiner Autorenhelden zu wandern. Ist jetzt Alain die perfekte Ausrede für einen Besuch?

»Ich könnte dir den Tour Eiffel zeigen. Champs-Élysées. Den Louvre und die Mona Lisa.«

Ich nicke begeistert und hoffe, er zeigt mir auch das Paris abseits der Touristensehenswürdigkeiten: Montmartre und das Quartier Latin, dort, wo die Künstler sich die Nächte um die Ohren geschlagen haben. Da könnte ich auch hingehören!

»Und auch Montmartre?«

Alain wirft mir einen zweifelnden Blick zu und schüttelt den Kopf.

»Montmartre ist nicht Paris. Ich zeige dir die coolsten Bars, wo die Stars abhängen.«

Das ist bestimmt auch cool. Mir wäre allerdings eher nach einem kleinen Café, in dem vielleicht auch Fitzgerald mal ein paar Zeilen geschrieben hat.

»Ich habe einmal Karim Benzema in einer Bar getroffen. Er hat mir zugenickt.«

Das sagt er nicht ohne Stolz. Ich versuche mich an einer gespielten Begeisterung, auch wenn ich keine Ahnung habe, wer besagter Star wohl ist.

»Du wirst Paris lieben! Eine Schifffahrt auf der Seine ...«

Er zwinkert mir zu.

»... bei Nacht.«

»Das klingt toll!«

Wenn auch nicht ganz so wie in meinen Tagträumen. *Nur nicht undankbar sein, Emma!* Paris ist immerhin Paris. Montmartre kann ich mir im Notfall ja auch alleine ansehen.

»Wir gehen schick im neuesten Restaurant der Stadt essen. Nur wir zwei.«

Wieso verspüre ich plötzlich den Drang, sofort mit ihm in den Zug zu steigen und nach Paris zu flüchten? Stuttgart klingt gerade so unglaublich uncool – noch mehr als ohnehin schon. Neckar versus Seine. Fernsehturm versus Eiffelturm.

»Wenn du unbedingt nach Montmartre willst, könnten wir uns eine Show im *Moulin Rouge* ansehen.«

Als er das sagt, lässt er seinen Blick über meinen Körper streifen, was sich merkwürdig anfühlt. Ich bin es einfach nicht gewohnt, so von Jungs angesehen zu werden. Um aufzufallen, bin ich zu klein, ich stehe selten in der ersten Reihe der Aufmerksamkeit und gehe in einer Menschenmenge schnell unter, wenn man von meinen roten Haaren einmal absieht. Alain sieht mich aber mit diesem Funkeln in den Augen an, das mir noch immer irgendwie unangenehm ist.

»Okay!« Meine Stimme klingt merkwürdig belegt, fast muss ich die Worte herauszwingen. Alain nickt nachdenklich, als wäre ihm gerade noch etwas eingefallen.

»Aber ich habe erst mal sehr viel zu tun. Das *baccalauréat* wird kein Spaziergang.«

Natürlich, das Abitur. Ich sollte nicht so egoistisch sein und einfach auf den perfekten Moment für einen Besuch bei ihm warten. Manchmal lohnt sich das Warten. Das waren auch meine Worte an ihn, als er etwas enttäuscht auf meine Absage einer gemeinsamen Nacht reagiert hat.

»Wir können das ja in aller Ruhe planen. Meine Eltern haben eine schöne Wohnung in Nizza. Wir könnten dort den Sommer verbringen.«

Sommer in Nizza!? Mit Alain! Sofort erstelle ich im Geiste schon mal einen Plan, auf welche kalorienhaltigen Speisen ich in den kommenden Monaten verzichten müsste. Alain sagt zwar, das habe ich nicht nötig – aber wer weiß schon, wie die Mädchen in Nizza so aussehen? Man will ja kein Risiko eingehen. Aber in meinem Kopf meldet sich auch eine leise Stimme, die Nizza weit hinter Paris einstuft. Statt am Strand zu liegen, würde ich lieber die vielen Treppen zur Sacré-Cœur erklimmen.

»Emma, du machst dir doch schon wieder Gedanken ...«

Alain setzt zu seinem perfekten Lächeln an, das die Grübchen in den Wangen zum Vorschein bringt und sein Michelangelo-Gesicht eine Spur frecher macht. Dieses Lächeln, das mich vom ersten Moment an verzaubert und meine Gedanken auf Wolke sieben katapultiert hat, direkt gefolgt von meinem Herzen, das ich freiwillig hinterhergeschossen habe! Er nimmt mein Gesicht sanft in seine Hände. Seine tiefblauen Augen mustern mein Gesicht, als könne er meine Gedanken lesen.

»Wir sehen uns hundert Prozent wieder.«

Es klingt wie ein Spruch aus einem Film, bei dem ein muskelbepackter Bösewicht dem guten Cop droht, und nicht nach einer Szene, zu der jetzt zauberhafte Musik im Hintergrund eingespielt wird. Auch wenn er sich Mühe gibt, es romantisch klingen zu lassen, bin ich kurz verwirrt und lasse zu, dass Alain mich erneut küsst. Franzosen küssen einfach gut. Weil sie das »Gute-Küsser-Gen« haben. Nur nicht daran denken, dass das hier der letzte Kuss für eine sehr lange Zeit sein wird. Nicht daran denken!

»Achtung bitte an Gleis neun. Der IC 2260 nach Karlsruhe fährt ein.«

Alain ist extra einen Tag länger geblieben, anders als die anderen Austauschschüler. Somit hat er uns 24 Stunden mehr Zeit geschenkt, hat aber jetzt eine längere Zugfahrt inklusive Dreimal-Umsteigen vor sich, weil der TGV ausgebucht war. Das alles hat er für mich getan.

»Ich will dich nicht loslassen!«

»Kann ich verstehen.«

Er zwinkert mir zu, und sofort klopft mein Herz gegen meine Rippen, als wolle es mich darauf aufmerksam machen, was für eine Wirkung solch kleine Gesten auf mich haben. *Das ist mir aber auch ohne deinen beschleunigten Puls aufgefallen, liebes Herz!* Wobei es etwas unrhythmisch klopft. Leider weiß ich nicht, welcher Morsecode das sein soll. Eine Warnung?

Alain schultert seinen Rucksack und schnappt sich den schicken, glänzenden Rollkoffer, der bestimmt so viel wie ein Kleinwagen kostet.

»*Ma rouquine!* Ich werde dich ganz sicher nicht vergessen.«

Ich glaube ihm, weil ich das so will. Alain lässt mich los. Mit einem Mal passiert alles so schnell, auch wenn das Auseinandergehen filmreif ist: ein letzter Kuss, meine Tränen, sein Lächeln. Dann steigt er ein, winkt und ist verschwunden. Ich laufe den Zug entlang und begleite ihn, bis er zu seinem Sitzplatz gelangt. Er muss noch mal zu mir sehen, weil das in guten Büchern auch immer so ist. Das gehört doch zur Standardausstattung von solchen Abschiedsszenen. Ich beobachte, wie er seinen Koffer auf die Ablage wuchtet. Auf dem Platz am Fenster sitzt ein junges Mädchen, das ihn bewundernd ansieht. Sofort zieht sich mein Herz schmerzhaft zusammen. Wie gerne würde ich mit ihr tauschen und noch etwas mehr Zeit mit ihm verbringen. Sie lächelt ihn an. Wie er reagiert, kann ich von meiner Position auf der anderen Seite der Scheibe leider nicht erkennen.

In solchen Situationen wäre ich gerne cool, lässig und total abgebrüht. Stattdessen klopfe ich an die Scheibe des Zuges und erschrecke eine alte Dame fast zu Tode. Meine Gesten sollen andeuten, dass sie den jungen Mann zu ihrer Rechten bitte mal anstupsen soll, doch sie sieht mich nur genauso irritiert an wie meine damalige Theaterlehrerin, als ich in diesem blöden Pantomimekurs mein Bestes geben sollte. Wie sieht denn eigentlich die korrekte Gebärde für »*Nicht Sie! Der junge Mann hinter Ihnen!*« genau aus? Jetzt winkt mir die Oma freundlich zu, während sich Alain neben die junge Frau auf der anderen Seite in den Sitz fallen lässt. Sogleich sind sie in ein Gespräch vertieft. Mein Herz klopft wieder sehr unregelmäßig und hart gegen die Rippen, und zwar so heftig, dass ich wohl einige Prellungen davontragen werde. Der Zug setzt sich in Bewegung. Ich laufe – so wie in den großen Filmen – einige Meter neben dem Waggon her. Jetzt, gleich wird er zu mir sehen, lächeln, seine Tränen verbergen und stumm die Worte formen, die Männer in solchen Szenen immer sagen. Er soll mich noch einmal *ma rouquine* nennen. Doch es setzt keine Geigenmusik ein.

Gleich wird er zu mir sehen. Jetzt! Gleich! Mach schon! Schau zu mir!!

Doch er schaut nicht zu mir. Er lacht mit seiner Sitznachbarin – und mir geht die Puste aus. Der Zug wird schneller, zeigt mir die Grenzen meiner körperlichen Fitness überdeutlich und fährt schließlich mit höhnischem Gelächter aus dem Bahnhof.

Zurück bleibe ich mit geprellten Rippen und schmerzendem Seitenstechen.

J'aime Paris

Ich liebe Paris

»Bienvenue à Paris Gare de l'Est. Wir begrüßen alle Reisenden …«

Die säuselnde Stimme der Ansagerin am Bahnhof klingt für mich wie eine alte Tonbandaufnahme von Édith Piaf, die wir uns letztes Schuljahr in Französisch angehört haben. Nicht so hart und abgehackt wie bei uns am Bahnhof, wenn uns die Verbindungen der S-Bahnen entgegengebellt werden, als wären sie Befehle, denen wir gefälligst Folge zu leisten haben. Paris ist meine Stadt, das erkenne ich schon an der Stimme der Ansagefrau.

Die Herbstsonne streichelt zart mein Gesicht, während ich zwischen all den Menschen, die aussehen, als wären sie einer Ausgabe der *Vogue* entsprungen, den Bahnsteig entlanggeschubst werde. Nur dank meines riesigen Reiserucksacks, der fast so groß ist wie ich selbst, kann man mich nicht übersehen. Zugegeben, bei einer Körpergröße von eins achtundfünfzig passiert das leicht und leider auch häufig. Es ist, als würde ich unter dem Radar der Normalgroßen durchtauchen. Somit kann ich mich schon mal von einer zukünftigen Karriere als Stewardess bei *American Airlines* verabschieden. Auch eine Rolle als zierliche, groß gewachsene Elbe in einer Tolkien-Verfilmung steht nicht zur Debatte. Gut, das war auch nicht mein Plan, aber man weiß ja nie, wann es einen mal nach Mittelerde verschlägt. Gibt es eigentlich Elben-Stewardessen?

Der Ellenbogen eines ziemlich wichtig aussehenden Mannes in einem perfekt geschneiderten Anzug und der dazu passenden perfekten Frisur erwischt mich fast am Kinn. Ich weiche reflexartig aus und hoffe, dabei nicht ins Straucheln zu geraten, denn der tonnenschwere Rucksack auf meinen Schultern würde mich vermutlich unter dem Gewicht von zu vielen Klamotten, Büchern und Schuhen zermalmen. Zwar hat mich der Ellenbogen eben noch verpasst, aber nun trifft mich der strafende Blick dieses Dressmans, als wäre ich unerlaubterweise in den Luftraum seiner Gliedmaßen eingedrungen. Ich versuche mich an einem Lächeln à la Audrey Hepburn und imitiere die Stimme der Bahnhofansagerin.

»*Excusez-moi.*«

Wieso ich mich entschuldige und nicht er, das ist wohl meiner guten und seiner fehlenden Erziehung geschuldet. Er zieht nur genervt die Augenbrauen nach oben und marschiert zügig weiter, als wolle er so viel Abstand wie möglich zwischen uns bringen. Aber das ist mir gerade egal. Schließlich bin ich jetzt in PARIS! Der Stadt der Liebe. Und der Bücher. Und Hemingways.

Und Alains! Das natürlich vor allen Dingen.

Mein Herz vollführt einen Sprung, der in dieser Höhe

in letzter Zeit nicht mehr so häufig vorgekommen ist. Ich bin gespannt, wie sehr er sich in den letzten Monaten verändert hat. Ob er noch immer diesen perfekten Undercut trägt, mit dem so viele Jungs in seinem Alter cool aussehen wollen, was aber bei den meisten doch schon im Ansatz scheitert?

Meine Mundwinkel ziehen sich weiter nach oben, als ob ein Marionettenspieler die Kontrolle der Bewegungen übernommen hat und sie an unsichtbaren Fäden hängen.

Ich bin tatsächlich in Paris und überrasche Alain, weil wir uns schon fast zwei Monate nicht gesehen haben. Meine Freundinnen haben uns ja nicht mal zwei Wochen gegeben, weil Fernbeziehungen in unserem Alter zum Scheitern verurteilt wären, aber wir haben das bisher echt gut hingekriegt. Bea und Luisa haben mich so lange mit Fragen nach unseren Plänen für ein Wiedersehen genervt, dass ich gestern spontan eine günstige Zugverbindung rausgesucht, meine Eltern belogen und mein ganzes Geld zusammengekratzt habe, um mit dem TGV nach Paris zu reisen. Herbstferien in Paris mit Alain, sorry, aber besser geht es nun echt nicht. Meine zwei liebsten Favoriten vereint!

Ich habe so viel über Paris gehört und natürlich gelesen, so viele Tagträume davon gehabt, dass es sich anfühlt, als wäre ich schon neben Hemingway durch die Straßen geschlendert, als hätte ich mit den Fitzgeralds Dinner-Partys erlebt und mich von Picasso in den Gassen Montmartres malen lassen. Bevor ich auch nur einen Fuß in die Stadt gesetzt habe, sind im Kopf Erwartungen entstanden, die so übergroß sind, dass sie sich unmöglich erfüllen können – nicht mal in Paris. Alles sieht in meiner Vorstellung größer, schicker, lässiger, neuer, älter aus, und alles in allem besser, als in anderen Städten. Das Paris in meinem Kopf, das steht für mich fest, lässt sich mit keiner Stadt vergleichen. Nicht mal mit dem *echten* Paris, von dem ich jetzt nur noch durch das Tor der Bahnhofshalle getrennt bin. Ich bin Emma Teichner, sechzehn Jahre jung und bereit für die Stadt der Liebe! Mit gestrafften Schultern, überpacktem Rucksack, in blauen Skinny Jeans, einem grauen Sweatshirt, mit hellblauen *All Stars* an den Füßen und einer allgemeinen *Bad Hair*-Situation, schiebe ich die Bahnhofstür auf – und treffe zum ersten Mal in meinem Leben auf Paris, das ganz lässig einfach einen ganz normalen Tag hat und (nur für den Fall, dass ich Zweifel haben könnte) in der Ferne die Spitze des Eiffelturms in den Himmel streckt. Es ist schon deprimierend, wenn eine Stadt besser aussieht als man selbst. Paris schlägt mich um Meilen. Es gibt sich nicht mal Mühe, mir zu gefallen, weil die Stadt weiß, dass ich ihr beim ersten Anblick schon verfallen bin. Und das bin ich. Hoffnungslos und für immer!

Alles, was über Paris geschrieben wurde, stimmt. Es ist toll. Groß. Aufregend. Bezaubernd. Zickig. Sauber. Schmutzig. Laut. Leise. Bunt. Aber vor allem ist es einschüchternd. Als würde der Rucksack mich nicht schon ausreichend als Touristin outen, starre ich auch noch mit offenem Mund und großen Augen von Bauwerk zu Bauwerk. Ich finde selbst die Bäume der Alleen beeindruckend – und verliebe mich mit jedem Schritt mehr in diese Stadt. Sie ist grüner, als ich angenommen habe, auch wenn die meisten Bäume bereits in den schönsten Herbsttönen erstrahlen. Dazu die Menschen, die unterschiedlicher nicht sein könnten und dennoch eines gemeinsam haben: Sie sind Pariser. Sie wohnen in einer Stadt, von der so viele Menschen auf der Welt, mich eingeschlossen, nur träumen können. Paris ist hektisch, ohne gestresst zu wirken. Die Autofahrer halten sich ganz offensichtlich an keinerlei EU-Verkehrsregeln und überholen, wann immer sie meinen, dass es passen würde - auch wenn es knapp werden könnte. Immer mal wieder wird gehupt, dazu wilde Gesten, die vermutlich Beleidigungen sind, aber irgendwie so stilvoll wirken. Paris ist eben anders.

Mein Blick und mein Gesichtsausdruck machen nur zu deutlich, wie begeistert ich schon nach wenigen Metern bin, obwohl ich zweimal fast überfahren und einmal umgeschubst wurde. Paris ist zu cool, um sich mit den Touristen zu seinen Füßen zu beschäftigen. Ich bin nur eine Besucherin, werde kurz bleiben und dann wieder gehen. Ich bin keine von ihnen und doch möchte ich so gerne dazugehören.

Weil ich nicht so genau weiß, wo ich eigentlich hinmuss, beschließe ich, mich erst mal ein bisschen umzusehen. Nur mal schauen, ob ich irgendwas aus den Büchern wiedererkenne. Ich war zwar noch nie da, aber wir alle kennen Paris doch ein bisschen. Die Seitenstraßen sind mein Highlight, weil sie der eigentliche Star sind. Zumindest rede ich mir das ein, weil ich auch eher eine Seitenstraße im Leben bin. Denn ganz sicher bin ich nicht die

Champs-Élysées. Meine Schritte führen über Kopfsteinpflaster, vorbei an engen Hauseingängen, kleinen Cafés und lautem Lachen, das aus geöffneten Fenstern dringt. Ja, ich bin definitiv eine Seitenstraße! Ich bleibe immer wieder stehen und bewundere die winzigen Balkone, die an den Häusern über der Straße hängen und so einladend verloren aussehen. Eine kleine Wohnung in einer Seitenstraße von Paris, mit genau solch einem Balkon, das klingt für mich wie ein Traum. Wie wunderbar muss es sein, morgens auf diesen Balkon zu treten, die Sonne über den Dächern der Stadt aufgehen zu sehen und ein bisschen zu schreiben. Dazu ein Café au Lait an einem winzigen, kleinen Holztisch, den man mit viel Mühe auf den Balkon platziert hat. Nie habe ich mir so viele Gedanken über Balkone gemacht, aber jetzt laufe ich – fast wie Hans im Glück – mit dem Blick nach oben gerichtet durch die Straßen und wünsche mir nichts mehr, als einmal eine Wohnung mit so einem Balkon zu haben. Wenn auch nur für ein kurzes Kapitel in meinem Leben.

Ich liebe meine Heimatstadt Stuttgart wirklich über alles, habe alle sechzehn Jahre meines Lebens dort verbracht, aber mit welchem Recht sich eine Stadt – außer Paris – überhaupt noch »Stadt« nennen darf, ist mir schleierhaft. Selbst das Verlaufen in Paris ist magisch, weil man Orte entdeckt, die man sonst verpasst hätte, und verzaubert lächelnd stehen bleibt. Das kann ich schon bestätigen, denn auf der Suche nach der Métro-Station habe ich mich zweieinhalbmal verirrt. Beim Versuch, nach dem Weg zu fragen, muss ich feststellen, dass mein Schul-Französisch zwar für die Bemerkung ausreicht, dass die

Katze auf dem Tisch und der Affe im Baum ist, aber bei Weitem nicht dafür geeignet ist, um in Paris cool und lässig zu wirken. Dabei will ich nur so schnell wie möglich zu Alain.

Trotzdem gelingt es mir, unbeschadet die richtige Station zu finden. Jetzt sitze ich in einer Métro – was so viel cooler als U-Bahn klingt – und werde ordentlich durchgeschüttelt, während die Waggons in wahnsinniger Geschwindigkeit über die Schienen sausen. Ich klammere mich an meinen Sitz, weil ich mir eher wie in einem Fahrgeschäft in Disneyland vorkomme als in einem öffentlichen Verkehrsmittel, in dem auch Kinder unter zwölf Jahren mitfahren dürfen. Dabei beobachte ich die Pariser, die lässig dasitzen, in ihr Handy tippen, Zeitung lesen und entweder keine Todesangst kennen oder einfach selbst im Angesicht des Endes so cool wirken. Beides ist denkbar. *Paris is the new Cool.*

Während ich durch die Pariser Tunnels geschaukelt werde, stelle ich mir Alains Gesicht vor, wenn er die Tür öffnet und mich sieht. Die Planung für diese Reise hat genau zwei Stunden und sechsundzwanzig Minuten betragen. Natürlich habe ich ihn nicht vorgewarnt. Natürlich habe ich meine Eltern angeflunkert. Ich sagte, dass ich bei seiner Schwester im Zimmer übernachten würde, er wüsste, dass ich komme, und sie müssten sich wirklich keine Sorgen machen. Die Zugfahrt mit dem TGV würde ja nur knapp etwas über drei Stunden dauern und er würde mich direkt am Gleis abholen. Begeistert waren meine Eltern zwar nicht, aber ich habe die »Wir-haben-uns-so-lange-nicht-gesehen«-Karte gezogen.

Und schon hatte ich die Zustimmung, die ich mir erhoffte. Ich habe gebucht, den Rucksack gepackt – und jetzt bin ich hier. Solche Trips sind immer aufregend. Dieser hier ganz besonders. Nicht nur wegen Alain, sondern vor allem wegen dieser Stadt. Nur noch drei Stationen und (laut Google Maps) fünf Minuten Fußweg, dann darf ich ihn endlich wieder umarmen, küssen und ansehen: Alain, den wohl schönsten Typen in ganz Paris!

Que reste-t-il de nos amours

Was bleibt uns denn noch von unsrer Liebe

Das Haus von Alains Eltern liegt im 6. Stadtbezirk, dem Arrondissement du Luxembourg, das als Wissenschafts- und Kulturviertel gilt. Mein Herz schlägt wie verrückt, als ich mir die großen und schicken Häuser ansehe. Hier sieht Paris nicht mehr ganz so aus wie in meinem Kopf. Viel edler. Die Kopfsteinpflastergassen werden durch breitere Straßen abgelöst, die mich noch kleiner erscheinen lassen. Die verbeulten Peugeots und klapprigen Citroëns, die mir vorhin hupend entgegenkamen, sind hier durch schickere Automarken ersetzt worden. Mit meinem Rucksack passe ich so gar nicht in dieses Bild. Zu meiner Enttäuschung gibt es hier gar nicht so viele kleine Balkone, wie ich erhofft hatte. Hier wirkt es so, als wäre Paris doch nur eine weitere Großstadt - glattgebügelt, um nicht weiter aufzufallen. Weniger Charme, mehr Chic. Fast könnte man meinen, hier würde die Stadt all das verstecken, was sie eigentlich für mich ausmacht. Einige argwöhnische Blicke treffen mich, und ich ahne, die Leute sind kurz davor, die Polizei zu rufen, weil sie mich für eine kriminelle Streunerin halten, die wohl eine Übernachtungsmöglichkeit in einem der edlen Vorgärten ausspäht. Dabei suche ich nur die richtige Hausnummer, um endlich meinen Freund zu überraschen. Das würde ich den Leuten zu gerne erklären, aber dafür bin ich a) zu aufgeregt, und b) befürchte ich, dass sie es mir ohnehin nicht glauben würden. Die Erleichterung steht mir ins Gesicht geschrieben, als ich Hausnummer 48 entdecke. Gleich erhalte ich eine Art Aufenthaltsgenehmigung für dieses schicke Pariser Viertel. Ich gehöre dazu und fahre dann auch total todesmutig und cool mit der Métro, weil man mir nicht mehr anmerken wird, eine Touristin zu sein. Bald werde auch ich Pariserin sein.

Mit zittrigen Fingern drücke ich auf die Klingel und spüre, wie mein ganzer Körper die hektische Interpretation einer Samba tanzen will. Meine Knie sind weich, mein Herzschlag ist zu schnell, mein Lächeln zu breit und die Aufregung kaum auszuhalten. Schritte sind hinter der Tür zu hören, begleitet von Stimmen. Der Countdown in meinem Kopf erreicht endlich den Höhepunkt:

Trois!

Deux!!

Un!!!

Die Tür wird geöffnet ...

»*Oui?*«

Jemand hat, ganz ohne meine Erlaubnis, die Notbremse in meinem Herzen gezogen. Mein Puls verlangsamt sich rapide und sehr bedrohlich. Ich kann fast spüren, wie das Blut meinen Kopf verlässt.

Das ist nicht Alain. Sondern ein bildhübsches Mädchen – in meinem Alter! – mit einer Porzellanhaut, den klarsten grünen Augen, die ich jemals gesehen habe, mit blonden Haaren und *der* perfekten Nase. Sie trägt eine niedliche Bluse mit goldenem Kragen und einen schwarzen Rock, der knapp über die Knie geht und ihre langen Beine ins perfekte Licht rückt. Dazu die schwarzen Ballerinas mit einer kleinen, goldenen Schleife. So könnte sie jetzt sofort von einem Helikopter abgeholt und zu den Filmfestspielen nach Cannes geflogen werden, wo sie den roten Teppich einweiht. Ich hingegen sehe aus, als hätte ich meinen Wanderrucksack in aller Eile gepackt, mir meine Jeans und Turnschuhe angezogen und dazu noch meine Haare auf der Zugfahrt eine Party epischen Ausmaßes auf meinem Kopf feiern lassen. Sind mir denn alle Französinnen genetisch überlegen, was Schönheit und Stil angeht? Selten habe ich mich so durchschnittlich gefühlt. Was ich mir aber nicht anmerken lasse. Ich schenke ihr ein freundliches Lächeln und stelle mich vor.

»Bonjour. Je m'appelle Emma ...«

Als würde die Nennung meines Namens genügen, um das große Fragezeichen in den großen, klaren Augen des Mädchens auszulöschen. Alain *hat* eine Schwester, allerdings ist die erst fünf Jahre. Ich brauche nicht Sherlock Holmes an meiner Seite, um zu erkennen, dass *dieses* Mädchen nicht seine Schwester ist. Sie zuckt gelangweilt die Schultern.

»Oui?«

Okay. »*Emma*« lautet also schon mal nicht das Passwort in dieses Haus, denn das Mädchen verschränkt nur genervt die Arme vor der Brust und mustert mich.

»Ich bin hier, weil ich Alain besuchen will…«

Dabei werfe ich noch mal schnell einen Blick auf mein Handy, um die Peinlichkeit einer Verwechslung der Hausnummern auszuschließen. Aber nein, das ist seine Adresse. Ohne Zweifel.

»Un moment!«

Sie macht einen Schritt zurück, schließt die Tür bis auf einen Spalt und ruft nach Alain. Mein Kopf fühlt sich etwas merkwürdig an. Mir ist ein bisschen schwindelig, gerne würde ich mich irgendwo festhalten, bevorzugt an Alain, der dieser Zicke mal erklären sollte, dass ich seine Freundin aus Deutschland bin, die er ganz schrecklich vermisst und deren Besuch ihn überirdisch freut. Denn genau das wird jetzt passieren. Auch wenn die leise Stimme in meinem Hinterkopf mir fiese Zweifel einflöst.

Nein! Alles ist gut. Sie ist eine Schulfreundin, die nur hier ist, weil sie mit ihm lernt.

In den Ferien?

An einem Samstag??

Völlig normal für verantwortungsbewusste und lernbegierige Siebzehnjährige!

Oh die Lügen, die unser Gehirn ausspuckt, wenn wir die Wahrheit nicht hören oder sehen wollen. Meine Hände werden feucht, dafür trocknet mein Mund aus. Ich versuche mich an einem coolen Gesichtsausdruck, als die Tür wieder geöffnet wird und endlich Alains Gesicht auftaucht. Kurzer Freudensprung meines Herzens. Er sieht selbst jetzt so unglaublich gut aus, als hätten seine Eltern den Namen »Alain« nur deswegen gewählt, weil sie gewusst haben, dass er wie eine Inkarnation von – genau! – Alain Delon aussehen wird. Er trägt schwarze Jeans, einen schlichten, grauen Strickpullover, und seine Haare sehen aus, als wären sie mit einer Schablone um sein Gesicht gemalt worden. Nicht eine Haarsträhne hat sich verirrt. Sofort muss ich lächeln.

»Bonjour, Alain!«

Meine Stimme klingt viel zu dünn und unsicher. Seine Augen sehen mich an, als wäre ich eine Fata Morgana, die plötzliche Erscheinung einer Palme inklusive Oase in der Wüste. Ich warte auf die Freude, die Begeisterung, das Lächeln und die Grübchen. Doch Alains Miene bleibt regungslos, nur seine Augen weiten sich, als er begreift, dass ich wirklich hier bin. Die blonde Finalistin von *France's Next Topmodel* schiebt sich neben ihn in den Türrahmen und hakt demonstrativ ihren Arm bei ihm unter. Sogleich spuckt mein Hirn die nächste Wohlfühllüge aus.

Gut, das hat noch nichts zu bedeuten! Franzosen küssen sich zur Begrüßung auch übertriebene zwei Mal.

»Emma ...«

Begeisterung klingt anders. Gleich wird er mich fragen, ob ich reinkommen will.

»Ja. Emma. Ich bin's.«

Das klang in meinem Kopf schon nicht besonders cool, ausgesprochen klingt es wie die schlechte Nummer eines Stand-up-Comedians. Mein Französisch ist allerdings besser, als ich angenommen habe, denn während Blondie sich zu Alain dreht, verstehe ich jedes Wort.

»*Tu savait qu'elle venait?*«

Nein, er wusste nicht, dass ich komme. Das ist der Sinn einer Überraschung, du Pute!

»Chloé, je …«

Chloé? Sie heißt allen Ernstes Chloé? Ist Coco Chanel vielleicht zu viel Klischee gewesen? Ihre Eltern haben wirklich ganze Arbeit geleistet, um rothaarigen, zu klein geratenen Mädchen mit einer Neigung zur Begeisterung für verstorbene amerikanische Autoren richtig eins auszuwischen! Ich komme mir unglaublich fehl am Platz vor, als wäre ich aus einer RTL-Vorabendserie in einen französischen Arthaus-Film gestolpert. Chloé stellt die Fragen, die auch in meinem Kopf rumschwirren, nur hören sie sich bei ihr so an, als würde Elizabeth Taylor Richard Burton zur Rede stellen. Und zwar am Ende der zweiten Ehe. Ich versuche, den französischen Flüchen zu folgen, und höre angestrengt hin, verstehe aber nicht recht.

Ich verstehe eigentlich schon.

Ich kapiere das nur nicht!

Sie ist sauer, weil sie endlich geschnallt hat, dass er sie mit mir – dem Rotschopf aus *l'Allemagne* – betrogen hat. Dieses Gefühl sollte sich bei mir auch einstellen: die Betrogene zu sein. Doch als ich Chloés schriller Stimme weiter zuhöre, erfahre ich, dass die beiden seit knapp zwei Jahren ein Paar sind. Das ist in unserem Alter eine halbe Ewigkeit! Alles verliert an Bedeutung und Geschwindigkeit. Mein Leben fällt kurzzeitig in eine Art Lähmungszustand. Ich höre nur die Worte wie ein leiser werdendes Echo in meinem Kopf. *Zwei Jahre!?* Wie soll ich da mit knapp zwei Monaten mithalten, in denen wir uns nicht gesehen haben?

»Deux ans, Alain! Deux ans!«

Meine Augen füllen sich mit Tränen, obwohl ich das nicht will. Wut brodelt in mir und frisst sich in meinen Magen, begleitet von einem bitteren Geschmack. *Du bist nicht die Betrogene!,* scheint mir eine gehässige innere Stimme zuzuflüstern. Es fehlt nur noch das hysterische Kichern, dann habe ich den letzten Funken Selbstbeherrschung verloren.

Wie konnte ich nur so dumm sein? Wann habe ich beschlossen, ausschließlich auf mein Herz zu hören und den Verstand mit allen Zweifeln und Warnungen aufzugeben? Das passiert, wenn man an die große Liebe aus den Romanen und Buchverfilmungen glaubt. Genau deshalb passiert das! Wie gerne würde ich sagen, dass mich Alain mit Chloé betrogen hat – dann könnte mein Herz jetzt und hier zerbrechen, auf den Stufen zu diesem unglaublich schicken Haus in Paris, und ich könnte mich in aller Ruhe selbst bemitleiden, weinen und zurück nach Hause verschwinden, wo hoffentlich niemand von dieser Episode meines Lebens erfahren wird. Doch machen wir uns nichts vor, es ist viel schlimmer als das: Alain hat mich nicht einfach nur die letzten Monate belogen, mir Hoffnungen auf eine Zukunft ohne Chancen und sich bestimmt auch noch bei seinen Freunden über mich lustig gemacht. Nein. Er hat Chloé mit mir betrogen!

Ich bin so was von deutlich die Person, die aber auch rein gar nichts in diesem perfekten Arthaus-Film zu suchen hat. Meine Wut, die sich gegen Alain und Chloé richten sollte, wendet sich allerdings gerade ziemlich bitter und zielgerichtet gegen mich selbst. Weil ich dämlich bin. Unfassbar dämlich! Die wenigen Facebook-Freunde, das neue Profil dort, die Tatsache, dass er nie ans Handy gegangen ist, wenn ich ihn angerufen habe, die Ausrede, wir könnten leider doch nicht zusammen nach Nizza, weil seine Eltern das Haus an Freunde vermietet hätten ... Alles nur ein Fake!

Dieser miese Alain Delon für Arme versucht inzwischen, eine sehr aufgebrachte Elizabeth Chloé Taylor zu beschwichtigen. Er probiert es mit französischen Zauberworten, die bei mir funktioniert haben, dabei blickt er sie aus großen, traurigen, blauen Augen an und versucht verzweifelt das zu retten, was er unbedingt behalten will.

Und das bin nicht ich.

Mit mir redet nämlich niemand. Niemand versucht mich zu beschwichtigen oder zu umarmen. Auch nicht, als die erste Träne über meine Wimper die Wange entlangkullert und in die Tiefe stürzt. Mein genialer Plan, mit dem ich gleich zwei Fliegen mit einer Klappe schlagen wollte, erweist sich in der Realität als preisverdächtige Blamage, gebrochenes Herz inklusive. Man muss einer Frau selten sagen, wann es Zeit für den Abschied ist. Aber ich hätte schon vor zwei Minuten gehen und mir so noch ein bisschen Würde bewahren sollen. Stattdessen sehe ich Chloé dabei zu, wie sie ihre Jacke holt, es ist natürlich eine todschicke, schwarze Lederjacke mit zarten, goldenen Nieten, für die ich sie fast mehr beneide als für Alain. Dem verpasst sie übrigens eine schallende Ohrfeige. Danach wirft sie mir einen bösen Blick zu und schreitet die Straße entlang von dannen, vorbei an den großen Bäumen, die theatralisch ihre Blätter verlieren.

Ich stehe noch immer rum wie bestellt und nicht abgeholt und überlege, wann genau ich den perfekten Zeitpunkt für meinen glorreichen Abgang verpasst habe. Da drängelt sich Alain an mir vorbei und rennt Chloé nach.

»Chloé! Chloé!«

Er wird sie ohne Zweifel einholen, weil sie das so will. Er wird sich entschuldigen, immer und immer wieder. Sie wird ihm verzeihen, weil sie das so will. Und ich stehe mit Rucksack, ohne Übernachtungsmöglichkeit und einem ziemlich bösen Herzschmerz vor der geschlossenen Tür eines Hauses, in das ich nie auch nur einen Fuß setzen werde. Dabei gebe ich mir große Mühe, nicht zu weinen. Was mir nicht gelingt. Zögernd und planlos setze ich mich in Bewegung und renne schließlich die Straße in die andere Richtung davon. Hinter mir höre ich keine Schritte. Niemand ruft verzweifelt meinen Namen, um mich vom Gehen abzuhalten. Ich laufe einfach nur davon.

Je ne sais pas pourquoi

Ich weiß nicht, warum

Liebes Paris!

Ich habe ein kleines Problem: Ich sitze fest. In einem Tagtraum, aus dem ich nicht aufwachen kann, weil er wahr geworden ist. Ich bin hier bei Dir und ich habe einen Rucksack voller Träume und Hoffnungen im Gepäck. Nur leider weiß ich nicht, wohin damit – und wie es weitergehen soll. Mein französischer Freund *hat sich als absoluter Vollidiot geoutet und mir bleibt die Rolle der* abservierten naiven Nuss. *Alles ziemlich doof gelaufen, wie Du Dir denken kannst. Jetzt habe ich keinen Plan B, aber dafür verheulte Augen und ein angeknackstes Herz. Ich finde es ja schön, dass Du gegen Abend noch mal eine Schippe Romantik drauflegst mit süßen Lichterketten in kleinen Gassen, Straßenmusikern, die Hits wie* Moon River *spielen, und dass Du den blinkenden Eiffelturm in der Ferne auffährst, aber weißt Du: Im Moment tut das alles ziemlich weh! Wenn es Dir also nicht zu viel ausmachen würde, könntest Du*

vielleicht einfach nur eine stinknormale Großstadt sein? Mit verletztem Herzen ist so viel Romantik echt schwer zu ertragen.
Paris, mein Paris! Ich habe alles über Dich gelesen und mich verliebt, bevor ich Dich überhaupt das erste Mal gesehen habe. Jetzt leide ich an Liebeskummer. Ist das nicht total albern? Von Jungs habe ich erst mal die Nase voll. Ganz besonders von Alain, der sich jede Wette gerade mit Chloé versöhnt. Weil ich sonst nicht weiterweiß, habe ich mir ein Hostel gesucht, das richtig günstig und trotzdem sauber sein soll. Und es liegt in Montmartre! Das muss ein Zeichen sein.

Bis bald,
Deine Emma

Dann klappe ich mein Notizbuch zu und atme tief durch. Ja, Alain hat mich belogen. Das ist endgültig in mein Bewusstsein gesickert. Jetzt ist er weg, weil er Chloé hinterhergerannt ist, und ich bin in *seiner* Stadt total alleine. Das ging mir alles viel zu schnell. So enden doch keine Beziehungen. Nicht mal Affären. Wo ist mein großer Auftritt geblieben, bei dem ich ihm alles an den Kopf werfen kann, was ungesagt geblieben ist? In einem Kapitel wird eine Beziehung abgehandelt und zack! boom! geht es weiter. Ernsthaft? Kein klärendes Gespräch, kein Wutanfall, keine Vorwürfe. Nein, ich wurde zur Zuschauerin degradiert und muss jetzt zusehen, wie ich die Fetzen meiner Selbstachtung zusammenflicke und damit weitermache. Ich schicke meiner Mama schnell eine Nachricht via WhatsApp, in der ich erkläre, alles sei gut, ich wäre nur schrecklich müde und würde mich morgen melden. Ich könnte ihnen auch die Wahrheit sagen, aber dazu bin ich noch nicht bereit. Nein, ganz sicher bin ich noch nicht bereit, mit verheulten Augen nach Hause zurückzugehen. Nur zur Sicherheit werfe ich einen Blick auf mein Handy. Wäre ja möglich, dass Alain zumindest einen Funken Anstand hat und zumindest mal nach meinem Befinden fragt. Immerhin bin ich alleine in einer mir (in der Realität) gänzlich fremden Stadt. Doch da ist nichts. Keine Nachricht. Nichts! Okay, Fokus weg vom Handy. Wo sind die positiven Strohhalme, an die ich mich jetzt klammern kann? Zumindest das Hostel ist einigermaßen sauber, allerdings mit zahlreichen trinkfreudigen Australiern vollgepackt. Mein Bett in einem der wenigen Einzelzimmer ist so schmal, dass ich rausfalle, wenn ich mich zu schnell drehe. Trotzdem bin ich froh, die Tür hinter mir abschließen zu können und endlich einen Moment für mich alleine zu haben.

Ich starre auf meinen Rucksack, in den ich nicht nur zu wenig Klamotten, sondern vor allem zu viele Bücher gepackt habe. Zur Sicherheit habe ich auch noch ganz viel Hoffnung, Träume und Schmetterlinge hineingestopft. Jetzt komme ich mir unglaublich dämlich vor. Als hätten alle um mich herum, sogar meine Mutter, mich gewarnt und das große Ganze gesehen, mit all den Stolperfallen und dem bösen Ende. Sicher, man muss mir nicht erzählen, in welchem Harry-Potter-Teil Professor Dumbledore stirbt. Aber ein Spoiler bezüglich meines eigenen Lebens, wäre das wirklich so falsch gewesen? Danke auch, liebes Universum!

Erschöpft lasse ich mich auf das Bett fallen und wünsche mir, es so schnell nicht mehr verlassen zu müssen. Dieses winzige Hostelzimmer ist meine Festung. Hier kann ich mich verstecken und mir überlegen, wie es weitergehen soll. Wie ich mich nach den Herbstferien den gehässigen Kommentaren meiner Mitschülerinnen stellen werde. Die fiesen Sprüche hinter meinem Rücken habe ich natürlich auch vorher gehört, weil sie stets dafür gesorgt haben, dass es nicht unbemerkt an mir vorbeigeht. Schnell ziehe ich mir das Kissen über den Kopf und spiele mit dem Gedanken, die kompletten Ferientage hier zu verbringen. Ein guter Plan? Ein verdammt guter Plan!

Faut pas pleurer comme ça

Lass doch das Weinen sein

»Mademoiselle?«

Das Klopfen an meiner Tür wird lauter, dennoch versuche ich das Geräusch zu ignorieren. Stattdessen greife ich nach einem weiteren Schokoriegel aus meinem Rucksack. Mehr oder weniger meine Grundnahrung.

»Mademoiselle?«

Jetzt wird das Klopfen aufdringlicher. Habe ich nicht das *Bitte nicht stören!*-Schild an die Klinke gehängt? Bisher haben sie mich doch in Ruhe gelassen. Da das Klopfen weder leiser wird noch aufhört, stehe ich schließlich auf, schlurfe zur Tür und öffne sie, ohne dabei an meine Haare zu denken. Oder mein Gesicht.

»*Mon Dieu!*«

Die rundliche Frau auf der anderen Seite der Tür, auf deren Namensschild »Romy« steht, sieht mich schockiert an und mustert mein Outfit – ich trage noch immer meinen Panda-Pyjama –, bevor sie wieder zu mir sieht.

»Wir haben uns Sorgen gemacht, weil Sie seit zwei Tagen Ihr Zimmer nicht verlassen haben.«

»Mir geht es gut, danke.«

»Wir dachten, Sie wären vielleicht ... na ja ...«

Ernsthafte Besorgnis ist in ihrem Gesicht zu erkennen, während sie nervös mit dem großen Schlüsselbund in ihrer Hand spielt.

»Es geht mir gut.«

»Die Dauerschleife von Adele-Songs, die sie ununterbrochen gehört haben, lässt etwas anderes erahnen.«

»Ich mag ihr neues Album.«

»Ihre Haare ...«

Sie deutet unsicher auf das, was vor einigen Tagen noch meine Frisur war, jetzt allerdings eher an einen Teil des undurchdringlichen Amazonas-Urwaldes erinnert.

»Das ist ein Experiment.«

Ihr Blick fällt auf das *Snickers* in meiner Hand.

»Darf ich Ihnen vielleicht etwas zu essen bringen?«

Mein Magen lässt ein verräterisches Grummeln verlauten, bevor ich verneinen kann. Ich spüre, dass Romy mich ohnehin nicht so leicht davonkommen lässt. Schüchtern nicke ich und zupfe am Bund meines Pyjamaoberteils.

»Ich bringe Ihnen einen Toast und vielleicht einen Kaffee?«

»Das wäre toll!«

»In der Zwischenzeit tun Sie etwas für mich, ja?«

»Hm?«

»Gehen Sie duschen und öffnen Sie das Fenster in Ihrem Zimmer. Frische Luft hilft immer.«

Damit zwinkert sie mir zu und macht sich auf den Weg über den engen Flur, um mir Essen zu besorgen. Plötzlich komme ich mir unglaublich albern, dumm und kindisch vor. Als würde mein kleiner Streik irgendjemandem auffallen. Dabei habe ich artig Nachrichten an meine Eltern geschickt und ihnen vorgegaukelt, dass es mir gut gehen und ich Paris in vollen Zügen genießen würde. In Wahrheit sitze ich seit zwei Tagen in diesem Zimmer und bemitleide mich selber, starre auf mein Handy und frage mich, wann Alain bemerkt, welch großen Fehler er gemacht hat. Ein Blick in den Spiegel, den ich bisher so erfolgreich vermieden habe, macht überdeutlich, wie ich mich fühle. Meine Haare sind ein Desaster und meine Augenringe machen denen des Pandas auf meinem Oberteil ernst zu nehmende Konkurrenz. Über die verquollenen Augen möchte ich gar nicht erst sprechen. Das alles ist Alains Werk. Was ist nur aus mir geworden?

Die sieben Packungen *Snickers* auf meinem Nachttisch sind ein deutliches Indiz meiner Verzweiflung. Schließlich erreicht mich der richtige Weckruf, als ich endlich die Rollos ganz hochziehe und das Fenster öffne, durch das nicht nur frische Herbstluft, sondern auch Musik und Gelächter der Menschen auf den Straßen ins Innere dringt. Natürlich hat das Leben außerhalb dieses Zimmers nicht zu existieren aufgehört. Es gibt nichts Peinlicheres, als sich zu verstecken, um dann zu bemerken: Niemandem ist dieses Verschwinden aufgefallen.

Ganz große Klasse, Emma Teichner! Wieder blicke ich in den Spiegel, aus dem mich eine traurige Version der frechen Emma mit den leuchtenden Augen und dem ständigen Lächeln auf den Lippen ansieht. Wenn ich ganz ehrlich sein darf: Ich mag diese Version von mir selbst kein bisschen.

Entschlossen greife ich nach meinem Kulturbeutel und dem Handtuch. Dann würge ich Adele mitten im Refrain von *Someone like you* ab. Es wird Zeit, mein Selbstwertgefühl wieder zusammenzusammeln. Wer weiß, vielleicht streunt es irgendwo durch Montmartre wie ein ausgesetzter Hund und wartet nur darauf, dass sein Besitzer es wieder einsammelt.

Eine Dusche, ein Toast und eine neue Playlist später trete ich aus dem Hostel hinaus in die Schönheit Paris'. Diese Stadt sieht es gar nicht ein, für mich und mein gebrochenes Herz ihr strahlendes Äußeres zu verdunkeln. Recht so! Ich stecke mir die Kopfhörer in die Ohren und wähle die Playlist der französischen Sängerin Zaz aus. Sogleich lasse ich mich von ihrer Stimme und den französischen Chansons, die sich alle um Paris drehen, verzaubern. Zwar wäre es gelogen, wenn ich behaupten würde, dass mir die verliebten Paare, die einem scheinbar in Massen entgegenkommen, keine Stiche in die Herzgegend verpassten, aber ich versuche tapfer zu lächeln und mir dadurch den kleinen Spaziergang nicht kaputt machen zu lassen. Immer wieder ertappe ich mich dabei, wie ich einen Blick über die Schulter werfe, als würde ich befürchten, Alain und Chloé in die Arme zu laufen. Jedoch bezweifele ich, dass sie sich in dieses Viertel verirren. Ich schlendere an kleinen Gemüseläden vorbei, die ihre Auslagen nach Farben sortiert haben. Hier sehen die Paprikas, Gurken und Salate frischer aus als zu Hause. Einige Meter weiter bleibe ich stehen, weil ein älterer Herr mir einen bunten Schal aufschwatzen und mich dabei auf charmanteste Art und

Weise um den Finger wickeln will. Man muss es den Franzosen wirklich lassen: Sie beherrschen es, einen das hören zu lassen, was man will. Trotzdem verneine ich dankend und laufe weiter durch das Viertel Montmartre. Hier tobt so viel Leben in den engen Straßen, die nur wenig mit den breiten Boulevards der Innenstadt gemeinsam haben, dass man annehmen könnte, man wäre gar nicht in Paris. Es ist viel steiler, als ich angenommen habe, die Treppen sind eng und scheinbar endlos. Kurz zögere ich beim Anblick der nicht enden wollenden Stufen. Doch das stumme Versprechen, einen wunderschönen Ausblick von dort oben zu genießen, ist allzu verlockend.

Die zurückhaltende Kühle der architektonischen Wunderwerke, die ich in Alains Nachbarschaft bewundert habe, ist hier nicht vorhanden. Hier sind es die winzigen Häuser, die Kopfsteinpflasterstraßen und kleinen Cafés, die einen ganz eigenen Charme entfalten. Ich spüre, wie meine Lippen sich beim Anblick alter Männer, die in den kleinen Parks Boule spielen, zu einem Lächeln verziehen. Nein, hier ist sich Paris nicht zu schade für ein junges Mädchen mit gebrochenem Herzen. Hier werde ich mit offenen Armen und freundlichen Gesichtern begrüßt, die mir zunicken, wenn ich an ihnen vorbeigehe. Hier fühle ich mich auch nicht so sehr verloren, wie in anderen Teilen der Stadt, die mich eingeschüchtert haben. Hier riecht es nach frischem Käse, der auf dem Wochenmarkt angeboten wird, nach Blumen, die vor den Läden in kleinen Eimern stehen – und nach Leben. Das Lachen der Kinder, die in Ribéry-Trikots auf den staubigen Fußballplätzen einem Ball hinterherstürmen und sich dabei in die größten Stadien der Nation träumen, wird durch typisch französische Musik aus meinen Kopfhörern begleitet. Keine Ahnung, ob hier das Paris aus den Reiseführern ist und ob ein Café mit dem Namen *Le Petit Poulet* einen Sternekoch beheimatet, aber nach meinem Spaziergang und den vielen Treppen – die ich aus Stuttgart kennen sollte! – habe ich Hunger und wenig Lust auf das vorletzte *Snickers*. Also entscheide ich mich für das *Petit Poulet*, ein Café mit rot-grüner Markise, in einem schmalen Haus, das viel zu klein für Paris wirkt. Die Tageskarte ist in einer Frauenhandschrift an die kleine, schwarze Tafel neben dem Eingang geschrieben und preist einen köstlichen Gemüseauflauf als Highlight neben frisch belegten Baguettes an. Die kleinen, schmiedeeisernen Bistrotische, die vor dem Eingang auf dem schmalen Bürgersteig stehen, ziehen mich magisch an. Eine kurze Pause zur Stärkung hat schließlich noch niemandem geschadet und so nehme ich Platz. Der Kellner, ein Mann in schwarzer Hose, weißem Hemd und schwarzer Weste, bringt mir eine Karte im Ledereinband und nennt mich »Mademoiselle«. Wenn ich etwas von diesem Café lernen kann, dann ist es wohl, dass es nicht auf die Größe oder den klangvollen Namen ankommt, sondern dass man auch als *kleines Huhn* durchaus Stil haben kann. Ich sollte mir ein Beispiel daran nehmen!

Paris liegt mir zum ersten Mal seit meiner Ankunft zu Füßen. Es breitet sich wie ein Teppich vor mir aus, voller Häuser, Straßen, Parks, inklusive der Seine. So viele Geschichten, so viele Menschen, die von Paris verzaubert werden. Und ich gehöre zu ihnen. Sofort zücke ich mein Notizbuch.

Liebes Paris!

Ich danke Dir. Keine Ahnung, wie Du das gemacht hast, aber ich nehme an, Romy hast Du geschickt? Heute fühlt sich vieles besser an. Aber nicht alles. Soll man Dich überhaupt alleine besuchen? Oder ist das so etwas wie emotionaler Selbstmord? Immerhin scheinst du hier alles für Verliebte aufzufahren. Trotzdem halte ich mich heute echt tapfer. Ich hatte erst zweimal Tränen in den Augen und nur einmal habe ich dabei an Alain gedacht. Das zweite Mal war, als mir Hemingways Worte eingefallen sind: »Wenn du das Glück hattest, als junger Mensch in Paris zu leben, dann trägst du die Stadt für den Rest deines Lebens in dir, wohin du auch gehen magst, denn Paris ist ein Fest fürs Leben.« Noch fühlt es sich nicht wie ein Fest an, aber auf jeden Fall kommen wir uns, also Du und ich, wieder näher. Ich habe es gewusst: Montmartre ist wunderschön! Manche Orte habe ich mir genau so vorgestellt, wie Hemingway darüber geschrieben hat. Andere sehen aus wie auf den Bildern von Picasso. Du weißt schon, die Gemälde, die ich als Kunstdruck zu Hause in meinem Zimmer aufgehängt habe. Vermutlich denkst Du jetzt auch, ich wäre eine irre Stalkerin, weil ich Dich schon so gut kenne und erst jetzt wirklich zum ersten Mal sehe. Nur wünsche ich mir manchmal, ich wäre nicht alleine hier. Vermutlich bin ich nicht die Erste, die das sagt, aber Du kannst ganz schön einschüchternd ...

Meine Gedanken werden unterbrochen, als ein junger Mann an einem Tisch unweit von meinem Platz nimmt und dabei lautstark den Stuhl über das Kopfsteinpflaster zieht. Außer ihm und mir sitzt nur eine weitere Frau an einem Tisch hinter mir, die Zeitung liest und ihren Café au Lait genießt. Sie hat weder mich noch den jungen Mann bemerkt, zu sehr scheint sie in einen Artikel versunken. Ich werfe einen weiteren Blick zu dem Typen, der vermutlich in meinem Alter ist, vielleicht auch etwas älter, und der auf eine seltsame Art und Weise lässig wirkt. Auch wenn er sich sofort als waschechter Tourist outet, da er einen Rucksack, der so groß ist wie meiner, neben sich auf den Boden stellt. Als er meinen Blick bemerkt, wirft er mir ein kurzes, sehr schiefes Lächeln zu. Ich lächele zurück, getroffen von diesem überraschenden Höflichkeitsgeschoss. Der Kellner kommt an meinen Tisch, aber ich habe mich noch nicht entschieden und bitte um etwas mehr Bedenkzeit. Also reicht er dem Jungen am Nebentisch ebenfalls eine Karte und verschwindet dann wieder im Inneren. Obwohl ich eigentlich das Angebot der Heißgetränke studieren will, wird mein Blick magisch von meinem neuen Nachbarn angezogen. Er hat braune Haare, die hinten recht kurz geschnitten sind, die ihm aber vorne bis fast über die klaren, grünen Augen fallen, wann immer er den Kopf bewegt. Und jedes Mal wenn ihm die Haare in die Stirn rutschen - was ziemlich häufig passiert -, streicht er sie mit einer umständlichen Geste aus dem Gesicht. Er trägt ein bunt gemustertes T-Shirt, das am Kragen deutlich ausgeleiert ist, und dunkle Skinny Jeans, die er bis zu den Knöcheln hochgekrempelt hat. Dadurch kommen seine knallhellblauen Socken besonders gut zur Geltung. Die Turnschuhe sind so ausgelatscht, als ob er sie schon durch seine gesamte Pubertät geschleppt hätte. Er ist gerade damit beschäftigt, seine schwarze Lederjacke auszuziehen, und bemerkt meinen Blick zum Glück nicht. Um seinen Hals baumelt eine schlichte, silberne Kette mit einem kreisrunden Anhänger. Auch wenn er mit diesem Styling nicht über die Laufstege der Pariser Modenschauen schlendern dürfte, finde ich das scheinbar wild zusammengewürfelte Outfit irgendwie cool. Zumindest an ihm. Wieder bemerkt er meinen Blick – und erneut schaffe ich es nicht, schnell genug wegzusehen. Stattdessen spüre ich, wie meine Wangen zu glühen anfangen. Ich wette, sie werden knallrot. Na super! Jetzt denkt er auch noch, ich finde ihn toll.

L'amour est parti

Die Liebe ist verschwunden

»Bonjour!«

Seine Stimme ist tiefer, als ich erwartet habe, fast rau, und sein Lächeln ist so schräg, dass ich mir nicht wirklich sicher bin, ob er lächelt.

»Bonjour.«

Erst jetzt schaffe ich es, wegzusehen, und zucke erschrocken zusammen, weil der Kellner wie aus dem Nichts neben mir auftaucht.

»Mademoiselle?«

Diesmal klingt es nicht mehr ganz so entspannt. Viel mehr nach einer Aufforderung, mich endlich zu entscheiden. Jetzt fühle ich mich doppelt ertappt und bestelle rasch einen Tee, dessen Namen ich kaum aussprechen kann. Und das auch noch, obwohl mir nach einer kühlen Cola ist. *Verdammt!* Zu spät, denn jetzt wendet sich der Kellner an den jungen Mann, der in einem schrecklichen Französisch ganz verzweifelt eine Bestellung versucht, dabei aber sowohl an der Aussprache als auch an der Grammatik scheitert. Wenn ich mich nicht irre, ist er

Deutscher. Der Kellner sieht ihn irritiert an, versteht kein Wort – was man ihm nicht verübeln kann – und verliert langsam, aber sicher die Geduld. Der Junge rettet sich in Gebärdensprache, die seine Bestellung verdeutlichen soll, die mich aber, ganz ehrlich gesagt, eher an die Gestik eines Ausdruckstanzes erinnert. Falls er eine Art Straßenkünstler ist, werde ich ihm nachher Geld in den nicht vorhandenen Hut werfen.

»Monsieur, ich muss Sie bitten zu gehen, wenn Sie nicht …«

»Nein! Warten Sie! Was zum Henker heißt Käse …?«

Er ist also tatsächlich auch aus Deutschland. Obwohl das männliche Geschlecht gerade aus der Top Ten meiner liebsten Themen gepurzelt ist, könnte ich ihm helfen. Er sieht den Kellner Hilfe suchend an, aber sogar sein Versuch, die Bestellung auf Englisch zu formulieren, ist nicht von Erfolg gekrönt. Ich könnte nett sein. Zu einem fremden Jungen. Obwohl Alain Teile meines Herzens mit einem Vorschlaghammer in Gestalt einer elfengleichen Blondine zertrümmert hat! Der Kellner macht Anstalten, ihn mehr oder weniger vornehm aus dem Café hinauszubefördern. Da gewinnt die Yoda-ähnliche Stimme in meinem Kopf.

»*Fromage.*«

Sowohl der Kellner als auch der junge Mann sehen überrascht zu mir.

»Genau! Danke! Merci! Fromage! Also ohne, bitte!«

Der Kellner sieht Hilfe suchend zu mir. Jetzt gibt es kein Zurück mehr. Ich wende mich an den Jungen.

»Was willst du bestellen?«

»Ein Baguette mit Schinken, Tomaten und Salat – aber bitte, bitte ohne Käse!«

Ein dankbarer Blick aus erstaunlich grünen Augen trifft mich, als wäre ich seine Rettung aus höchster Not. Schnell bestelle ich sein Essen und will mich gerade wieder abwenden, da sagt er bittend: »Und, ähm, entschuldige, vielleicht auch noch eine große Cola!?«

Auch wenn ich der festen Überzeugung bin, dass er das ganz ohne meine Hilfe hingekriegt hätte, tue ich ihm den Gefallen und ändere die Bestellung meines Tees ebenfalls in eine Cola. Zufrieden lässt uns der Kellner alleine.

»Merci!«

Selbst bei der Aussprache dieses einen Wortes kann er nicht vertuschen, dass er kein Franzose ist.

Allerdings macht es sein Lächeln irgendwie wett.

»*De rien.*«

Damit wende ich mich aber nun endgültig wieder meinem Tisch zu und greife nach dem Stift, um meine Gedanken zu beenden. Dabei versuche ich so konzentriert zu wirken, als würde von den folgenden Zeilen mein Leben abhängen.

»Du bist übrigens gerade meine Heldin geworden!«

Seine Stimme lenkt mich kurz von meinem Notizbuch ab und ich werfe ihm nun doch noch mal einen raschen Seitenblick zu.

»Ach ja?«

»Absolument.«

»Laktoseunverträglichkeit?«

»Nein, ich hasse einfach nur Käse.«

»Grundsätzlich?«

»Auf Pizza ist es erlaubt.«

»Na, ein Glück hast du mich getroffen.«

Doch kaum habe ich das ausgesprochen, wird mir bewusst, wie eingebildet es klingt. Gerne würde ich es gleich zurücknehmen.

»Allerdings.«

Seine Mundwinkel zucken zu einem Lächeln, dann sieht er kurz weg, bevor er mich wieder anschaut.

»Darf ich zu dir umziehen?«

»Hm ... Ich weiß nicht. Das ist ein Ein-Personen-Tisch.«

»Na, dann brechen wir ein paar Regeln.«

»Bist du der Typ, der Regeln bricht?«

Dabei sollte sein Outfit schon Antwort genug auf meine Frage sein, denn er bricht mit dieser Kombination so ziemlich jede Regel der *Prêt-à-porter*-Mode und der *Haute Couture* sowieso. Der Junge zuckt etwas verloren die Schultern und sieht mich aus leeren Augen an.

»Mir hat jemand mal gesagt, man sollte nie alleine essen.«

Es ist die Art und Weise, wie er das sagt, die es nicht wie einen Scherz oder eine billige Anmache klingen lassen. Ich klappe das Buch zu und lege den Kugelschreiber drauf. All meine Gedanken kann ich auch nachher noch aufschreiben.

»Genau genommen würdest du gar nicht alleine essen, weil ich ja in deiner unmittelbaren Nähe sitze.«

Ganz großes Kino, Emma! Mit solchen Klugscheißersprüchen lande ich bestimmt im Zitatlexikon der Weltliteratur.

»Und du hast nichts zu essen bestellt. Also würde ich genau genommen so oder so nicht mit dir essen.«

»Trotzdem willst du umziehen?«

Er beugt sich etwas weiter in meine Richtung und wirft einen kurzen Blick zum Eingang des Cafés, bevor er nickt.

»Ich habe Angst vor dem Kellner!«

»Na, wenn das so ist. Du bekommst kulinarisches Asyl an meinem Tisch.«

Er ballt die Faust und stößt einen unterdrückten Jubelschrei aus, als hätte er ein wichtiges Tor in einem noch wichtigeren Fußballspiel geschossen. Und schon sammelt er seine Sachen ein und zieht mitsamt seinem Chaos an meinen Tisch.

»Aber du bleibst nicht zum Frühstück.«

»Ich bleibe nicht mal zum Dessert.«

Mit einem frechen Augenzwinkern lässt er sich in den Stuhl neben mich fallen und streckt mir seine Hand entgegen.

»Vincent.«

»Wie van Gogh?«

Reflexartig greift er sich an beide Ohren und atmet erleichtert auf.

»Nein, noch sind beide dran!«

»Also bist du nicht verrückt.«

»Das habe ich nicht behauptet. Alles eine Frage der Zeit.«

»Ist das Teil deines Charmes?«

»Was genau?«

»Mädchen darauf hinzuweisen, dass es nur eine Frage der Zeit ist, bist du durchdrehst und dir ein Ohr abschneidest.«

»Du hast mich durchschaut!«

»Auf einer Skala von eins bis zehn: Wie verrückt bist du im Moment?«

»Ich befürchte, ich sprenge deine Skala.«

»Wie bitte?«

»Ich bin ein Elfer!«

Wieder streckt er mir die Hand entgegen.

»Vincent Elfer.«

»Das ist dein Name!? Im Ernst?«

»Absolument.«

Vielleicht liegt es an dem Funkeln in seinen klaren Augen oder an dem kursiven Lächeln in seinem Gesicht – ich nehme seine Hand.

»Emma Teichner.«

»Nun denn, Emma Teichner, danke für das Asyl.«

»Jetzt habe ich wohl was gut bei dir, Vincent Elfer.«

»Das stimmt. Ich lade dich zum Essen ein.«

Kurz zögere ich, weil ich es nicht besonders mag, wenn Jungs bezahlen. Schon gar nicht fremde Jungs, deswegen muss ich direkt mal etwas klarstellen.

»Das hier ist aber kein Date, Vincent.«

»Gut so, denn ich date nicht.«

»Grundsätzlich?«

»Seit genau ...«

Er wirft einen konzentrierten Blick auf seine Uhr.

»... acht Wochen, vier Tagen, sieben Stunden, neun Minuten und fünf Sekunden ... sechs ... sieben ... acht ...«

»Ich denke, das Prinzip habe ich verstanden, danke.«

»Du siehst, kein Date!«

Le Grand Café

Das Grand Café

Der Kellner kommt an unseren Tisch und wirft mir kurz einen warnenden Blick zu, als ob ich nicht auch ohne seine Hilfe festgestellt hätte, dass Vincent ein bisschen schräg ist. Dann nimmt er die Bestellung meines Baguettes auf. Kaum ist er wieder verschwunden, sieht Vincent mit zusammengezogenen Augenbrauen zu mir.

»Er mag mich nicht besonders, oder?«

»Deine Socken haben ihn bestimmt abgeschreckt.«

Vincent nimmt einen Schluck Cola und sieht kurz zu seinen Füßen.

»Sie sind dir also aufgefallen?«

»Sie sind auch ein kleines bisschen auffällig, findest du nicht?«

»Das Leben ist zu kurz für langweilige Socken.«

Damit lehnt er sich in seinen Stuhl zurück und mustert mich. Heute trage ich zum ersten Mal seit zwei Tagen frische Klamotten und habe mir sogar die Mühe gemacht, meine Augen zu schminken. In den Jeans, der weißen Bluse, meinen Turnschuhen und der weiten Strickjacke könnte ich fast als Pariserin durchgehen, allerdings nur in den Augen eines Touristen. Meine Haare trage ich wieder als Pferdeschwanz, weil sie dann einfach aus dem Weg sind.

»Du bist wohl eher eine Anhängerin einfarbiger Socken, ja?«

»Ehrlich gesagt, habe ich mir um die Sockenfrage noch nie ernsthafte Gedanken gemacht.«

Vincent schlägt gespielt empört mit der Hand leicht auf den Tisch vor uns und sieht mich, ebenfalls gespielt, empört an.

»Emma! Das ist eine Frage, die beim nächsten G8-Gipfel diskutiert werden sollte!«

»Okay, okay! Ich werde mich in die Materie einlesen. Zufrieden?«

Er hebt sein Glas zum Toast und wartet darauf, dass ich mit ihm anstoße, was ich auch tue.

»Auf die Zukunft bunter Socken!«

»Du bist definitiv ein Elfer!«

Trotzdem stoße ich mit ihm an, weil es mir zum ersten Mal, seitdem ich in Paris aus dem Zug gestiegen bin, gelungen ist zu vergessen, weswegen ich ursprünglich hierhergekommen bin. Während er trinkt, lässt mich Vincent keine Sekunde aus den Augen. Das verunsichert mich ein wenig. Viele meiner Klassenkameraden behaupten, ich wäre so leicht zu lesen wie ein Buch. Selbst für Fremde. Komisch nur, dass trotzdem niemand die echte Emma kennt, die nur ihrem Notizbuch die ganze Wahrheit verrät. Passend dazu fällt sein Blick jetzt ausgerechnet auf das kleine Buch vor uns.

Doch bevor er danach greifen kann, lege ich die Taschenbuchausgabe von Hemingways Texten über Paris obendrauf und lächele schüchtern. Vincent beobachtet all meine Bewegungen genau.

»Bist du nicht ein bisschen zu jung für Hemingway?«

Er ist nicht der Erste, der das meint. Selbst meine Eltern sind der Ansicht, ich sollte doch lieber mehr leichte Unterhaltung lesen. Dabei tue ich das. Alle Harry-Potter-Bücher befinden sich in meiner Sammlung, ebenso zahlreiche Liebesromane, die ein perfektes Happy End haben. Vincent wartet noch auf meine Antwort, also schiele ich kurz zu seinen Füßen.

»Bist du nicht ein bisschen zu alt für bunte Socken?«

»Ah! Hemingway ist also *deine* Leidenschaft.«

»Ein Teil davon ist er auf jeden Fall.«

»Buchnerd?«

»Stolzer Buchnerd sogar!«

Vincent nickt so, als würde er das gut finden und lehnt sich in seinen Stuhl zurück.

»Und was treibt dich in dieses wundervolle Viertel von Paris?«

»Ich wohne hier in einem Hostel.«

»Gefällt dir Paris?«

Eine gute Frage. Gefällt mir die Stadt? Ja. Gefällt es mir, wie ich mich hier die meiste Zeit fühle? Nein. Nachdenklich wiege ich den Kopf, unschlüssig darüber, ob ich einem fremden Jungen mit zweifelhaftem Modegeschmack und frechem Humor meine Lebensgeschichte erzählen soll. Ich entscheide mich für eine kleine Notlüge, die nicht wirklich gelogen ist.

»Ich habe noch nicht viel von Paris gesehen.«

Kurz tippt er auf den Buchdeckel vor uns.

»Was würde Ernest nur dazu sagen?«

»Ich bin gerade dabei, meine To-do-Liste in Paris anzugehen.«

Vincent schüttelt sich, als würde ihm das widerstreben.

»To-do-Liste? Das klingt so nach Hausaufgaben.«

»Wie würdest du es denn nennen?«

Eine Stirnfalte zwischen seinen Augenbrauen signalisiert angestrengtes Nachdenken, bis er schließlich die perfekte Lösung gefunden hat und mich breit angrinst.

»To-enjoy-Liste!«

Zugegeben, das klingt viel entspannter. Also schnappe ich mir meinen Kugelschreiber, ziehe mein Büchlein hervor und schlage die Seite mit meinen Paris-Highlights auf. Ich streiche den Titel durch und setze den neuen darüber. Vincent wirft einen Blick auf die Seite und liest die Liste.

»Wenn das die Ziele sind, kann ich dir die roten *Hop-on-hop-off*-Busse nur empfehlen.«

»Diese überteuerten Touristenkutschen?«

»Jap.«

»Bist du etwa damit gefahren?«

»Seit drei Tagen.«

»Jeden Tag?«

»Ja, Emma. Jeden Tag.«

»Wow! Und trotzdem hast du noch beide Ohren!?«

Kurz kämpft er gegen sein Lächeln, verliert aber, denn es rutscht ihm förmlich von den Lippen.

»Es lenkt ab.«

Es mag nur eine minimale Kopfbewegung sein, aber sie reicht aus, um seine Haare in die Stirn bis vor seine Augen rutschen zu lassen. Das wirkt so, als würde er den Vorhang zu einem Fenster zuziehen, weil seine Augen zu viel verraten könnten. Man muss nicht Sherlock Holmes sein, um sich Vincents Geschichte zusammenzureimen. Er datet nicht mehr - und das noch nicht besonders lange -, er isst nicht gerne alleine, er versteckt seinen traurigen Blick hinter frechem Humor, er lenkt sich in Paris - alleine! - ab. Wir scheinen mehr gemeinsam zu haben, als er denkt. Vincent ist ein Paradebeispiel für einen Menschen mit gebrochenem Herzen.

»Dann bist du mein *Hop-on-hop-off*-Bus, nehme ich an.«

Langsam sieht er wieder zu mir, streicht sich umständlich die Haare aus der Stirn und ermöglicht mir einen Blick in seine fragenden großen Augen.

»Ich bin deine Touristenkutsche?«

»Meine Ablenkung.«

Jetzt scheint er zu begreifen. Ich mag Make-up tragen und mir ein hübsches Outfit für meinen Spaziergang ausgesucht haben, aber das ist alles nichts weiter als Verkleidung. Vincent kann sie durchschauen, wenn er genau hinsieht. Langsam nickt er.

»Und dann kommst du ausgerechnet in die Stadt der Liebe? Kein cleverer Schachzug, Emma.«

»Du bist doch auch hier.«

»Weil ich manchmal wegrenne.«

»Witzig. Ich verstecke mich gerne.«

Wir sehen uns schweigend an. Tatsächlich scheinen wir ein gutes Team zu bilden.

»Wie lange datest du schon nicht mehr, Emma? Wenn ich fragen darf…«

Darf er das? Vincent ist ein Zufall. Eine Laune des Universums. Oder dessen Versuch, meinen vermasselten Start in Paris wiedergutzumachen. *Es musste wohl schnell gehen, liebes Universum?* Heute Morgen habe ich mir noch gewünscht, mit jemandem über alles reden zu können. Mit jemandem, der das nicht in der ganzen Jahrgangsstufe rumerzählt und auf Kosten meines Herzschmerzes blöde Witze macht. Dabei hatte ich sicher keinen Typ in knalligen Socken im Kopf.

»Seit zwei Tagen, zehn Stunden, neunzehn Minuten und vier Sekunden…«

»Fünf… sechs… sieben…«

»Ganz genau.«

Kurz habe ich die Befürchtung, er wird mich auslachen oder - schlimmer noch - bemitleiden. Doch Vincent stützt einfach nur sein Kinn in die Hand und sieht mich an, als wüsste er, dass da noch mehr kommt. Es ist eine stumme Aufforderung, alles loszuwerden, was ich seit diesen einsamen zwei Tagen mit mir herumschleppe.

»Er hat mich angelogen und so getan, als wäre ich etwas Besonderes. Dabei hatte er die ganze Zeit eine Freundin.«

»Was für ein Arschloch!«

Das sagt er nicht, weil er mir gefallen will, sondern weil er es so meint. Das kann ich sehen und hören.

»Ich denke eher, dass ich sehr leichte Beute für ihn war. Gutgläubig und romantisch veranlagt.«

»Das gibt ihm trotzdem nicht das Recht, dich so zu verarschen.«

»Der attraktive Austauschschüler und das rothaarige Dummchen.«

»Lass mich raten, er ist Franzose?«

»*Correctement.*«

»Du wolltest ihn überraschen ...?«

»Und *Chloé* hat die Tür aufgemacht. Seine Freundin.«

»*Chloé?* Was ist das denn für ein Name? Klingt wie eine Parfümprobe.«

»Oh, du hättest sie sehen müssen. Bildhübsch. Blond. Klare Augen und lange Beine.«

»Ich finde rote Haare viel überzeugender.«

Das könnte ein Kompliment sein.

»Mit der Meinung stehst du ziemlich verloren da.«

»Das Leben ist zu kurz für langweilige Haare. *Ginger is the new Sexy!*«

»Du bist doch verrückt!«

»Ja, das hatten wir schon abgehandelt.«

Er deutet kurz auf seine Ohren.

»Im Ernst, Emma. Der Typ ist ein Idiot. So was macht man einfach nicht. Er hätte ehrlich sein sollen. Von Anfang an.«

Es tut gut, das zu hören.

»Danke, Vincent.«

»Bin ich jetzt gerade dein Held geworden?«

Natürlich sagt er es im Spaß, aber ich muss dieses Spiel aufhalten, bevor es sich zu etwas entwickeln kann, das es nicht werden darf. Auf keinen Fall! Mein Blick wird ernst, als ich seine grünen Augen suche.

»Du darfst nicht zum Helden der Geschichte werden.«

»Wieso nicht?«

»Weil man sich immer in den Helden verliebt.«

»Ja, als ob das passieren würde.«

»Wieso nicht? *Fieser Franzose bricht junger deutschen Frau das Herz und sie stolpert in die Arme eines deutschen Touristen* – so fangen doch die besten Hollywoodfilme an.«

»Ich verrate dir ein Geheimnis, Emma Teichner.«

Er sieht sich um, als wären wir in einem coolen Agentenfilm, in dem die Protagonisten von Verbrechern beschattet und verfolgt werden. Dabei weiß ich genau, dass mich niemand observiert. Dann lehnt er sich etwas weiter zu mir rüber, seine Stimme ist nur noch ein raues Flüstern.

»Ich bin kein Held. Ich bin wirklich nur der Typ mit dem kaputten Herzen und den bunten Socken.«

Diesmal bleiben die Haare aus der Stirn, deshalb kann ich in seinen Augen lesen, dass er das wirklich zu glauben scheint. Wer auch immer ihm das Herz gebrochen hat, ich mag diese Person nicht. Ich kann sie nicht ausstehen! Jetzt, viel zu spät, versucht er das eben Gesagte mit einem Lächeln zu kaschieren, aber es scheitert schon im Ansatz. Das schiefste Lächeln, das die Menschheit je gesehen hat, erreicht nicht mal seine Mundwinkel. So bleibt es ein eher halbherziger Täuschungsversuch.

»Ich werde also nicht zum Helden der Geschichte.«

»Versprochen?«

Er nickt und hebt die Hand zum Schwur.

»Versprochen! Und du verliebst dich bitte auch nicht in mich.«

Jetzt hebe ich die Hand ebenfalls zum Schwur und sehe ihn so ernst wie möglich an.

»Versprochen! An meinem Herz hängt sowieso ein *Außer Betrieb*-Schild.«

Und das stimmt. Alain hat es nicht zertrümmert, denn ganz sicher wird es sich auch wieder erholen, weil Herzen viel mehr wegstecken können, als wir ihnen zutrauen. Aber im Moment erholt es sich in einer Art Klinik für gebrochene Herzen von Alains Aktion. *In dringenden Angelegenheiten wenden Sie sich bitte an die Leber, die Lunge und das Gehirn!* – so würde die Abwesenheitsnotiz klingen.

»Keine Sorge, Emma. Irgendwann kommt jemand, pustet den Staub von deinem Herzen und dann wird alles ganz anders.«

Dabei klingt er so überzeugend und nickt dazu, als wollte er gleich uns beide davon überzeugen. Am liebsten würde ich ihn dafür umarmen, dass er an eine rosige Zukunft glaubt, während ich ein Vollbad in Tiefschwarz genommen habe. Aber ich entscheide mich sicherheitshalber für ein dankbares Nicken und greife nach meinem Baguette, das ich viel zu lange vernachlässigt habe. Er tut es mir gleich. So sitzen wir eine kleine Weile kauend und schweigend da und lassen das Pariser Leben an uns vorbeiziehen. Das Baguette schmeckt hier ganz anders als in meiner schwäbischen Heimat. Der Käse ist herzhaft, der Schinken dünn geschnitten und das Brot fluffig leicht und noch warm, als käme es frisch aus dem Ofen. Es mag daran liegen, dass ich fast am Verhungern bin, aber dieses Baguette wird vollkommen zurecht auf der Tafel neben dem Eingang angepriesen, denn es ist ein echtes Highlight. Vincent sieht kauend zu mir und macht sich nicht die Mühe zu schlucken, bevor er spricht.

»Weißt du, was mir an Montmartre besonders gefällt?«

Bevor ich antworte, schlucke ich meinen Bissen runter.

»Der Ausblick auf Paris?«

»Der ist auch nicht übel. Aber nein, es ist so herrlich altmodisch. Schau dir nur mal die Laternen an!«

Er deutet vor uns auf eine Straßenlampe, die mir noch gar nicht besonders aufgefallen ist. Aber jetzt, da ich sie etwas genauer betrachte, bemerke ich, dass sie nicht viel gemeinsam hat mit den modernen Lampen, die meine Straße zu Hause in Stuttgart erhellen. Sie sieht aus, als wäre sie aus einem alten Film, in dem Gene Kelly tanzend durch den Regen marschiert. Auch die Cafés scheinen aus einer Prä-Starbucks-Ära. Sie überzeugen mit Charme, Gemütlichkeit und hervorragendem Baguette. Von den alten Häusern ganz zu schweigen, denn die scheinen wirklich so alt zu sein, wie es Paris selbst ist.

»Ziemlich cool, oder?«

»Ist mir alles noch gar nicht aufgefallen.«

Vincent wischt sich die Finger an seinen Jeans ab, während er mich erstaunt ansieht.

»Ich dachte, dein Hostel liegt hier in der Nähe.«

»Sagen wir es so, ich bin noch nicht viel rumgekommen ... Also eigentlich gar nicht.«

Er beugt sich etwas zu mir und nimmt mein Gesicht genauer unter die Lupe. Fast meine ich, es spüren zu können, wie er mich mustert. Es sollte mir unangenehm sein, aber ich lasse ihn gewähren.

»Viel geweint in letzter Zeit, hm?«

Darauf muss ich nicht antworten. Er weiß, dass er recht hat.

»Und auch wenig Tageslicht gesehen. Ich nehme an, du hast auch nicht gerade ein Vier-Gänge-Menü in einem Restaurant an der Seine genossen.«

»Ich hatte zu viel *Snickers*.«

»Ach, Emma ...«

Er lehnt sich wieder zurück und atmet schwer aus. Die Tatsache, dass sein Handy irgendwo in seiner Hosentasche klingelt, ignoriert er getrost.

»Es wird Zeit für Phase zwei.«

»Willst du nicht ans Telefon gehen?«

Er schüttelt trotzig den Kopf.

»Ich habe gerade eine Patientin mit Liebeskummer in der Sprechstunde. Also, Phase zwei.«

»Wie genau sieht die denn aus?«

Alain ist mehr oder weniger mein erster echter Herzschmerz, wenn man von Louis Tomlinson von *One Direction* einmal absieht, zu dessen Verteidigung man sagen muss, dass er damals gar nicht wissen konnte, wie toll ich ihn fand. Oder dass ich überhaupt existiere. Alain hat ausreichend E-Mails in seinem Postfach, die meine Gefühle viel zu ausschweifend erklären. Alleine bei dem Gedanken daran würde ich am liebsten vom Erdboden verschluckt werden.

»Zuerst weinst du, verweigerst Essen und Hygiene. Du labst dich an deinem Schmerz. Das ist Phase eins.«

»Die ist mir wohl vertraut.«

»Phase zwei lautet: aufräumen und die Wut zulassen.«

»Hast du das aus einem Ratgeber?«

»Emma, *ich* könnte diesen Ratgeber schreiben.«

»Okay, dann vertraue ich dir mal, Doktor Elfer.«

Er lässt die Finger knacken und deutet auf mein Handy, das bisher unbeachtet neben mir auf dem Tisch lag. Ein kleines Wunder, wenn ich ehrlich bin. Denn obwohl ich weiß, wie sinnlos es ist, habe ich doch alle fünfzehn Minuten nachgeschaut, ob nicht doch ein Lebenszeichen von Alain kam.

»Hast du noch Fotos von ihm auf deinem Handy?«

Anstelle einer Antwort spüre ich, wie die Hitze in mein Gesicht schießt und ich knallrot anlaufe. Jetzt wird man bestimmt keinen Unterschied mehr zwischen meinem Haaransatz und meiner Hautfarbe erkennen. Ich könnte als erster Ganzkörper-Ginger in die Geschichte eingehen! Doch statt mich auszulachen, sieht mich Vincent nur abwartend an.

»Hintergrundbild.«

»Das muss weg! Sofort!«

»Das ist ziemlich ... radikal.«

»Emma, jedes Mal, wenn du dein Handy auch nur ansiehst, wirst du daran erinnert, wie er all diese Sachen gesagt hat, denen du geglaubt hast. Und wie weh es tat, als du bemerktest, dass alles eine blöde, fette Lüge war!«

Keine Ahnung, ob wir noch über *meine* gescheiterte Beziehung sprechen, aber er hat es so sehr auf den wunden Punkt gebracht, dass ich sofort nach meinem Handy greife – wo mich Alains strahlendes Lächeln empfängt. Vincent wirft einen Blick darauf und verzieht kurz das Gesicht.

»*Ewwww!* Der sieht ja aus wie ein Nachwuchsmodel.«

»Es würde ihn freuen, das zu hören.«

»Wie heißt dein Ex?«

Mein Herz zieht sich kurz zusammen, als mich Vincents Worte unvorbereitet treffen. Ein Wort, bestehend aus zwei Buchstaben, schlägt in meiner Magengrube ein: Ex. Sofort sammeln sich Tränen in meinen Augen, als mein Blick wieder auf mein Handy fällt. Vincent legt mir seine Hand auf den Unterarm und sieht mich ehrlich betroffen an.

»Sorry, Emma. Ich habe nicht nachgedacht …«

»Nein, schon okay. Du hast ja recht. Er ist mein Ex. Und er heißt Alain.«

Meine Stimme zittert ein wenig, aber ich bringe den Satz tapfer über die Lippen und versuche mich an einem Lächeln, das erstaunlich viel Kraft kostet.

»*Alain* hat es nicht verdient, weiterhin dein Hintergrundbild zu sein.«

Ein bisschen muss ich lachen, was mir hilft, die Tränen unter Kontrolle zu halten.

»Du darfst übrigens wütend sein.«

»Auch auf mich selber?«

»Nein! Auf ihn da allerdings schon.«

Alains selbstsicheres Lächeln, die verspiegelte Sonnenbrille, hinter der er seine Augen versteckt, als würde er die weibliche Bevölkerung davor schützen müssen. Er ist sich seiner Wirkung auf uns Mädels nur zu bewusst gewesen und hat sich das leichteste Opfer rausgesucht. Statt auf meinen Verstand, habe ich auf mein Herz gehört – und bin in eine Falle aus französischen Vokabeln und Liebesschwüren getappt. Jetzt habe ich den Salat. Vincent drückt kurz meinen Unterarm und lächelt mich aufmunternd an.

Zwei Klicks später ist Alain für immer von meinem Handy verschwunden. Und weil ich gerade dabei bin, lösche ich gleich noch die albernen Fotos von ihm im Schlosspark in Stuttgart. Es folgen die Fotos von uns vor dem Museum, beim Eisessen, zusammen beim Lernen in der Schule, er im Sportunterricht, er am Bahnhof, er im Schwimmbad.

Ich verbanne alle Fotos ins digitale Nirwana und fühle, wie mir das Atmen mit jedem Klick etwas leichter fällt, als würde ein Korsett sich lösen, das zu eng um meinen Körper gezurrt war. Erst als sein dämliches Grinsen in keinem Fotoalbum mehr zu finden ist, höre ich auf und sehe erleichtert zu Vincent, der mir applaudiert.

»Bravo, Emma! Bravo! Willkommen in Phase zwei.«

»Wie? Das war noch nicht alles?«

Kopfschüttelnd greift er nach seinem Geldbeutel und hält Ausschau nach dem Kellner, der gerade bei der Frau mit der Zeitung kassiert.

»Was hältst du von einem kleinen Spaziergang?«

»Ist das der Part, in dem du dich in einen psychotischen Serienkiller verwandelst und mich entführst?«

»Nee, das passiert erst im dritten Akt. Jetzt kommt der Part, in dem ich dir ein bisschen was von Montmartre zeige.«

Kann ich ihm trauen? Nachdem ich gerade gelernt habe, dass ich Jungs mit klaren Augen viel zu schnell vertraue und sie mir dann das Herz brechen? Die Antwort lautet: NEIN! Die eigentliche Frage ist allerdings eine andere: WILL ich ihm trauen? Hier fällt mir die Beantwortung schon viel schwerer.

Das kann eine ziemlich schlechte Idee sein, denn das Leben verteilt eben leider keine Spoilerwarnung. Also verlasse ich mich jetzt einfach darauf, dass dieses schiefe Lächeln mich nicht täuscht, dieses Grinsen, das zu Vincent gehört wie seine knalligen Socken.

»Okay. Zeig mir Montmartre, van Gogh!«

Sacré-Cœur

Sacré-Cœur

Sacré-Cœur ist ohne Zweifel ein Herzstück von Montmartre und schon aus der Entfernung umwerfend. Doch je näher wir der Kirche kommen, desto größer werden meine Augen. Vincent scheint zu jeder noch so kleinen Gasse eine Geschichte zu kennen, was ihn zu einem gelungenen Tourguide macht.

»Früher haben hier Picasso und seine Kumpels rumgehangen. Haben gezeichnet, Wein getrunken und bestimmt eine Zigarette nach der anderen geraucht.«

Wir erreichen den Place du Tertre, auf dem sich zahlreiche Künstler tummeln. Sie haben ihre Staffeleien vor sich aufgestellt, daneben befinden sich kleine Mappen mit ihren Kunstwerken, dazu Klappstühle und kleine, bunte Sonnenschirme, obwohl die Sonne sich hinter einer dünnen Wolkenschicht versteckt. Es herrscht ein entspanntes Treiben, es wird gelacht und gescherzt. Einige Künstler sind voller Konzentration dabei, ein neues Meisterwerk zu erschaffen, indem sie eifrig die Ölfarbe auf kleinen Paletten verteilen und genaue Farbstriche auf ihre Leinwand setzen. Andere wiederum benutzen nichts weiter als einen Bleistift und lassen Gesichter wie aus dem Nichts auf einem Malblock entstehen. Manche davon kennt man, es sind Karikaturen berühmter Persönlichkeiten. Und wieder andere zeichnen Touristen, die sich für ein bisschen Geld einmal im Leben von einem echten Künstler darstellen lassen wollen. Auf den Bänken rund um den Platz sitzen Menschen, lesen Bücher oder Zeitung, sind vertieft in Gespräche – und ganz kurz kann ich mir Hemingway und seine Freunde hier vorstellen, wie sie zusammen mit Picasso dasitzen, wichtige Diskussionen führen und dabei die Welt für immer prägen, ohne es zu wissen. Mein Blick fällt auf Vincent, der neben mir steht und wohl in keinem Pariser Viertel so gut ins Bild passt wie gerade hier. Auch wenn Fitzgerald wohl kaum solche Socken tragen würde. Aber ich bin mir sicher, Vincent würde perfekt in ihre illustre Runde passen. Doch statt ihm das zu sagen, bleibe ich bei einer alten Dame stehen, deren Falten im Gesicht nur erahnen lassen, wie viele Jahre sie schon hier sitzt und malt. Sie fängt die Farben des Herbstes in ihrem Gemälde perfekt ein, als wäre alles nicht gemalt, sondern ein Polaroidfoto der aktuellen Szenerie. Vincent lächelt begeistert.

»So was findest du nur in Montmartre!«

Seine Begeisterung ist ansteckend. Ich trete etwas näher an die Bilder heran, betrachte sie eingehend und muss zugeben, dass sie verdammt gut sind.

»Vielleicht noch im Louvre.«

Doch Vincent macht nur eine wegwerfende Handbewegung und deutet mit beiden Armen auf die Künstler auf dem Platz vor uns.

»Louvre, schön und gut, aber *hier* musst du dich umsehen. Irgendwo hier sitzt ein neuer van Gogh – und weiß es noch nicht.«

Ich lasse meinen Blick über die vielen Menschen schweifen, die alle durch eine Sache verbunden sind: die Liebe zur Kunst.

»Meinst du wirklich?«

»Klar. Van Gogh wusste zu Lebzeiten auch nicht, dass er als einer der größten Künstler aller Zeiten angesehen würde.«

Vincent legt seine Hände von hinten auf meine Schultern und dreht mich zu einem jungen Mann ganz am Rand des Platzes, der malt und malt und dabei gar nichts von seiner Umgebung mitzukriegen scheint. Er ist bestimmt noch nicht mal dreißig Jahre alt, trägt ein schlichtes Karohemd, Jeans und etwas längere dunkle Haare.

»Der da ...«

»Was ist mit ihm?«

»Das ist der neue van Gogh!«

Von unserer Position aus können wir nicht sehen, was er malt, er ist komplett in seine Arbeit vertieft. Nichts an seinem Äußeren lässt darauf schließen, dass Vincent mit seiner Annahme recht hat.

»Hast du einen Blick in deine Kristallkugel geworfen?«

»Ich habe es gerade beschlossen.«

Langsam nähern wir uns dem Künstler und sehen ihm über die Schulter. Dabei scheint er uns nicht mal wahrzunehmen. Mit Ölfarben malt er ein Bild mit dem kleinen Stück Ausblick über Paris, den wir auch gerade genießen können. Vincent legt den Kopf ein bisschen schräg und streicht sich die Haare aus dem Gesicht.

»Es sieht so echt aus.«

Ich muss ihm recht geben. Fast könnte man meinen, es wurde ein Stück Paris eingefangen. Eine Momentaufnahme dieses Augenblicks. Sogar die spielenden Kinder sind darauf verewigt. Zwar ist nur ein Teil dieses Bildes fertig, aber ich kann jetzt schon sagen, dass es wirklich schön werden wird. Vincent sieht zu mir, grinst und greift nach meiner Hand, was mich überrascht. Ich zucke zusammen, was mir tierisch peinlich ist, wenn man bedenkt, dass wir fast den kompletten Nachmittag zusammen verbracht haben. Sofort lässt er mich wieder los.

»Sorry. Wollte dich nicht erschrecken.«

Er hebt beide Hände in die Luft und lächelt entwaffnend.

»Das sind meine Hände.«

Dabei bewegt Vincent seine Finger, als würde er ein imaginäres Klavier spielen.

»Eine davon greift jetzt gleich nach deiner ...«

Die linke Hand lässt er langsam sinken und schließt sie sanft um meine Hand, locker und nicht zu fest. Dabei lassen seine grünen Augen mich keine Sekunde los, als würden sie mich fragen, ob es okay ist. Zögernd lege ich meine Finger um seine, was zu einem sofortigen Lächeln auf seinen Lippen führt.

»Komm mit!«

Er zieht mich von dem Mann weg und steuert auf eine Bank neben einer weiteren steilen Treppe zu, etwas abseits von den vielen Staffeleien.

»Es wird Zeit, dass wir uns in die Geschichte schleichen.«

Damit deutet er auf die Bank vor uns. Ich sehe ihn verständnislos an.

»Was bitte?«

»Der Typ wird gleich diese Bank malen.«

»Aha.«

»Und wenn ich mit meiner Annahme richtigliege, dass er der neue van Gogh wird, dann wird dieses Bild in hundert Jahren in irgendwelchen Museen ausgestellt werden, vielleicht auf dem Mars oder so.«

»Klar. Voll realistisch.«

Er ignoriert meinen sarkastischen Kommentar und lässt seinen Rucksack auf den Boden fallen, bevor er Platz nimmt und auf die freie Stelle neben sich klopft.

»Und wir werden dann auf dem Bild zu sehen sein. Unsterblich quasi.«

Natürlich ist so ein Gedanke absurd und irgendwie verrückt, aber ein Blick zurück zu dem Maler reicht für das Wissen, dass es zumindest eine winzig kleine Chance gibt. Vincent könnte ja doch recht haben. Sofort lasse ich mich neben ihn fallen.

»Eingefangen in einem Kunstwerk aus der Vergangenheit.«

Es ist die fast kindliche Begeisterung in Vincents Augen, die mich lächeln lässt, während er verschiedene lässige Posen ausprobiert und sich schließlich einfach nur für eine natürliche Sitzposition entscheidet.

»Die Zukunft wird für immer und ewig rätseln, wer diese beiden jungen Menschen auf der Bank sind.«

»Und wenn er uns nun gar nicht malt?«

»Wird er!«

»Woher weißt du das?«

»Er malt den Platz immer so, wie er gerade an diesem Tag ist. Ich habe ihn schon die letzten paar Tage hier gesehen. Der Typ ist echt krass. Malt jeden Tag ein Bild, als wolle er jede Veränderung genau einfangen. Von Tag zu Tag.«

»Das ist allerdings krass. Was ist, wenn sich von gestern auf heute nichts verändert hat?«

Vincent schüttelt den Kopf.

»Du sitzt heute hier. Gestern warst du nicht da. Gestern wusste ich nicht mal, dass es ein rothaariges Mädchen namens Emma Teichner gibt.«

Sein Blick ist weich, während er mich ansieht, als hätte nicht er mich in dem Café vorhin gerettet, sondern ich ihn.

»Und selbst wenn du morgen wieder hier bist, wirst du wohl was anderes anhaben. Veränderungen gehören zum Leben, oder?«

»Auch diejenigen, die nicht so schön sind.«

»Willkommen in Phase drei.«

»Endlich! Was passiert jetzt?«

»Neue Erinnerungen sammeln. Nur so kann man die alten übermalen. Wie bei Graffiti. Du sprühst so lange darüber, bis man das alte Bild nicht mehr sehen kann.«

»Ich habe gar keine Erinnerungen mit Alain in Paris. Also keine, bis auf das peinliche Zusammentreffen mit Chloé.«

»Schon möglich. Aber ich wette, in deinem Kopf hast

du noch genug Tagträume, wie eure Zeit hier hätte ablaufen sollen.«

Schnell sehe ich weg, damit er nicht erkennen kann, wie genau er mich getroffen hat. Eine zweistündige Zugfahrt hat gereicht, um einen Hollywoodstreifen in meinem Kopf entstehen zu lassen, in dem Alain die männliche Hauptrolle übernommen hat.

»Ich habe mich mit Saskia hier sitzen sehen.«

Diesmal klingt Vincents Stimme noch etwas tiefer und rauer, als würde er mit sich und dieser Erinnerung kämpfen. Als ich meinen Kopf wieder zu ihm drehe, hat er sein Schutzschild schon längst wieder vor seine Augen fallen lassen. Er sieht auf seine Finger, die nervös an seiner Jeans zupfen.

»Ich habe den Trip hierher für sie geplant. Vor Monaten. Als Überraschung. Habe mir alles genau überlegt: Montmartre, Restaurants, romantische Spaziergänge. Ich dachte, Paris… Welches Mädchen würde das nicht mögen?«

Ein kurzes Lachen, das keines ist, als er den Kopf schüttelt und mich durch die Haarsträhnen ansieht.

»Vor acht Wochen hat sie Schluss gemacht, weil sie lieber mit ihrer Freundin nach Spanien wollte, anstatt in einem Künstlerviertel rumzuhängen und sich – O-Ton – *ins Koma zu langweilen.*«

Diesmal funkeln seine Augen verletzt, und ich verstehe nur zu gut, wie er sich fühlen muss. Bei mir hat die Planung nicht mal einen Tag in Anspruch genommen, er hingegen hat alles gebucht, geplant und bezahlt. Vincent zuckt die Schultern, die er jetzt noch tiefer hängen lässt.

Meine Abneigung gegenüber dieser Saskia wächst minütlich.

»Spanien also ohne mich. Man weiß schließlich nie, wann man den Traummann trifft.«

»Und was ist mit dir?«

»Emma! Ich bin weder Held noch Traummann.«

So wie er das sagt, klingt es, als ob er dieses Bekenntnis auch noch glauben würde. Ich kenne Saskia nicht, habe sie nicht getroffen und weiß nicht mal, wie sie aussieht – aber ich weiß, dass ich sie nicht ausstehen kann. Vincent ist bestimmt kein schlechter Typ. Bisher hat er mich wunderbar abgelenkt, war lustig und höflich, schräg und vielleicht ein kleines bisschen merkwürdig. Vermutlich ist sie sich nicht mal bewusst, dass sie ihm richtig wehgetan hat, weil sie zu beschäftigt damit war, die Sonnenmilch für ihren Spanien-Trip auszusuchen.

»Hoffentlich liegt sie irgendwo in einem spanischen Hotel mit einer fiesen Lebensmittelvergiftung.«

»Vermutlich liegt sie am Strand und genießt die letzten Sonnenstrahlen. Und dann kommt sie zurück in die Schule mit diesem perfekten Teint und mit sonnengebleichten Haaren, die noch immer nach Meer riechen.«

Er macht eine kurze Pause, als hätte ihn eine vertraute Erinnerung übermannt und jetzt fest im Klammergriff. Seine Stimme klingt leise. Keine Ahnung, ob er noch mit mir oder mit sich selbst spricht.

»Im Sommer war sie immer noch schöner. Sie riecht dann nach Kokosnuss und Sonnenmilch. Wie die Karibik.«

Ein schüchternes Lächeln huscht so schnell über seine

Lippen, dass ich es fast verpasst hätte. Es wird direkt von einem traurigen Blick abgelöst.

»Und wenn sie zurückkommt, hat sie wohl einen neuen Freund, der Sergio oder so heißt.«

»Quatsch!«

Kurz stupse ich Vincents Knie mit meinem an. Ein Versuch, ihn ins Hier und Jetzt zurückzuholen. Als er zu mir sieht, liegt ein verräterischer Schimmer im Grün seiner Augen. Er fährt sich mit dem Handrücken darüber, als könne er auf diese Weise nicht nur die Tränen, sondern auch die Erinnerung an Saskia verwischen.

»Hast du die letzten Tage hier etwa so verbracht?«

Er weiß, dass jede Lüge zwecklos wäre, weil ich selber in dieser Situation stecke und seine Ausrede durchschauen würde.

»Vielleicht.«

»Das ist ziemlich masochistisch, findest du nicht?«

»Gut möglich. Es klingt albern, aber mein Leben ist meistens ziemlich laut. Saskia hat irgendwie die richtige Taste gefunden, um den Lärm abzuschalten.«

»Du hörst also in deinem Leben zu laut Musik?«

»Manchmal.«

»Das ist doch auch ganz cool.«

»In letzter Zeit sind da aber auch Streitereien, viel Enttäuschung und keine Musik.«

Dabei sieht er nicht zu mir, sondern über Paris, das mit seiner Geräuschkulisse wohl eine angenehme Abwechslung für Vincent ist. Keine Ahnung, welche »Streitereien« er meint, aber es klingt so, als ob sein Leben daheim im Moment nicht sehr entspannt wäre.

»Ich kann verstehen, dass dir Saskia fehlt. Oder das Gefühl, das sie dir gegeben hat. Aber irgendwann bringt jemand bestimmt richtig guten Sound in dein Leben.«

»Glaubst du?«

»Ich weiß es.«

Das tue ich natürlich nicht, aber wenn ich es nicht glauben würde – wieso um alles in der Welt sollten wir sonst weitermachen?

»Und die Sache mit der Enttäuschung kenne ich leider nur allzu gut.«

Doch er scheint mir nicht zu glauben und schüttelt den Kopf.

»Nicht, wenn *du* die Enttäuschung bist.«

Saskia hat wirklich ganze Arbeit geleistet.

»Auch das wird besser, Vincent.«

»Ja?«

»Die Hoffnung auf das Morgen vertreibt die Angst von heute.«

»Ist das von Hemingway?«

»Nein. Das ist von mir.«

Dabei setze ich mich etwas auf und hoffe, dass Vincent ein bisschen beeindruckt ist. Er nickt begeistert, das Strahlen kehrt auf sein Gesicht zurück. Es vertreibt die Erinnerungen an Saskia und das werte ich schon als Erfolg.

»Emma Teichner. Das ist ein großartiger Name für eine Autorin!«

»Findest du?«

Er beugt sich ganz leicht zu mir und grinst geheimnisvoll.

»Ich weiß es.«

»Okay, Vincent. Hast du also wirklich eine Kristallkugel, in der du die Zukunft vorhersehen kannst?«

»Vielleicht.«

»Ich würde nämlich gern was über meine Zukunft wissen.«

»Ja, Alain wird es bereuen, dir wehgetan zu haben.«

»Das ist schön. Aber das meine ich nicht.«

»Ja, du wirst wieder nach Paris kommen.«

»Werde ich also?«

»Klar! Man kommt immer zweimal nach Paris. Das ist Pflicht.«

»Danke für die Aufklärung.«

»Gern geschehen. Und was willst du noch wissen?«

»Wird das alles hier irgendwann leichter?«

»Hm. Dazu habe ich leider keine vertrauenswürdigen Informationen, aber Gerüchte besagen, es lohnt sich, darauf zu warten.«

»Das ist ein schwacher Trost.«

»Okay, was willst du hören? Alain kommt zu dir zurück, du ziehst nach Paris und wanderst auf den Spuren Hemingways?«

Warum klingt er jetzt so schnippisch?

»Das wäre zwar irre cool, aber ich will eigentlich einfach nur wissen, ob ich irgendwann die Spielregeln verstehe.«

»Niemand versteht die Regeln. Deswegen müssen wir sie von Zeit zu Zeit eben brechen.«

»Wie alt bist du, Vincent?«

»Siebzehn Jahre und vier Monate, drei Wochen, zwei Tage, siebenunddreißig Minuten und vier Sekunden ...«

»Fünf…«

Er lächelt, weil ich mitspiele.

»Sechs…«

Ich lächele, weil wir beide nicht mal einen Tag für unseren ersten Insider gebraucht haben.

»Du bist ziemlich clever für dein Alter.«

»Das meiste davon habe ich von einem Concierge-Gandalf geklaut.«

»Machmal ist es echt schwer, dir zu folgen.«

»Ich weiß. Deswegen mache ich immer mal wieder Pausen, damit du mitkommst.«

Place du Tertre

Place du Tertre

»Wie lange warst du mit Saskia zusammen?«

»Ein Jahr, sieben Monate, vier Wochen, acht Tage und zwölf Minuten.«

Er zögert keine Sekunde. Entweder kennt er die genauen Zahlen wirklich auswendig oder er flunkert verdammt gut.

»Das ist ziemlich lange.«

»Ich weiß. Deswegen tut es hier auch noch etwas weh.« Er klopft sich auf die Brust, wo sein Herz hinter den Rippen langsam heilt, aber bei bestimmten Erinnerungen noch schmerzt. Das kenne ich, dabei war ich nicht mal ansatzweise so lange mit Alain zusammen.

»Das darf es auch.«

»Kann ich mir dein *Außer Betrieb*-Schild ausleihen?«

Jetzt bin ich an der Reihe, ihm eine etwas schönere Version seiner Liebeszukunft zu malen. Hoffentlich bin ich dabei nur halb so gut, wie er es bei mir war. Ich tue so, als ob ich ihm ein imaginäres Schild um den Hals hängen würde.

»Es ist aber nur ausgeliehen. Ich will es zurück, wenn dein Herz wieder funktioniert, ja?«

Das erhoffte Lächeln huscht über seine Lippen, als er kurz nickt und mich durch die Haarsträhnen ansieht. Niemand gibt gerne zu, dass er noch an seinem Ex-Partner hängt.

»Saskia darf aber nicht mehr ständig in meinem Kopf sein. Deswegen möchte ich jetzt irgendetwas anderes erleben, Emma. Die geplanten Erinnerungen überpinseln. Weißt du, natürlich ist es bescheuert zu glauben, die erste Freundin wäre gleich der Volltreffer. Schon klar. Aber ich dachte irgendwie ... na ja ...«

Er behält lieber für sich, was auch immer er geglaubt hat. Durch die schweigsame Pause gibt er mir die Chance, ihn wieder einzuholen. Kurz sehe ich zu dem Künstler, der seinen Blick noch immer konzentriert auf die Leinwand vor sich geheftet hat. Ich frage mich, ob er uns wohl wirklich mit auf das Bild malt.

»Irgendwie schön, eine Herzschmerzfreundin wie dich zu haben, Emma.«

»Ist das ein Kompliment?«

»Das größte, zu dem ich im Moment fähig bin.«

»Danke schön. Vielleicht sollte ich das als Berufswunsch angeben.«

»Absolute Marktlücke! Jeder sollte Herzschmerzfreunde haben.«

»Dann bist du jetzt meiner. Das ist nur fair.«

Langsam hebt er sein Kinn wieder an. Sein Selbstbewusstsein kehrt zurück, sein Lächeln wird breiter – und schiefer. Wir nicken uns zu, es ist ein stummer Vertragsabschluss: Freunde.

Jetzt, da die Wolken das Spiel gegen die Sonne deutlich für sich entscheiden, wird es merklich kühler. Meine Strickjacke bietet mir nicht mehr ausreichenden Schutz vor einer Gänsehaut. Ich ziehe sie enger um meinen Körper und schlinge die Arme um mich. Es ist schön, Paris in diesem Licht zu sehen, als könne man jetzt das Orange der Blätter an den Bäumen noch besser erkennen. Als wäre der Herbst die perfekte Besuchszeit für Paris, weil es in diesem Licht noch verwunschener aussieht. Zumindest hier oben in Montmartre.

»Ist dir kalt?«

Vincents Blick streift mich, aber ich schüttele tapfer den Kopf, obwohl ich sichtbar zittere.

»Geht schon.«

»Ich würde dir ja meine Jacke anbieten, aber vermutlich nimmst du sie nicht an.«

»Dafür, dass du mich kaum kennst, nimmst du eine ganze Menge Dinge an, mein Lieber.«

»Ich dachte nur, das wäre so eine Aktion, die der Held deiner Geschichte abziehen würde. Und wir haben uns ja darauf geeinigt …«

»Herzschmerzfreunde dürfen das, nehme ich an.«

»Stimmt auch wieder.«

Ich beobachte Vincent, wie er grinsend seine Lederjacke auszieht und sie mir wortlos reicht. Ich sollte sie nicht annehmen, ihm vermutlich auch nicht trauen. Schon gar nicht sollte ich glauben, dass er anders ist als Alain. Jungs mögen unterschiedliche Gesichter haben, aber sie werden immer ein rothaariges, kleines Mädchen verlassen, wenn eine Saskia oder Chloé des Weges kommt. Doch die Gefahr besteht bei ihm gar nicht. Wir sind höchstens

Freunde. Und selbst das stimmt nur hier, in Paris, dem Ort, an dem ich mich verstecke und zu dem er hingerannt ist. In der gemeinen Realität des Alltags verschwinden wir bald wieder in unsere Leben und verlieren den Kontakt nach ein paar Wochen. So ist es doch immer mit Menschen, die man im Urlaub kennenlernt. Also ist es gefahrlos, seine Jacke anzunehmen.

Natürlich ist sie mir viel zu groß und erstaunlich schwer noch dazu, aber sie ist auch warm und riecht nach einer Mischung aus frischem Männerparfüm und Lavendel. Das passt ganz ausgezeichnet zu Vincent.

»Merci.«

»Freu dich nicht zu früh, du darfst sie nämlich nicht behalten.«

Warum sieht ein Augenzwinkern bei manchen Menschen so gut aus? Bei anderen wirkt es wie ein hektischer Versuch, eine Fliege aus dem Auge zu blinzeln. Vincent gehört sicher in die erste Kategorie. In seiner Lederjacke sitze ich neben ihm, betrachte die Kuppel von Sacré-Cœur in der unmittelbaren Nähe und vergesse ganz kurz, dass ich heute Morgen noch zu Adeles Liebeskummersongs Schokolade gefuttert und nicht daran geglaubt habe, einen so schönen Tag zu erleben. Jetzt genieße ich einen traumhaften Ausblick und habe mein Lieblingsviertel von Paris etwas besser kennengelernt, das noch viel schöner ist, als ich vermutete. Dazu habe ich auch noch einen jungen Mann getroffen, der so wenig mit Alain zu vergleichen ist, dass ich für einen kurzen Moment glaube, mein kichererbsengroßes Herz erholt sich wieder vom Einschlag dieses Langstrecken-Marschflugkörpers namens

Chloé. Gerade als ich Paris abschreiben wollte, hat es mich aufgefangen und mir zwischen verborgenen Gassen in einem winzigen Café einen Nicht-Helden wie Vincent geschenkt. Vielleicht sollte ich der Stadt noch mal eine Chance geben.

»Da schau, er ist fertig!«

Vincents Ellenbogen stupst mich sanft an, und ich weiß sofort, was er meint. Tatsächlich ist der Künstler aufgestanden, streckt sich ein bisschen und schüttelt seine Hand aus. Bevor ich etwas sagen kann, ist Vincent schon auf den Beinen.

»Los, schauen wir uns unsere Grüße in die Zukunft an!«

Mit dem Rucksack über einer Schulter spurtet er los und wirkt dabei kurz, als wäre er um einiges jünger als seine fast achtzehn Jahre. Ich folge ihm in einem sicheren Abstand. Bevor ich das Bild betrachten kann, sehe ich Vincents Augen, die vor Begeisterung strahlen, und sein schiefes Lächeln, das diesmal fast schon waagerecht ist.

»Schau dir das an, Emma!«

Tatsächlich: Ein Bild von Paris mit dem Eiffelturm im Hintergrund, den Treppen, den alten Laternen, den herbstlichen Bäumen, dazu Fußball spielende Kinder, das Café mit seinen Gästen – und wir sitzen auf der Bank am rechten Bildrand. Wir sind zu klein, um einem sofort ins Auge zu springen, aber wir sind deutlich erkennbar. Meine roten Haare, Vincents bunte Socken – die man aber nur dann sieht, wenn man ganz genau hinschaut – und seine Lederjacke, die ich auf dem Bild und im wahren Leben trage.

Vincent sieht fast ein bisschen stolz aus, als wäre es sein Werk und nicht das des jungen Mannes, der uns etwas irritiert mustert, was Vincent nicht davon abhält, sich noch näher zum Bild hinzulehnen. Seine Stimme ist leise, und es klingt fast so, als würde er es zu sich selber sagen. Aber ich stehe so nah an ihm dran, dass ich nicht nur den Duft von Lavendel riechen, sondern auch sein Flüstern hören kann.

»Paris, du und ich.«

C'est la vie

So ist das Leben

Zuerst hatte ich angenommen, Vincent würde das Bild kaufen, aber das war natürlich nicht der Fall. Immerhin soll es ja in der Zukunft auf dem Mars in einem Museum hängen. Es ist auch nicht so, dass ich damit gerechnet habe, er würde eine Erinnerung an unser Gespräch mit nach Hause nehmen wollen. Schließlich spielen wir nur kleine Nebenrollen im Leben des anderen. Deshalb gehen wir jetzt auch kunstwerklos nebeneinander die vielen Stufen nach unten: ich immer noch in seiner Jacke, er neben mir mit federnden Schritten. Er wirkt dabei, als wäre ihm weder kalt noch würden die Erinnerungen an Saskia, das Geschrei in seinem Leben oder sein kaputtes Herz ihm aufs Gemüt drücken. Wenn ich es nicht besser wüsste, könnte man meinen, Vincent wäre ein unbeschwerter junger Mann, der einfach nur ein paar tolle Tage in Paris verbringt. Seine Maske ist das schiefe Lächeln, sein Schutzschild sind seine Haare. Und sein frecher Humor hat mich schon längst davon überzeugt, dass ich ihn mag.

»Wie läuft Phase drei so für dich, Teichner?«

Vincent nimmt zwei Stufen auf einmal und ist selbst dann noch einen halben Kopf größer als ich. Seine Größe, die relativ dünnen Beine und die Frisur lassen ihn ein bisschen wie eine Babygiraffe aussehen, was ein Schmunzeln bei mir auslöst. Ebenso die Tatsache, dass er mich gerade bei meinem Nachnamen nennt. Er hat trotz seiner schlaksigen Gestalt ziemlich breite Schultern und, wie ich jetzt sehen kann, auch kräftige Arme. Allerdings sieht das nicht übertrieben antrainiert aus.

»So weit ganz gut. Ich sammele fleißig Erinnerungen.«

Er nimmt auf dem Treppengeländer Platz und sieht mich prüfend an. Diesen Lügendetektorblick kann er ruhig anwenden, denn ich spreche die Wahrheit. Deswegen halte ich seinem Blick stand.

»Gut. Ist nämlich ein ziemlich schöner Tag. Es wäre schade, wenn du den verpassen würdest.«

Jetzt hebt er die Füße vom Boden, streckt die Arme aus, als ob er gleich losfliegen wolle, und rutscht einige Meter auf dem Geländer nach unten. Eines steht fest, Vincent hat mit dem Erwachsenwerden nicht besonders viel Eile. Es ist fast so, als würde er dem Versprechen der Welt nicht trauen: *Wenn man erst mal erwachsen ist, dann ist alles leichter. Man kann Entscheidungen selber treffen und hat bald genug Lebenserfahrung, um dumme Fehler nicht mehr zu machen.* Doch ist das wirklich so? Vincent springt, kurz bevor er das Gleichgewicht verliert, wieder vom Geländer und streckt die Arme gen Himmel. Dabei verbeugt er sich ein bisschen und sieht erwartungsvoll zu mir.

»Haltungsnote?«

»Es gibt Abzüge für die Landung.«

»Ich übe noch.«

»Beim Treppengeländerrutschen?«

Er schüttelt den Kopf und hakt die Finger in die Schultergurte des Rucksacks.

»Beim Leben.«

»Du übst nur?«

»Klar. Du nicht?«

»Und wann lebst du so richtig?«

»Ich lebe ja. Aber hey, ich bin nicht mal achtzehn. Ich mache Fehler. Ständig. Nimm nur mal mein Französisch.«

»*Mon Dieu!*«

»Eben. Ich rate wild, welche Zeitform wohl gerade angebracht ist.«

»Oder du erfindest einfach eine.«

»Ganz genau! Oder ich verliebe mich in die falsche Frau. Steige bei der falschen Bushaltestelle aus. Trage komische T-Shirts. Lade die wildeste Musikmischung auf meine Playlist.«

»Aha.«

»Und weißt du auch wieso, Emma?«

»Weil du ein Chaot bist?«

»Jetzt überschüttest du mich aber mit Komplimenten.« Wieder dieses sexy-niedliche Augenzwinkern.

»Woher soll ich wissen, was ich mit meinem Leben anfangen soll, wenn ich nicht üben darf?«

»Du verliebst dich in die falsche Frau, weil du übst?«

»Nein. Ich verliebe mich, weil es passiert. Saskia war wohl nicht die Richtige. Aber bei der richtigen Frau will ich alles richtig machen.«

Langsam setze ich mich wieder in Bewegung und schlendere die letzte Treppe zu ihm runter. Er lehnt sich an die Laterne und lässt seinen Blick über die Dächer von Paris schweifen.

»Irgendwann, wenn ich mit der Schule fertig bin und mit einem Studium anfange, auf das ich keine Lust habe. Wenn ich in meine erste eigene und überteuerte Wohnung nach München ziehe, dann werden alle erwarten, dass ich weiß, was ich will. Aber sind wir doch mal ehrlich, Emma. Woher sollen wir wissen, mit welcher Farbe wir unser Leben anstreichen wollen, wenn wir unsere Finger vorher nicht in alle Farbeimer getunkt haben?«

Das klingt absurd plausibel.

»So rechtfertigst du also deine Fehler?«

»Klar! Diese Reise für Saskia zu buchen, das war vermutlich ein Fehler.«

Ich halte neben ihm an und schiebe meine Hände in die Jackentaschen.

»Vermutlich.«

»Wäre ich nicht hierhergekommen, hätte ich aber dich nicht getroffen.«

Während Vincent das sagt, sieht er mich nicht an, weil er sich stattdessen ziemlich konzentriert das Stadtbild von Paris einprägt. Deswegen schaue ich ihn an und betrachte das Profil eines Jungen, der mir, ohne zu zögern, seine Jacke geliehen, mir seine Geschichte erzählt und mich auf ein Bild von *The next van Gogh* gezaubert hat.

»Und ich sage das sicher nicht, um dir zu schmeicheln. Aber trotz Eiffelturm und Sacré-Cœur bist du mein Paris-Highlight.«

Jetzt sieht er endlich doch zu mir. Seine Lippen formen ein Lächeln und zum ersten Mal fallen mir die winzigen Grübchen in seinem Gesicht auf.

»Aber psst! Sag *ihr* das nicht, die Stadt kann nämlich ziemlich zickig werden.«

Er stupst gegen meine Schulter, und für den Bruchteil einer Sekunde lehne ich mich an ihn, was sich ziemlich gut anfühlt.

Ich lasse mein Herz ganz kurz aufatmen. Solange es Jungs wie Vincent da draußen gibt, die so sind wie er, gibt es vielleicht doch noch einen Grund für mich, weiter an die Liebe zu glauben.

»Hör auf, solche Sachen zu sagen, Elfer.«

»Ach stimmt. Sorry!«

Er bringt etwas Abstand zwischen uns, macht einen hastigen Schritt die Treppe nach unten und hält mir seine Hände entgegen.

»Abstoßende schlechte Eigenschaften! Bist du bereit?«

»Schieß los!«

»Ich kaue Fingernägel.«

Tatsächlich sehen seine Fingernägel etwas abgekaut aus, aber noch nicht wirklich abschreckend.

»Das solltest du dir abgewöhnen.«

»Ich raschele im Kino mit der Popcorn-Tüte bei den spannendsten Szenen.«

»Das ist schrecklich!«

Wieder macht er rückwärts einen Schritt die Treppe runter und scheint angestrengt seine unangenehmen Eigenschaften durchzugehen.

»Meine Zehen sehen aus wie Chicken Nuggets!«

Sofort breche ich in lautes Gelächter aus. Fast erschrecke ich, als ich mein Lachen höre, wie es von den Häuserwänden um uns rum abprallt und als Echo über die Dächer der Stadt getragen wird. Die letzten Tage habe ich kaum gelächelt und ganz sicher nicht mehr gelacht. Schon gar nicht laut. Vincent sieht ebenso verdutzt aus, wie ich mich fühle, aber ich kann nicht aufhören zu lachen.

»Ja, lach du nur! Mach dich ruhig über meine körperlichen Unzulänglichkeiten lustig.«

Doch er ist mir nicht böse, das kann ich sehen, denn er lächelt mir zu. Wenn auch nur mit den Augen.

»Weißt du, wie ausgeschlossen ich mir im Sommer vorkomme, wenn alle Flipflops tragen?«

»Das muss furchtbar für dich sein.«

»Und wie! Es ist kaum auszuhalten.«

Ich beruhige mich wieder etwas und atme tief durch, bevor mein Bauch vor lauter Lachen noch mehr schmerzt.

»Okay, was noch?«

»Nun, mit meinem Französisch komme ich auch nicht besonders weit.«

»Das grenzt fast an Körperverletzung.«

»Ich hasse es, Geschirr abzuspülen.«

»Minuspunkt als Hausmann.«

»Ich bin die größte Enttäuschung, die du dir vorstellen kannst, wenn es darum geht, die Pläne der anderen zu befolgen.«

Das klingt bitter und nimmt dem Moment die Leichtigkeit. Doch ich kann nicht nachfragen, weil Vincent sofort weiterspricht.

»Und ich stottere.«

Das muss nun wirklich ein schlechter Witz sein, weswegen ich kurz abwarte, ob er diesen Scherz noch auflöst. Aber sein Blick bleibt unverändert ernst.

»Du stotterst doch nicht!«

»Nicht mehr so oft.«

Damit dreht er sich um und geht die Treppen im normalen Tempo nach unten. Er gibt mir dadurch die Chance, zu ihm aufzuschließen, und zuckt dann entschuldigend die Schultern. Es gelingt mir nicht, meine Überraschung zu verbergen.

»Bis zur vierten Klasse habe ich tierisch gestottert. Es war wirklich nicht schön, das mit anzuhören.«

»Jetzt hört man es aber gar nicht mehr. Ich wäre nie darauf gekommen, dass du stotterst.«

Er lächelt ein bisschen stolz.

»Ich richte meiner Logopädin deine Grüße aus.«

»Im Ernst, Vincent! Man hört es gar nicht mehr.«

»Na ja, wenn ich aufgeregt, wütend oder sehr nervös bin oder so, dann kommt es schon noch ab und zu durch. Aber nicht mehr so schlimm wie damals. Es reicht trotzdem, um mich dann gehörig zu blamieren.«

»Blödsinn, deswegen solltest du dich nicht schämen. Ganz im Gegenteil, ich habe es nicht mal bemerkt.«

»Harte Arbeit.«

»Das ist aber doch ein toller Erfolg.«

»Na ja, es war eher so eine Losersache, die ich loswerden musste.«

»Nein. Ich glaube du hast einfach etwas länger geübt, bis du deine Stimme gefunden hast.«

Obwohl ich ihn viel zu kurz kenne, bin ich gerade stolz auf Vincent. Ich kann mir nicht recht vorstellen, wie es wohl gewesen sein muss, wenn man nicht einfach sagen kann, was man möchte. Wenn einem die Worte nur stotternd über die Lippen kommen und das Sprechen zum Kraftakt wird. Jeder Satz jagt einem Angst ein, jeden Blick spürt man wie brennendes Feuer lodern – und das in einem so jungen Alter. Jetzt sehe ich nicht nur wegen der äußeren Größe zu Vincent auf.

»Glaubst du?«

»Du hast eben in die Farbeimer geschaut, bevor du dich entschieden hast.«

»Wie findest du meine Wahl?«

Er greift sich an den Kehlkopf, als könnte er dort eine Stimme einstellen.

»Sie passt zu dir.«

Manche Menschen sagen »Danke!« mit einem Blumenstrauß, andere brauchen Schokolade, eine Grußkarte oder Worte. Vincent Elfer braucht nur ein Lächeln.

»Und jetzt du, Emma! Was sind deine schlechtesten Eigenschaften?«

»Warum sollte ich dir das erzählen?«

Vincent hakt sich bei mir unter und zieht mich die letzte Stufe nach unten.

»Damit ich mich ganz sicher nicht in *dich* verliebe.«

Non, je ne regrette rien!

Nein, ich bedaure nichts!

Meine Wahl ist auf das weiße Pferd mit rotem Sattel und dem etwas erschrockenen Gesichtsausdruck gefallen. Vincent hat das braune Pferd direkt daneben genommen, weil es gutmütig aussieht und ihn sicher nicht abwerfen wird. Er hat es »Tucker« getauft und sich ihm erst mal zaghaft genähert. Jetzt drehen wir die dritte Runde auf unseren Pferden und fallen zwischen den Kindern zweifellos auf. Zuerst habe ich es für eine alberne Idee gehalten, aber wenn ich ehrlich bin, wollte ich das unbedingt mal machen. Es ist bestimmt in den Top Ten meiner To-enjoy-Liste.

»Ich schraube nie die Zahnpastatube zu.«

Vincent mustert mich gespielt angewidert und schüttelt enttäuscht den Kopf.

»Das ist immer so eine Sauerei im Bad!«

»Ich weiß, aber ich vergesse es einfach.«

»Du bist keine gute WG-Partnerin.«

»Außerdem schneide ich die Kruste vom Brot ab.«

»Emma, du schockierst mich!«

Er streichelt Tuckers Kopf und lehnt sich etwas weiter zu ihm runter, als würde er mit dem Pferd sprechen.

»Was sagst du? Ja, ich finde das auch total unverliebenswert.«

»Tucker mag mich wohl nicht besonders?«

»Er ist gekränkt, weil er glaubt, du hältst ihn einfach nur für einen Gaul aus Holz.«

Mein Blick wandert zu Tucker, der an einer Stange montiert ist und sich, zusammen mit allen anderen Pferden auf dem Karussell, Runde um Runde im Kreis bewegt. Die Farbe an seinen Beinen blättert schon langsam ab, was auf das Alter des Karussells schließen lässt. Anders als bei uns auf dem Stuttgarter Frühlingsfest gibt es hier keine Feuerwehrwagen, keine coolen Motorräder oder flotten Cabrios. Hier sind es nur Pferde und Kutschen auf einem altmodischen Reitkarussell, das fast gar nichts mehr mit modernen Fahrgeschäften gemeinsam hat. Es steht am Fuße von Sacré-Cœur, die wie ein geheimnisvolles Schloss in der zarten Abendsonne über uns thront und noch immer zahlreiche Touristen anzieht. Aus den Lautsprecherboxen krächzt Édith Piaf ein altes Chanson, während das Licht der schlichten Glühbirnen über unseren Köpfen den kommenden Abend ankündigt.

»Aber Tucker ist das schönste Holzpferd von allen!«

Vincent streicht wieder über den Holzkopf des Pferdes, dessen Augen so aufgemalt sind, das man meinen könnte, es würde schielen.

»Hörst du, Tucker, sie mag dich.«

Ich hebe den Daumen in die Luft und Vincent nickt zufrieden. Ganz kurz stelle ich mir vor, dass ich mit Alain hier wäre. Wie er meine Hand hält und mich verliebt ansieht, während er auf Französisch sagt, dass ich hübsch aussehe. Die Schmetterlinge in meinem Bauch würden durchdrehen, und mein Herz könnte versuchen, durch meine Rippen zu hüpfen. Andererseits hätte Alain nur kurz gelacht, wenn ich ihm vorgeschlagen hätte, ein Kinderkarussell zu besteigen. Doch Vincent ist nicht Alain. Die beiden Jungs haben, genau genommen, außer dem Y-Chromosom nicht viel gemeinsam. Sie wären nicht einmal Freunde. Vincent sieht mich unsicher an, als er meinen Blick bemerkt.

»Was denn?«

»Du bist ziemlich schräg, weißt du das?«

»Das ist Teil meines Charmes.«

»Funktioniert es denn?«

Vincent umklammert die Stange, an der wir uns während der Fahrt festhalten, und lehnt seine Wange dagegen. Wenn seine Augen leuchten, während er aufgeregt zwei Treppenstufen auf einmal nimmt, dann wirkt er so selbstbewusst und sicher, als könne ihm niemand etwas anhaben. Wenn er mich aber so ansieht, diesmal ohne die Haare als schützenden Vorhang zu benutzen, dann erhasche ich einen Blick auf *den* Vincent, der er hinter all dem ist: Vincent, der Junge, dem Saskia wehgetan hat - und der manchmal noch stottert.

»Ich bin alleine in Paris, nachdem mich meine Freundin für einen imaginären spanischen Traummann sicherheitshalber verlassen hat. Ich verstecke mich weit weg von zu Hause und verbringe meine Zeit mit einem Mädchen, das sich sicher nicht in mich verlieben wird, weil sie das dunkle Geheimnis meiner Zehen kennt. Was sagt das über meinen Charme-Erfolg?«

Ich beiße mir kurz auf die Zunge, um nicht das zu sagen, was ich wirklich sagen will. Stattdessen bleibt es beim hilflosen Schulterzucken, weil ich meinem Herzen noch nicht trauen kann. Sicher, es schlägt wieder viel regelmäßiger, der Schmerz lässt auch langsam nach, aber es wäre viel zu trügerisch, ihm jetzt schon zu vertrauen. Das weiß Vincent ebenso wie ich. Weil er das gleiche Problem hat. Wir sind Herzschmerzfreunde, nicht mehr.

»Du übst eben noch. Bis die Richtige kommt.«

Sein Blick mustert mich, sein Lächeln wird langsam breiter. Dann schließt er die Augen und nickt, als ob er fest daran glauben würde, dass es genau so sein wird. Während der nächsten Runde auf dem Karussell betrachte ich sein Gesicht, solange er lächelnd die Augen geschlossen hält. Sein Kinn ist markant und einige Bartstoppeln hat der Rasierer heute Morgen wohl nicht erwischt. An seinem Hals hat er ein kleines Muttermal, das mir jetzt erst auffällt. Weil er jetzt so entspannt aussieht, wirkt sein Lächeln gar nicht mehr so schrecklich schief. Ich lehne meine Wange gegen die Stange meines Holzpferdes und schließe ebenfalls die Augen. Wenn das Karussell sich schnell genug drehen und ich vielleicht in der Zukunft aufwachen könnte, dann würde es mich schon interessieren, was aus Vincent wohl geworden ist. Ob er die Richtige gefunden hat? Und ob diese kurzweilige Episode, die wir beide zusammen erleben durften, mehr als nur eine blasse Erinnerung wäre? Ob das Bild tatsächlich ein Kunstwerk geworden ist, das Jahrhunderte auf dem

Mars überdauert? Als ich die Augen öffne, sieht Vincent mich bereits wieder an. Ich schenke ihm ein warmes Lächeln, das vielleicht kein Ersatz für seine Jacke ist, ihn aber irgendwie umarmen soll.

»Danke, Emma!«

»Doch nicht dafür.«

»Ich will jetzt nicht behaupten, dass du unterhaltsamer als der *Hop-on-hop-off*-Bus bist, aber ...«

Er wiegt nachdenklich den Kopf, und sein Lächeln wächst weiter, bis ihn die kleinen Grübchen verraten.

»... du bist um einiges interessanter.«

»Ich habe selten so ein schönes Kompliment erhalten.«

Dabei imitiere ich einen Hofknicks, so gut es auf einem Pferd sitzend eben geht, und würde ihm zu gerne sagen, wie sehr ich den Tag mit ihm genossen habe. Doch wenn ich das tue, klingt es wie ein Abschied. Nach dieser Fahrt wird er zurück in sein Leben gehen, und ich werde in meines abgeworfen – was ohne Vincent, die Lederjacke und das Karussell nicht besonders verlockend klingt. Zurück ins Hostel, zurück zu den leeren *Snickers*-Packungen mitsamt Adeles Album. Das Karussell kommt sanft zum Stehen. Vincents Blick streift mich, als er Anstalten macht, von Tucker abzusteigen. Ich sitze noch immer bewegungslos auf meinem Pferd und sehe Familien dabei zu, wie sie ihre Kinder in Kutschen und auf Pferderücken setzen. Paare sitzen auf einer Bank, Touristen machen schnell noch ein paar Fotos für ihr Urlaubsalbum. Ich will einfach noch nicht gehen.

»Emma? Sollen wir weiter?«

Doch mir steht der Sinn noch nicht nach einem Abschied. Weder vom Karussell noch von Tucker. Und schon gar nicht von Vincent.

»Drehen wir noch eine Runde? Bitte!«

Vincent zögert einen kurzen Moment, bevor er in die Hosentasche greift und das Kleingeld rauswühlt.

»Du musst mich nicht einladen.«

Doch statt mir zu antworten, lehnt er sich zu Tucker und nickt, während er dem Mann vom Fahrgeschäft, der die Tickets bei den Fahrgästen abkassiert, eine weitere Fahrt für uns beide bezahlt. Dann dreht er sich wieder zu mir.

»Tucker sagt, es ist uns eine Ehre.«

»Wirst du eigentlich jemals erwachsen?«

»Ach, Wendy! Erwachsen werden ist eine barbarische Angelegenheit ... Voller Unannehmlichkeiten.«

Mit dem Zitat aus dem *Peter Pan*-Film und einem Lächeln schwingt er sich zurück in den Sattel. Doch ganz so leicht will ich ihm diese Unbekümmertheit nicht abkaufen. Vincent ist nicht in Paris, weil ihn die Stadt fasziniert, und sicher auch nicht, weil ihm der Sinn nach einer Portion Romantik steht. Er selbst hat es gesagt: Er rennt davon. Während ich mich verstecke.

»Ach, Peter! Irgendwann werden wir alle erwachsen.«

Er zieht nur eine Augenbraue hoch, was wohl ein Zeichen der Anerkennung ist, weil ich sein Zitat erkannt habe.

»Nun, Wendy, dann verschieben wir das eben auf morgen.«

»Oder den Tag danach.«

»Das ist die richtige Einstellung!«

Das Karussell setzt sich wieder in Bewegung. Ich spüre ein entspanntes Lächeln auf meinen Lippen. So lange ich hier bin, muss ich wirklich nicht daran denken, was mich zu Hause erwarten wird, wenn sich die Sache mit Alain rumspricht.

»Hast du heute Abend eigentlich schon was vor?«

Vincent stellt die Frage so schnell und so leise, dass sie im Fahrtwind fast davonweht. Er sieht mich dabei auch nicht an, sondern versucht, besonders lässig und cool zu wirken. Da ich im Moment nicht gerade besonders gefragt bin, schon gar nicht in Paris, zucke ich die Schultern und gebe mir Mühe, ebenso lässig und cool zu wirken.

»Hm. Da müsste ich einen Blick in meinen überfüllten Terminkalender werfen. Gut möglich, dass ich ein Meeting mit dem französischen Staatspräsidenten habe.«

»Geht es um wichtige innenpolitische Entwicklungen?«

»Ja. Er hat um meine Ansicht zur äußerst brisanten Sockenfrage gebeten.«

»Na, wenn das so ist ...«

»Wieso fragst du?«

Erst jetzt sieht er wieder zu mir. Ein deutlicher Hoffnungsschimmer blinkt in seinen Augen.

»Ich dachte, wir schlagen zwei Fliegen mit einer Klappe.«

»Auf welche Fliegen hast du es abgesehen?«

»Erstens musst *du* dann nicht alleine essen.«

»Und was wäre die zweite Fliege?«

»*Ich* muss dann auch nicht alleine essen.«

Langsam nicke ich. Die Vorstellung, verwaist in einem Restaurant oder Café zu sitzen, lässt mich kurz erschaudern. Paris ist zu groß für mich alleine. Ich würde wie ein angespültes Stück Strandgut wirken, herrenlos und einsam. *Und ohne Vincent.*

»Und man soll schließlich nicht alleine essen.«

»Ist das also ein Ja?«

»Machen wir die zwei Fliegen fertig!«

Hoffentlich verrät meine Stimme nicht zu sehr, wie froh ich über die Tatsache bin, das Abendessen nicht einsam verbringen zu müssen. Denn ich klinge etwas zu euphorisch, was Vincent – oder mein Herz – eventuell missverstehen könnte. Ich freue mich einfach darüber, nicht alleine essen zu müssen. Das ist alles. Das könnte ich glauben, wäre da nicht diese Flüsterstimme in mir drinnen, die ganz leise etwas anderes behauptet. Anstatt ihr zuzuhören, konzentriere ich mich auf alle Geräusche um mich herum: den Wind, der durch meine Haare fährt, das Klackern des scheinbar uralten Karussells, das Lachen der Kinder in den bunt bemalten Kutschen vor uns, die wie Königinnen und Könige ihren Eltern zuwinken, auf die Stimme von Édith Piaf, die unsere Fahrt besingt und uns daran erinnert, dass wir auch ja nichts bereuen sollen. Doch je mehr ich mich auf die Geräusche des Lebens konzentriere, desto lauter wird die Stimme in mir, der ich widersprechen will. Was gar nicht so einfach ist, wenn Vincent so schräg lächelt und nichts von dem inneren Disput mit mir selbst mitbekommt. Stattdessen sieht er mich einfach nur an und weiß gar nicht, wie er mit diesem Blick für mich das Karussell in eine Achterbahn inklusive Loopings verwandelt. Doch diesmal bin ich schlauer. Ich weiß genau, dass Jungs oft das sagen, was wir Mädchen hören wollen.

Es liegt an uns, ob wir ihnen glauben wollen oder vorsichtig dieses Minenfeld der Lügen durchschreiten. Außerdem hat auch Vincent noch mit seinen eigenen Verletzungen zu kämpfen. Trotzdem sammeln wir gemeinsam schöne Erinnerungen. Alain und Saskia konnten uns Paris nicht kaputt machen, nur darauf kommt es an. Und passend zum Refrain von *Non, je ne regrette rien* hält das Karussell wieder an. Nur mein Kopf dreht sich fleißig weiter.

»Keine Sorge, Emma. Das ist kein Date.«

Vincent spannt, ohne es zu wissen, mit diesen Worten ein Sicherheitsnetz für mein Herz auf, was ich mit einem erleichterten Lächeln quittiere. Sofort verstummt die leise Stimme. Stattdessen regt sich etwas anderes, versteckt hinter meinen lebenswichtigen Organen. Es ist ein winziges Gefühl von Vorfreude.

Mon vieux

Mein Papa

Bei der Wahl des Restaurants vertraut Vincent weder den Bewertungen im Internet noch den Empfehlungen von Touristenbüros, die ich auf mein Handy lade, sondern entschuldigt sich einen kurzen Moment und ruft einen Freund an, eine Quelle des Vertrauens, wenn es um das Viertel geht. So sagt er zumindest. Er diktiert mir eine Adresse, die ich ganz aufgeregt bei Google Maps eingebe, und zufrieden stelle ich fest, dass auch diese Location in der Nähe liegt, sodass wir zu Fuß hinschlendern können. Trotz des schweren Rucksacks sind Vincents Schritte federnd, und auch mir fällt es leicht, die Treppen zu nehmen. Wir erreichen das Restaurant mit dem Namen *Le Basilic,* das in einem Eckhaus direkt an der Rue Lepic liegt und auf den ersten Blick winzig erscheint. Der Eingang ist fast gänzlich mit Efeu bewachsen, und man kommt sich vor, als würde man durch einen geheimnisvollen Wald in ein Lokal eintreten, das auch in Mittelerde liegen könnte. Das urige Innere ist sehr voll und vor allem sehr laut. Ich sehe keine Chancen für einen Tisch. Doch als ich wieder nach draußen gehen will, greift Vincent nach meiner Hand und lächelt selbstbewusst.

»Wir kriegen schon noch einen Platz!«

»Es ist zu voll. Vielleicht hat dein Freund noch eine andere Idee?«

Doch Vincent schüttelt den Kopf, hält einen der Kellner auf und nennt nur einen Namen: »Jean-Luc«. Das reicht aus, um ein begeistertes Strahlen auf das Gesicht des groß gewachsenen Kellners zu zaubern und uns einen Tisch in der hintersten Ecke des schmalen Restaurants zu sichern, als wäre dieser Name die Eintrittskarte in die Pariser Gesellschaft. Zumindest hier, in dieser Gegend, scheint er Türen zu öffnen. Ich nehme auf der lederbezogenen Sitzbank Platz, Vincent setzt sich mir gegenüber auf einen der dunklen Holzstühle.

»Verrätst du mir, wie du das gemacht hast?«

»Es schadet nie, die richtigen Menschen zu kennen.«

Vincent lächelt geheimnisvoll (was ihm übrigens steht) und sieht mir dabei zu, wie ich zum ersten Mal an diesem Abend seine Lederjacke ausziehe. Obwohl ich unterwegs zweimal angeboten habe, sie ihm zurückzugeben, hat er es abgelehnt und behauptet, ihm wäre gar nicht so kalt. Doch als er eben meine Hand genommen hat, konnte ich deutlich spüren, wie kalt seine Finger sind.

»Warst du etwa schon mal hier?«

»Du meinst, mit einem anderen Mädchen, das meinem Charme erlegen ist?«

»Zum Beispiel.«

Der Laden mag klein sein, aber hier hat sich jede Menge Leben versammelt. Das Lachen der Gäste am Nebentisch zieht kurz unsere Aufmerksamkeit auf sich. Selbst das Lachen der Franzosen klingt hier anders, lebensfroher und ansteckend. Vincent und ich tauschen einen amüsierten Blick.

»Noch nie. Weder alleine noch in Begleitung. Aber das Steak soll toll sein.«

Er schiebt mir die Karte über die weiße Tischdecke zu und ich werfe einen schnellen Blick auf die Preise. Zu meiner Überraschung sind die Menüs hier absolut erschwinglich. Vincent studiert ebenfalls das Angebot. Kurz frage ich mich, ob die Leute neben uns vielleicht glauben, wir könnten ein Paar und das hier ein Date sein. Sieht man als Außenstehender, ob Menschen verknallt oder nur Freunde sind? Immerhin kam ich in seiner Lederjacke hier rein, während er meine Hand gehalten hat.

»Ich nehme das Steak mit den Charlotten-Pommes – was auch immer das sein mag. Und worauf fällt deine Wahl, unverliebenswerte Emma?«

»Mir steht der Sinn nach dem Lachsfilet mit Spinat.«

Meine Wahl scheint seine Zustimmung zu finden, denn er widmet sich jetzt der Getränkekarte, welche mit zahlreichen, ausgewählten Weinen auftrumpft, die mir alle nichts sagen. Ich trinke keinen Wein, nicht mal Bier. Höchstens ab und zu einen Cocktail, wenn eine Party ansteht. Und selbst dann muss der Fruchtsaftanteil höher sein als der des Alkohols.

»Wein oder Cola?«

»Sind wir schon im zweiten Akt?«

Meine Frage führt bei Vincent zu hochgezogenen Augenbrauen und einem fragenden Blick.

»Du weißt schon, der Akt mit dem Killer.«

»Ach so …«

»Wenn ich also Wein nehme, füllst du mich dann ab und verschleppst mich?«

»Spoiler!«

Da ist es wieder, das Augenzwinkern, das ihm viel besser steht, als er vermutlich glaubt.

»Eine Cola für mich.«

Vincent schlägt die Karte zu und grinst.

»Sehr gut. Ich dachte schon, ich blamiere mich mit meiner Ahnungslosigkeit bei Weinsorten mit ihren Abgängen und Nachgängen.«

Es macht ihn nur noch sympathischer, dass er zu seinen Wissenslücken steht und nicht wie ein Vorzeigemacho behauptet, der Meister in jedem Fach zu sein. Als der Kellner zu uns an den Tisch kommt, überlässt es Vincent mir (nur zur Sicherheit!), die Bestellung aufzugeben. Nicht auszudenken, was man uns wohl servieren würde, wenn er sein Französisch ausgepackt hätte. Kaum ist der Kellner wieder verschwunden, sehen wir uns etwas genauer im Restaurant um. Die Tische sind klein und werden für größere Gruppen zusammengeschoben. In den Regalen an der Wand stehen Bücher, unechte Blumen in zweifelhaften Vasen und Kuscheltiere, die vielleicht von den jüngsten Gästen hier vergessen wurden. Neben uns hängt eine Uhr in einem *Moulin Rouge*-Look. Die Kerzen auf den Tischen runden das gemütliche Ambiente perfekt ab. In solchen Restaurants haben bestimmt auch vor Jahrzehnten schon die Autoren gegessen. Hier wurden Romanideen besprochen und Freundschaften geschlossen.

»Meinst du, Hemingway und Co. waren mal hier?«

Vincent zuckt die Schultern und schiebt seinen großen Rucksack unter den Tisch, damit er den anderen Gästen und den Kellnern nicht im Weg steht. Dabei streift er mein Knie und ich zucke fast erschrocken zusammen. Falls er es bemerkt hat, lässt er sich nichts anmerken und übergeht es einfach.

»Keine Ahnung. Aber ich kann Jean-Luc fragen, wenn du willst.«

»Erzählst du mir, wer dieser Jean-Luc ist?«

»Ich habe bei ihm das Appartement gemietet. Wie eine Art *Airbnb*, nur anders.«

»Du wohnst also nicht in einem Hotel?«

»Nein. Ich dachte, es wäre viel romantischer, wenn wir eine ganze Wohnung für uns hätten.«

Wenn er von »wir« spricht, meint er Saskia und sich selbst. Das ehemalige Traumpaar. Zumindest in meinem Kopf, denn noch weiß ich nicht, wie sie aussieht oder weswegen er sich so sehr in sie verliebt hat. Ich weiß nur, dass er eine Reise für sie gebucht hat.

»Das stimmt.«

Die Art und Weise, wie seine Stimme klingt, wenn er über sie spricht, verrät, wie viel sie ihm bedeutet hat. Komisch, ich will mir die beiden gar nicht mehr zusammen vorstellen. Doch Vincent ist durch meine Eingangsfrage jetzt irgendwie motiviert, mir die ganze Geschichte zu erzählen. Sein Blick ist traurig und nach innen gerichtet, als er seine Pläne noch mal Revue passieren lässt.

»Wir hätten auf dem kleinen Balkon frühstücken können. Unten an der Straße gibt es eine Bäckerei ...«

»Boulangerie.«

»... und wenn die morgens aufmacht, riecht die ganze Straße nach frischem Brot, Vanillezucker und Kaffee.«

»Und jetzt frühstückst du alleine?«

»Nein, das tue ich daheim schon oft genug. Hier frühstücke ich mit Jean-Luc.«

Sein Blick wird wieder etwas heller. Er lächelt mich an, auch wenn er noch nicht ganz wieder im Hier und Jetzt angekommen ist.

»Er ist schon über achtzig und hat den niedlichsten Hund, den du je gesehen hast. Jean-Luc ist Concierge des Hauses. Ein toller Typ.«

»Er hat dir den Tipp für das Restaurant gegeben?«

»Ganz richtig. Seiner Meinung nach sollte man nie einem Reiseführer trauen, sondern immer einen Einwohner fragen.«

»Guter Rat, werde ich mir merken.«

Vincents Handy, das neben unseren Gläsern auf dem Tisch liegt, gibt einen kurzen Piepton von sich. Der Bildschirm hellt sich auf. Er hat eine Nachricht bekommen und scheint diese gekonnt zu ignorieren.

»Jean-Luc hat eine ganze Menge guter Tipps. Heute Abend ist er bei seinem Freund Claude zu Besuch ...«

Ich höre Vincent nur noch mit einem Ohr zu, denn mich hat die Nachricht auf dem Handy ziemlich abgelenkt. Noch immer starre ich auf den beleuchteten Bildschirm, auf dem mir ein sehr hübsches Mädchen entgegenlächelt – auch wenn sie für meinen Blickwinkel auf dem Kopf steht. Sie hat lange, braune Haare, trägt ein weites Tanktop, die Sonnenbrille im Haar und präsentiert ein strahlendes Lächeln. Offenbar ist das Foto an einem See oder einem Schwimmbad im Sommer aufgenommen, nur so kann ich mir ihren sommerlichen Look und den perfekten Teint erklären. Vincent spricht weiter, erzählt von Claude, der früher mit Jean-Luc immer Boule gespielt hat und jetzt sein einziger wahrer Freund geblieben ist. Doch erst als der Handybildschirm wieder dunkel wird, kann ich meinen Blick losreißen.

»Ist das Saskia?«

Ich nicke auf sein Handy, sehr um einen gleichgültigen Tonfall bemüht. Sofort verändert sich Vincents Gesichtsfarbe zu einem deutlich rötlichen Teint, der sein Gesicht fast glühen lässt. Wieso mein Herz einen schmerzenden Zwischensprint hinlegt, weiß ich nicht. Es ist mir aber auch egal. Ist ja nicht so, als würde das irgendeine Rolle spielen!

»Nun ... Ja.«

»Sie ist dein Bildschirmhintergrund ...«

Das ist keine Frage, eher eine enttäuschte Feststellung.

»Ich wollte es schon seit Wochen ändern. Aber ... Du weißt ja ...«

»Der Nahostkonflikt kam dazwischen?«

»So was in der Art.«

Er weicht meinem Blick aus und sieht auf seine Finger, die nervös mit der Serviette spielen. Sofort rutschen ihm seine Haare vor die Augen und am liebsten würde ich sie aus seiner Stirn streichen. Ich kann mich aber gerade noch zurückhalten, denn ich will wissen, was er fühlt, wenn er an sie denkt – doch das weiß ich auch so.

»Als Doktor gegen Liebeskummer bist du mir eine

große Hilfe gewesen. Aber die Eigentherapie ist ziemlich gescheitert, kann das sein?«

»Gut möglich.«

»Du steckst in Phase eins fest, mein Lieber.«

Er nickt. Jetzt kommt er mir gar nicht mehr so unbeschwert wie auf dem Karussell vor. Ganz im Gegenteil: Sein Herzschmerz, der laut einer schlauen Regel »Die Zeit heilt alle Wunden« eigentlich schon kuriert sein sollte, klafft so überdeutlich in seinem Brustkorb, dass ich mich frage, warum es mir vorher nicht so aufgefallen ist. Ein bisschen fühlt es sich an, als wäre ich bei voller Fahrt vom Fahrrad gefallen und auf dem harten Asphalt der Realität aufgeschlagen. Wenn er nach acht Wochen noch an ihr hängt, dann muss er sie richtig geliebt haben. Keine Schwärmerei und ein paar Schmetterlinge, wie bei Alain und mir. Nein, echte, richtige, große erste Liebe.

»An manchen Tagen fehlt mir einfach ihr Lächeln, weißt du?«

Noch immer sieht er nicht zu mir, denn er ist zu sehr mit der Serviette beschäftigt, die er an einer Ecke einreißt.

»Ich kann nicht besonders viel, Emma. Ich bin keiner dieser Typen, die einen Ollie auf dem Skateboard hinkriegen. Ich habe noch nicht mal einen Führerschein. Und du willst mich garantiert nicht singen hören. Ich werde nie der tolle Staranwalt, dem alle auf die Schulter klopfen. Aber ich konnte sie zum Lachen bringen.«

Durch die Haarsträhnen sieht er zu mir. Ich schenke ihm ein aufmunterndes Lächeln, weswegen er weiterspricht.

»Jetzt lächelt sie einen anderen Typen an. Das tut manchmal weh.«

»Das weißt du doch gar nicht. Vielleicht vermisst sie dich ganz schrecklich und schickt dir deswegen diese Nachricht.«

Alleine bei der Vorstellung will ich mein Fischfilet canceln und mir einen Schnaps bestellen. Ich kenne sie nicht, aber ich mag sie nicht. Vincent ist ein toller Typ. Ihm so wehzutun, ist einfach nicht fair. Sie hat ihn nicht verdient! Jetzt, da ich weiß, wie sie aussieht, stelle ich mir die beiden Seite an Seite vor und muss neidlos eingestehen, dass sie ein tolles Paar waren: er, der lässige Chaot, sie das hübsche Mädchen mit besten Karrierechancen, bald ein Covermotiv für die *Sports Illustrated* zu werden.

»Die Nachricht ist nicht von ihr. Die ist von meinem Vater.«

»Ach so!«

Woher kommt diese Erleichterung? Und was bildet sie sich ein, mir ein Lächeln in die Mundwinkel zu pflanzen?

»Willst du ihm kurz antworten?«

»Nein.«

Das klingt bestimmt und etwas kühler, als ich erwartet hätte. Sofort fallen mir seine Worte wieder ein. Er würde wegrennen, quasi auf der Flucht sein vor einem Leben mit viel Geschrei. Schnell wechsle ich das Thema wieder zu Saskia, auch wenn ich ein winziges Magengeschwür wachsen spüre, wenn ich an sie denke.

»Weißt du, vielleicht bringst du irgendwann ein anderes Mädchen zum Lachen.«

Das wird er ganz sicher, denn er hat es ja bei mir schon

geschafft, und zwar mit überraschender Leichtigkeit. Deswegen beuge ich mich weiter über den Tisch und nehme ihm die Reste der Serviette aus der Hand, die er – ohne es zu merken – zu Konfetti verarbeitet hat. Dabei lasse ich meine Hand auf seiner liegen.

»Heute Morgen ging es mir richtig schlecht. Die letzten Tage waren echt mies. Und dann treffe ich dich. Du bist so witzig und albern und lustig und ehrlich. Du warst einfach total nett zu mir, obwohl wir uns nicht mal wirklich kennen. Wir hatten einen tollen Tag, und falls ich das noch nicht deutlich genug gesagt habe: Ich danke dir dafür!«

Er wischt sich die Haare aus dem Gesicht und lächelt ganz kurz etwas verlegen, was ihm übrigens auch gut steht. Vincents Blick huscht unsicher durch das Lokal, bevor er wieder meine Augen findet.

»Und wenn Saskia nicht kapiert, wie toll du bist, dann ist das wirklich nicht dein Verlust.«

Was mich am meisten erschreckt, ist die Tatsache, dass ich jedes Wort auch genau so meine. Ich sage es nicht, damit er sich besser fühlt, sondern weil ich der festen Überzeugung bin. Vincent nickt ein bisschen, doch bevor er etwas sagen kann, kommt der Kellner mit unseren Getränken. Sein Blick fällt auf unsere Hände und er lächelt uns breit an. Sofort nehme ich meine Hand weg und lehne mich so schwungvoll in das Polster der Bank hinter mir zurück, als wollte ich die Fütterung testen, ob sie als Airbag tauglich ist. Vincent wirkt ebenso ertappt und verschränkt schnell die Arme vor der Brust, als deutliches Zeichen, wie wir zueinander stehen.

Kaum ist der Kellner wieder verschwunden, nehme ich einen hastigen Schluck von der Cola, als müsste ich einen Steppenbrand in meinem Hals löschen. Vincent greift nach dem Handy.

»Kennst du diese Standbilder des Lebens?«

Fast möchte ich bei der Frage lachen.

»Ob ich sie kenne? Ich habe sie gesammelt wie Aufkleber in einem Paninialbum.«

Wenn ich nur an die Fotos bei Facebook denke ...

»Manche sind es wert, dass man sie aufhebt. Oder?«

Niemand kann uns sagen, welchen Bildern wir eines Tages hinterherweinen. Vielleicht hätte ich ein Foto von Alain behalten sollen? Aus Nostalgie oder so was. Vincent hat das Recht dazu, Saskia in sein Handy gebannt zu lassen. Ein Standbild ihrer Beziehung, als alles gut war. Gut möglich, dass sie eine Erinnerung ist, die er in der Zukunft nicht vergessen will.

»Ganz klar.«

Er wählt sich in das Menü seines Handys, dabei kann ich sehen, dass es ihm nicht leichtfällt.

»Und andere muss man löschen, um Platz für neue zu schaffen. Wie auf einer Speicherkarte, die zu voll ist. Oder?«

Keine Ahnung, ob ich die richtige Person bin, um diese Frage zu beantworten, denn sie ist so viel mehr, als nur eine einfache Frage. Vincent wartet auf mein »Okay«, damit er das Bild von Saskia löschen kann. Ich gebe mir große Mühe, ehrlich zu sein.

»Ich glaube, nur so kann man einen Neuanfang versuchen.«

Ein Handgriff, und ich finde mein Handy, das ich vor mich auf den Tisch lege, als würde ich ein Beweisstück während einer Gerichtsverhandlung vorführen. Ich musste schon durch diese Phase. Nun bin ich froh, dass ich es nicht alleine tun musste. Wir sehen beide für einen Moment die Handys an, die mehr sind als nur einfache Telefone, die Menschen verbinden sollen. Dank der Fotofunktion und all den schlauen Apps, die uns zu jeder Tages- und Nachtzeit schneller mit Informationen versorgen, fällt auch das Loslassen gar nicht mehr so leicht. Eine kleine Chipkarte ist voll mit Erinnerungen an Gefühle, die im Laufe der Zeit verblassen – und an Menschen, die sich und uns verändert haben.

»Ein schlauer Junge, hat mir gesagt: Jedes Mal, wenn du dein Handy nur ansiehst, wirst du daran erinnert, wie sie all diese Sachen gesagt hat, denen du geglaubt hast. Und wie weh es tat, als du bemerktest, dass alles eine blöde, fette Lüge war.«

Kaum habe ich das ausgesprochen, was er mir auf den Weg mitgegeben hat, drückt er die letzte Taste – und Saskia verschwindet von seinem Handy. Natürlich hat er noch mehr Bilder von ihr in seinen Alben, das ist mir klar. Dennoch ist es ein erster Schritt. Ich applaudiere leise.

»Bravo, Vincent! Willkommen in Phase zwei. Gehen wir über in Phase drei.«

»Wohl eher Phase vier.«

»Die da wäre?« Bestimmt legt er das Handy zur Seite und widmet sich wieder ausschließlich mir. Er blendet alles um uns herum aus und lässt mich einen kurzen Blick auf seine echten Gefühle erhaschen.

Saskia ist noch nicht ganz aus seinem Leben verschwunden, das steht fest, aber er will auch nicht länger mit seinem Herzschmerz alleine sein. Neue Erinnerungen müssen her – und ich würde mich freiwillig melden, ihm dabei zu helfen. Es ist die Art und Weise, wie Vincent mit einem Blick so viel mehr sagt als andere mit Worten, die doch nur leere Hülsen sind.

»Mit einem tollen, rothaarigen Mädchen das Abendessen genießen!«

C'est si peu dire que je t'aime

So wenig heißt's, dass ich dich liebe

Mein Fischfilet ist so zart, dass es auf meiner Gabel zerfällt. Weil es so gut mundet, bin ich versucht, das Restaurant mit vollen fünf Sternen zu bewerten. Der Blattspinat schmeckt hier ganz anders als zu Hause. Sämtliche Kräuter der Provence scheinen mitten in Paris in einem Kochtopf versammelt zu sein. Vincent kaut begeistert sein Steak, das er verschlingt, als hätte er heute Mittag nicht mit mir gegessen und wäre kurz vor dem Verhungern. Es sieht zartrosa auf den Punkt gebraten aus und riecht so verlockend, dass ich am liebsten ein Stück davon probieren würde. Die Pommes sind dick geschnitten und knusprig, aber nicht fettig. Jean-Luc hat wirklich einen guten Tipp für Vincent parat gehabt, denn wir wären sonst wohl irgendwo bei einer Fast-Food-Kette eingefallen und hätten uns einen Hamburger gegönnt. Jetzt sitze ich hier und genieße frischen Lachs in toller Gesellschaft, während Vincent mit vollem Mund spricht, sich die Hände an den Jeans abwischt und die traurigen Überreste seiner Serviette ignoriert. Selbst den Leuten am Nachbartisch ist das bereits aufgefallen, was Vincent aber nicht zu stören scheint. Deshalb spreche ich ihn leise darauf an.

»Wäre das ein Date, würde ich dich auf deine fehlenden Tischmanieren aufmerksam machen.«

Ich schiebe ihm die Serviette zu, doch er lässt sie achtlos dort liegen und sieht mich stattdessen frech an.

»Entschuldige, aber die schlechten Manieren gehören zum Antihelden-Plan.«

»Du nimmst Fettflecken auf deiner Jeans in Kauf?«

»Klar! Wenn ich mich von meiner schlechten Seite zeige, ist Verlieben keine Option. Ich tue uns gerade einen Gefallen.«

»Du hast also eigentlich schon Tischmanieren.«

»Klar habe ich die. Aber die willst du nicht sehen!«

Das lasse ich mal so stehen und frage mich, warum ich jetzt grinse? Es ist total bescheuert und albern, aber mit dieser Art schafft es Vincent, bei mir nur immer weiter die Skala nach oben zu klettern. Er lehnt sich etwas zu mir, und ich beobachte kurz die Schatten, die über sein Gesicht tanzen und von der kleinen Kerze in der Mitte des Tisches ausgelöst werden.

»Wäre das hier ein Date, hätte ich dir auch schon vor fünf Minuten gesagt, dass du Spinat zwischen den Zähnen hast.«

Ich kann förmlich spüren, wie mein Gesicht rot wird. Bestimmt werde ich gleich wieder zum perfekten Ganzkörper-Ginger. Sofort fahre ich mit der Zunge über die Zähne und finde dieses verräterische Spinatstück, das sich zwischen meinen Schneidezähnen versteckt und mich bis auf die Knochen blamiert hat. Könnte sich jetzt vielleicht spontan eine Erdspalte auftun, in die ich kopfüber hineinspringen kann!? Ich halte mir die Serviette vor das Gesicht und hoffe, dass alles nur ein schlechter Scherz des Universums war. Jemand zupft kurz an meiner Serviette, die ich als Vorhang benutze.

»Hey, nicht verschwinden!«

Doch ich brauche noch einen kurzen Moment. In meinem Kopf gehe ich schnell durch, wie oft ich in den letzten zehn Spinat-zwischen-den-Zähnen-Minuten gelächelt habe. Zu oft!

»Emma, kommst du wieder raus?«

»Sobald sich meine Gesichtsfarbe normalisiert hat.«

»Emma, komm schon. Ich finde das nicht schlimm.«

Er zupft erneut an der Serviette. Langsam lasse ich sie so weit sinken, dass er zumindest meine Augen sehen kann. Vincent stützt das Kinn in seine Hände und sieht mich abwartend an, wobei er sich ein breites Grinsen verkneift.

»Du findest das witzig, oder?«

»Ein bisschen.«

»Ha-ha.«

Wieso habe ich bei der Bestellung nicht mehr nachgedacht? Mohnbrötchen und Spinat sind ganz unpassende Gerichte, wenn man mit einem Jungen zum ersten – okay zum zweiten – Mal isst. Auch wenn das hier sozusagen ein Nicht-Date ist.

»Entschuldige bitte. Es muss dir nicht peinlich sein. Es ist mir gar nicht besonders aufgefallen. Wirklich ...«

»Klar. Sicher.«

Was gibt es denn bitte Auffälligeres als ein großes, grünes Stück Spinat zwischen weißen Zähnen? War der Spinat schon immer so grün, wie er mir jetzt auf dem Teller vorkommt? Vincent zückt seine Gabel, als würde er ein Schwert aus der Scheide ziehen, und deutet zielsicher damit auf meinen Teller.

»Wow! Emma, dein Essen sieht richtig super aus. Darf ich mal probieren?«

»Klar.«

Er lässt den Fisch links liegen und entscheidet sich ausschließlich für den Spinat, den er sich dann betont begeistert in den Mund schiebt, umständlich kaut und dabei Mühe hat, die gespielte Begeisterung aufrechtzuerhalten. Schließlich schluckt er und grinst mich breit an. Zwei kleine Spinatstücke haben sich in seinen Zähnen verfangen.

»Köstlich. Ausgesprochen köstlich.«

Leise lache ich hinter der Serviette, nicht weil er dämlich aussieht – was er übrigens tut –, sondern weil die Geste sehr süß ist. Vincent legt den Kopf ein bisschen schief und grinst noch immer so breit wie möglich, damit ich auch ja alle Spinatreste entdecken kann.

»Quitt?«

Nickend lege ich die Serviette zur Seite und sehe Vincent dabei zu, wie er schnell einen Schluck Cola nimmt und danach angewidert den Kopf schüttelt.

»Emma, ich hasse Spinat! Ich weiß nicht, wie viele Opfer ich noch bringen kann.«

»Hasst du es so sehr wie Käse?«

»Das hast du dir gemerkt?«

Die Überraschung in seiner Stimme ist nicht zu überhören.

»Ich verrate dir ein Geheimnis, Vincent.«

Als könne er es nicht abwarten, lehnt er sich wieder etwas weiter über den Tisch. Dazu tanzt das flackernde Licht der Kerze vor uns in seinen Augen.

»Wenn mich etwas interessiert, kann ich mir fast alles merken.«

»Deine Super-Power?«

»So was in der Art.«

Jetzt bin ich an der Reihe mit dem Zwinkern. Ich kann nur hoffen, dass es bei mir nicht wie ein nervöser Tick aussieht, sondern nur halb so cool wirkt wie bei Vincent.

»Es hat dich also interessiert.«

Damit widmet er sich wieder seinem Steak, stochert in den Pommes und stapelt sie schließlich. Sein Lächeln will er wohl vertuschen, aber ich kann es sehen, bevor er es in den Griff kriegt.

»Du bist eben ein interessanter Junge.«

Dabei kann ich ihn nicht ansehen. Für ein Nicht-Date fühlt sich dieser Abend viel zu gut an.

»Und du eine gute Zuhörerin.«

Noch immer stapelt er die Pommes aufeinander, als würde er versuchen, den Eiffelturm nachzubauen. Währenddessen schiebe ich total konzentriert Spinatblätter über meinen Teller, als wäre es eine Aufgabe in meinem Bio-Abitur, und das Leben ganzer Fruchtfliegengenerationen würde davon abhängen.

»Du bist cool, Emma.«

»Du auch.«

Langsam, aber sicher entspanne ich mich.

Vielleicht muss ich für Vincent gar nicht das perfekte Mädchen sein, das immer weiß, was sie sagen soll, und das strahlend weiße Model-Lächeln der *Victoria's Secret*-Engel perfektioniert hat. Vielleicht kann ich bei Vincent einfach *ich* sein und mich dabei wohlfühlen, mit all meinen Macken und »Fehlern«: mit Spinat zwischen den Zähnen und einer Vorliebe für tote Autoren.

Vielleicht kann er ja bei mir auch so sein, wie er wirklich ist. Und vielleicht ist das ganze Geschrei in seinem Leben nicht so laut, wenn wir zusammen hier sitzen und essen. Das wäre zur Abwechslung bestimmt auch ziemlich gut.

Als der Kellner unsere leeren Teller abräumt und nach unseren Wünschen für das Dessert fragt, will ich mich gerade für das dunkle Schokoladen-Mousse entscheiden, als Vincent dankend ablehnt und nach der Rechnung verlangt. Dabei hatte ich mich so auf einen leckeren Nachtisch gefreut.

»Kein Dessert?«

Der traurige Hundeblick aus Rehaugen gestaltet sich noch schwerer als eine Fruchtfliegenkreuzung. Vincent schüttelt entschuldigend den Kopf.

»Das – und kein gemeinsames Frühstück. Das war doch der Deal.«

Verdammt! Heute Mittag im Café! Da hatte ich ihm verboten, zum Frühstück zu bleiben. Nun hat er mit dem Dessert gekontert und jetzt verfluche ich mich dafür.

»Siehst du, ich merke mir die wichtigen Dinge auch.«

Wäre jetzt der richtige Moment, um zu sagen, dass ich gerne noch etwas Süßes essen will? Und vor allem, dass ich noch mehr Zeit mit ihm verbringen will? Wäre es! Dennoch beiße ich mir auf die Zunge, weil ein solcher Kommentar den Abend, ja sogar den ganzen Tag ruinieren könnte. Der Kellner sieht uns ziemlich überrascht an, weil wir getrennt bezahlen. Er scheint Vincent mit einem durchdringenden Blick fast erdolchen zu wollen, denn offensichtlich gehört es sich hier nicht, dass die Frau für sich das Essen zahlt. Schon gar nicht, wenn wir wie ein Paar wirken und der Besuch hier wie ein Date aussieht. Ich versuche, durch ein entspanntes Lächeln klarzumachen, dass alles durchaus seine Richtigkeit hat, allerdings ohne großen Erfolg. Als wir aufstehen, um das Lokal zu verlassen, reiche ich Vincent endlich seine Jacke.

»Ich habe es nicht weit bis zum Hostel.«

»Sicher? Ich kann dich begleiten.«

»Das musst du nicht.«

»Was ist, wenn der Killer aus dem dritten Akt da draußen rumspringt?«

»Du meinst also, du bist gar nicht der Mörder?«

Wir weichen dem Kellner auf dem Weg nach draußen aus und verabschieden uns bei dem Mann an der Theke, der uns einen schönen Abend wünscht und seine Grüße an Jean-Luc ausrichten lässt.

Sous le ciel de Paris

Unter dem Himmel von Paris

Draußen ist es inzwischen dunkel und die Nachtluft kühler, als ich angenommen hatte. Der Herbst hat den Sommer in seine Schranken verwiesen, zumindest wenn die Sonne nicht mehr scheint. Es gibt keinen Zweifel mehr daran, dass die warmen Sonnenstunden immer kürzer werden und man die Herbstjacke aus dem Schrank suchen sollte. Meine liegt nur einige Straßen weiter in meinem Hostel.

»Um deine Frage zu beantworten: Ich denke, wir haben heute gelernt, dass ich weder Held noch Killer bin.«

Damit reicht er mir seine Jacke erneut, die ich ablehnen will, weil er in seinem dünnen Shirt der Kälte viel mehr als ich ausgesetzt ist. Aber er lässt es nicht zu und legt sie mir über die Schultern.

»Die Frage ist also: Was bist du dann?«

Ich schlüpfe in die Ärmel und nicke nach links in eine kleine Straße, die, wenn ich mich nicht irre, der richtige Weg zurück zum Hostel ist. Langsam gehen wir nebeneinander über den Zebrastreifen auf die andere Straßenseite und schlendern an den Bars und Cafés dort vorbei, die noch immer vielen Gästen den Abend verschönern.

»Keine Ahnung. Ich glaube, das muss ich selber noch herausfinden.«

Er sieht kurz zu mir, bevor die Musik aus einer Kneipe seine Aufmerksamkeit einfordert.

»Du könntest mir dabei helfen.«

»Das impliziert, dass wir noch mehr Zeit zusammen verbringen müssten.«

»Wenn dein Terminkalender das zulässt.«

Wir sehen uns nicht an, während wir die Straßen entlanggehen und mir zum ersten Mal die Schönheit des Viertels bei Nacht entgegenblickt. Neulich fand ich die Lichterketten kitschig und albern, die in manchen Gassen und über den Bars hängen, heute stören sie mich schon viel weniger. Das Leben hat ab und zu eben besondere Beleuchtung verdient. Heute ist so ein Tag.

»Ich muss mal schauen. Das Hostel wird auf Dauer ziemlich teuer.«

Denn der Plan war ja ursprünglich ein ganz anderer ...

»Es heißt also Abschied nehmen von Montmartre?«

»Vermutlich von ganz Paris.«

Ein Gedanke, den ich den ganzen Tag erfolgreich verdrängt habe. Seit ich, dank Vincents Führung, Montmartre abseits der Buchseiten kennen und noch mehr lieben gelernt habe, gefällt mir die Idee einer Heimfahrt gar nicht mehr so gut. Ein lautes Piepen aus Vincents Hosentasche unterbricht meinen Gedankengang und führt bei ihm zu einem genervten Augenrollen.

»Dein Vater?«

»Vermutlich ist es jetzt meine Mutter, die im Auftrag meines Vaters anruft.«

»Willst du dich nicht mal bei ihnen melden? Sie scheinen sich ja echt Sorgen zu machen.«

»Nein. Ich darf mir doch wohl diese Woche Urlaub gönnen, oder? Ist es wirklich zu viel verlangt, wenn ich mal einfach nur eine Pause will?«

Ob ihm bewusst ist, wie laut seine Stimme geworden ist, weiß ich nicht, aber ich berühre ihn sicherheitshalber kurz am Arm.

»Kein Grund, mich anzuschreien.«

»Ich habe nicht dich angeschrien, sondern die Pariser Nacht.«

»Und hat es geholfen?«

Er atmet tief durch, sein Körper entspannt sich deutlich wieder.

»Ein bisschen. Du hast deine Eltern heute auch noch nicht angerufen, oder?«

»Nun, sie denken, dass ich einen zauberhaften Tag mit einem Jungen in Paris verbringe.«

Vincent dreht sich zu mir und breitet die Arme aus, als wären meine Worte das Stichwort zu seinem Auftritt.

»Sieh einer an, genau so ist es doch auch gewesen!«

»Klar. Aber sie denken da eher an einen anderen Jungen. Einen, den sie kennen und – schlimmer noch – mögen.«

»Sie haben diesen Casanova Alain echt gemocht?«

»Und wie! Mama war ganz verliebt in seine schicken Poloshirts und das perfekte Lächeln. Sogar seine Tischmanieren hat sie immer lobend erwähnt.«

»Da stehen meine Chancen ja reichlich schlecht. Aber hey, wen wundert es? Alain klingt wie ein Idealzwilling, den ich gut gebrauchen könnte.«

»Ein was?«

»Du musst wissen, das ist jemand, der die Leute mit seinem Aussehen und seinen genauen Plänen von der Zukunft sofort um den Finger wickelt und so. Ich könnte ihn zu Vorstellungsgesprächen gebrauchen oder zu Einladungen bei meinem Vater schicken.«

»Also mein Vater mochte Alain nicht besonders. Er würde aber deinen Humor mögen.«

An einem kleinen Platz, von dem aus unzählige Treppen nach oben führen, sitzen Leute vor einem Café und lauschen einem alten Mann, der auf dem Akkordeon einige Lieder zur allgemeinen Unterhaltung spielt. Es sind typische französische Chansons, die sich so wunderbar in die Atmosphäre einbetten, als gehörten sie ebenso zu Montmartre wie die altmodischen Straßenlaternen, die alten Häuser und der Ausblick über das nächtliche Paris.

»Das spricht für deinen Dad.«

»Er ist ziemlich cool. Wie sind deine Eltern denn so?«

»Hm. Keine Ahnung. Sie sind geschieden. Und wie dir bestimmt aufgefallen ist, gehe ich ihnen aus dem Weg.« Bevor die schlechte Laune, die sich auf Vincents Gesicht legt, gewinnen kann, kramt er etwas Kleingeld aus der Hosentasche und wirft sie dem Musiker in den Hut, den dieser auf der Straße ausgelegt hat. Ein kurzes dankbares Nicken und ein Lächeln bekommt Vincent dafür zurück.

»Man sollte Straßenmusikern immer Geld in den Hut legen.«

»Sollte man?«

»Ja. Immerhin versorgen sie das Leben mit dem passenden Soundtrack. Hör doch nur mal hin.«

Wir bleiben stehen, sehen uns stumm an und lauschen für einen Moment der Musik, die so sehnsuchtsvoll klingt, als würde der Akkordeonspieler das Lied einer verlorenen Liebe spielen. Mit dem Finger winke ich Vincent etwas näher heran und lehne mich zu ihm rüber, was er als Aufforderung versteht und sich zu mir herunterbeugt. Plötzlich sind wir uns viel näher, als ich geplant hatte. Ich spreche so leise, als wollte ich die Musik und Stimmung nicht stören.

»Ein neuer, guter Sound für dein Leben.«

Vincents Blick lächelt sanft, als er versteht, was ich meine. Er greift nach meiner Hand, verbeugt sich kurz und beginnt dann, sich langsam zur Musik zu bewegen. Das sieht ungelenk und nicht besonders cool aus, aber ich kann nicht dabei zusehen, wie er sich ganz alleine in der Öffentlichkeit blamiert. Ich lege meine Hand auf seine Schulter und wiege mich ein bisschen zum Takt der Musik. Vincents Lächeln wächst weiter, als seine Hand sich schüchtern um meine Taille legt und wir näher zusammenrücken.

»Perfekter Sound!«

Keine Ahnung, ob man das, was wir da gerade präsentieren, wirklich als »Tanz« bezeichnen kann, denn wir sind so dermaßen neben dem Takt, dass es wohl eher eine sich bewegende Umarmung ist. Aber ich genieße es trotzdem.

»Ich kann mir keine Choreografien merken.«

»Das ist mir schon aufgefallen.«

Er lacht leise und hebt meinen Arm etwas an, damit ich eine Drehung vollführen kann. Zwar gerate ich dabei ins Stolpern, kann sie aber dennoch zu Ende bringen. Jetzt muss ich auch lachen.

»Danke für diesen Tanz.«

»Wie schön, dass du ihn als solchen erkannt hast.«

Wieder verbeugt er sich vor mir. Mein Herz schlägt so schnell wie die Flügel eines Kolibris, wenn er es richtig eilig hat.

Stop! Nein, reiß dich zusammen, Herz! Du bist noch außer Betrieb!

Kurz entschlossen suche ich in meinem Geldbeutel nach einigen Münzen, damit ich Vincent nicht länger in seine hellen Augen sehen muss, und gehe dann wenige Schritte zurück, um ebenfalls die Münzen in den Hut fallen zu lassen.

Diesmal verneigt sich der Mann und schenkt mir ein fast zahnloses Lächeln.

»Merci, Mademoiselle.«

Kaum erreiche ich Vincent wieder, nickt er zufrieden und gelöst.

»Du hast das Herz am rechten Fleck, Emma Teichner.«

»Merci.«

»Wie sieht's aus? Hast du Lust, morgen noch etwas mehr von Paris zu sehen?«

»Ich muss morgen vermutlich schon abreisen.«

»Dann nimm den Zug abends. Das verschafft dir einen ganzen Tag auf dem *Hop-on-hop-off*-Bus.«

»Wirst du denn dort sein?«

»Emma! Ich bin immer dort.«

»Heute warst du nicht dort.«

»Ich habe geschwänzt.«

Wir erklimmen Treppenstufe für Treppenstufe und entfernen uns mit jedem Schritt von der Musik, bis man nur noch unseren Atem hören kann.

»Und hat es sich gelohnt?«

Ich stelle die Frage leise, weil mir seine Antwort vielleicht nicht gefallen wird. Oder weil ich Angst habe, dass seine Antwort mein Herz reanimieren wird, und ich mir nicht sicher bin, ob ich schon dafür bereit bin. Was ist, wenn er die Frage einfach nur verneint? Vincent bleibt im Schein einer alten Laterne stehen und sieht mich aus dem Halbschatten an. Jetzt, da ich weder das schiefe Lächeln noch das Funkeln seiner grünen Augen erkennen kann, muss ich mich auf seine Stimme verlassen, um erahnen zu können, was er wirklich denkt. Obwohl ich eine Stufe über ihm stehe, ist er noch immer größer als ich, weswegen er sich wieder etwas zu mir runterbeugt, nur so weit, dass ich sein Gesicht im Licht besser sehen kann. Sein Blick ist weich, seine Augen sind klar, dazu sehe ich sein ehrliches Lächeln. Das ist ohne Zweifel mein Lieblings-Vincent, nicht der Clown, der mich von meinem Herzschmerz ablenkt, sondern einfach nur er selber. Auch seine Stimme ist nur ein Flüstern.

»Was für eine Frage. Natürlich hat es sich gelohnt.«

Vor dem Hostel reiche ich ihm also endgültig die Jacke, die er diesmal auch nimmt. Ich verabschiede mich von dem Duft, der mich die letzten Stunden begleitet hat. Lavendel wird mich von jetzt an immer an Vincent erinnern.

»Das Hostel sieht nett aus.«

Im Inneren scheint eine Party stattzufinden, denn man kann deutlich die Gruppe der Australier hören, die wohl den Sieg ihrer Mannschaft bei der Rugby-WM feiern. Aus den Boxen der Bar im Erdgeschoss dringt der Song *Down Under.* Alle singen begeistert den Refrain mit. Vincent muss schmunzeln.

»Für die musikalische Untermalung deiner Nacht scheint also schon mal gesorgt zu sein.«

»Was bin ich aber auch für ein Glückspilz!«

»Ich wünsche dir trotzdem eine gute Nacht, Emma.«

Abschiede … Wer hätte gedacht, dass ein Tag reicht, um sich an Vincent zu gewöhnen?

»Danke für den Tag, Vincent.«

»Also sehen wir uns morgen für eine letzte Runde?«

Natürlich sollte ich die Frage verneinen, vernünftig sein und endlich nach Hause fahren. Heute hatte ich einen schönen Tag in Paris, den kann mir keiner mehr nehmen. Ich könnte also mit einem Lächeln auf den Lippen fahren.

Vincent sieht mich hoffnungsvoll abwartend an und kaut auf der Unterlippe.

Noch ein Tag Paris mit Vincent als Stadtführer – das klingt wirklich nach Abenteuer und weiteren Erinnerungen, die mir die Heimfahrt versüßen.

»Ein weiterer Tag sollte noch machbar sein.«

»Soll ich dich abholen?«

Er unterstreicht sein Angebot mit einem breiten Lächeln, doch ich schüttele entschlossen den Kopf.

»Wo kämen wir denn da hin, Vincent?«

»Ach so. Ja, sorry, was habe ich mir da nur gedacht!«

»Ich erwarte dich um zehn Uhr am Place du Tertre.«

»Ich werde pünktlich sein.«

Dann sehen wir uns an, als wüssten wir nicht so recht, wie wir uns verabschieden sollten. Bevor der Moment peinlich wird, breite ich die Arme aus und weiß, er versteht die stumme Aufforderung auch ohne Worte. Vincent macht einen kleinen Schritt auf mich zu, und ich ziehe ihn in eine feste Umarmung, bei der ich noch einmal ganz tief einatme, damit ich seinen Duft morgen auch ganz sicher wiedererkenne. Er hält mich ebenfalls kurz fest an sich gedrückt. Ist es nicht verrückt, wie manchen Leuten nur ein Kurzauftritt im Leben reicht, um einen bleibenden Eindruck zu hinterlassen? Seine Lippen streifen mein Ohr, als er mich loslässt.

»Gute Nacht, Emma.«

Die Gänsehaut hat meinen Körper in Lichtgeschwindigkeit eingenommen. Ich fühle mich mit einem Mal etwas benommen, als ich wieder in sein Gesicht sehe.

»Bonne nuit, Vincent.«

Wäre ich wirklich cool, würde ich mich nicht mehr umdrehen, weil ich ganz genau wüsste, dass Vincent mir nachsieht. Ich bin noch nicht mal ganz durch den Eingang getreten, als ich einen Blick über die Schulter zurückwerfe und Vincent erkenne, der seine Jacke anzieht und mir zuwinkt. Schnell präge ich mir sein Bild noch einmal genau ein. Die bunten Socken, die Jeans, die duftende Lederjacke, sein buntes T-Shirt – und das schiefe Lächeln, das seine Geheimwaffe ist. Ich werde ihn morgen ganz sicher wiedererkennen.

»Ach, wie trinkst du deinen Kaffee?«

An Vincents seltsame Fragen habe ich mich inzwischen gewöhnt.

»Mit Milch und zwei Stück Zucker.«

Er schnipst mit den Fingern, hebt die Daumen in die Luft, vollführt eine kleine Drehung und marschiert die Straße entlang, zurück zu seinem Zuhause hier in Paris. Ich sehe ihm so lange nach, bis er fast von der Dunkelheit verschluckt wird. Dann biegt sein Schatten in eine Seitenstraße ab, und er ist – für heute – tatsächlich verschwunden.

Mit einem Lächeln auf den Lippen und einem leichten Kribbeln im Körper laufe ich an der Rezeption vorbei.

»Mademoiselle?«

Sofort erkenne ich die Stimme der freundlichen Frau von heute Morgen, die mich mehr oder weniger dazu gezwungen hat, das Zimmer zu verlassen – Romy. Ihr habe ich zu verdanken, dass ich heute endlich wieder Sonnenlicht auf meiner Haut gespürt habe. Und Vincent begegnet bin. Jetzt sieht sie mich prüfend an. Habe ich vergessen zu bezahlen?

»Oui?«

Sie mustert mich noch etwas genauer und unterzieht mich einer genauen Prüfung.

Ich spüre, wie die Nervosität meine Wirbelsäule nach oben wandert, doch dann schenkt sie mir ein hoffnungsvolles, offenes Lächeln.

»Wie ich sehen kann, geht es Ihnen besser?«

Ich nicke vielleicht eine Spur zu begeistert.

»Ihnen hat Montmartre also gefallen?«

»Oh ja, es ist ein großartiges Quartier.«

Nur liegt es nicht ausschließlich an Montmartres Schönheit, dass ich jetzt so sehr lächele. Ihr Blick mustert mich wissend.

»Das freut mich. So gefallen Sie mir schon viel besser.«

»Ich mir auch. Merci.«

»Glauben Sie mir, Mademoiselle, Paris ist immer eine gute Idee.«

Verblüfft sehe ich Romy an, weil sie Audrey Hepburn zitiert.

Sie zwinkert verschwörerisch und wendet sich dann den gerade ankommenden Gästen zu.

Oben in meinem Zimmer schnappe ich mir mein schwarzes Notizbuch und einen Stift, setze mich im Schneidersitz auf den Tisch und reise in Gedanken ein weiteres Mal durch den heutigen Tag.

Liebes Paris!

Ich danke Dir! Ich hatte heute einen wunderbaren Tag! Du bist wirklich so toll wie in den Büchern. Montmartre und ich, das könnte wirklich was werden. Und zusammen mit Vincent hat es nicht nur Spaß gemacht, es hat sich auch richtiger angefühlt, als wenn ich mit mir allein gewesen wäre.
Weil es zwei Sorten von Erinnerungen im Leben gibt:

1. Die Erlebnisse, die man alleine für sich in sein Tagebuch schreibt und ewig aufbewahrt.

2. Die Erlebnisse, die man mit Leuten teilen muss, weil sie sich nur dann real anfühlen.
Mein Tag in Montmartre ist dank Vincent real. Ich freue mich schon auf morgen und die Überraschungen, die Du für mich parathältst.

Deine Emma

La tendre image du bonheur

Das zarte Bild des Glücks

Manche Städte verlieren ja an Glanz, wenn es regnet. Etwa so, wie die Haare mancher Frauen sich im Regen in eine komische Achtzigerjahre-Dauerwellenfrisur verwandeln. Rom, zum Beispiel, sieht bei Regenwetter aus wie eine abgeschminkte Kim Kardashian, Paris hingegen wie eine junge, im Regen tanzende Catherine Deneuve. Die Regentropfen, die auf meinen pinkfarbenen Regenschirm prasseln, als würden sie meine Schritte mit einem Trommelwirbel begleiten, stören mich von daher überhaupt nicht. Ganz im Gegenteil: Ich fühle mich angespornt, noch schneller zu laufen. Das glitschige Kopfsteinpflaster unter meinen Füßen glänzt wie polierte Münzen, und die Wolken, die sich am Himmel tummeln, scheinen vom Eiffelturm in der Ferne angezogen zu werden, wie von einem Magneten. Sacré-Cœur strahlt in all dem Grau selbstbewusst ganz in Weiß, als hätte die Kirche mit dem Regenwetter gar nichts zu tun. Meine Schritte werden noch schneller, je näher ich den Treppen zum Place du Tertre komme. Natürlich sind heute viel weniger Künstler auf dem Platz versammelt, genau genommen nur zwei. Auch die Kinder sind heute mit ihrem Fußball zu Hause geblieben. Auf der Bank, wo wir gestern gesessen haben, erkenne ich einen großen Rucksack, daneben einen großen, schlaksigen Jungen. Je näher ich komme, desto mehr vertraute Details nehme ich wahr: die gleichen Jeans, ein hellblauer Pullover, die Lederjacke und die obligatorischen bunten Socken. Heute sind sie grün, rot und blau geringelt. Vincent hat unter einem Baum Schutz vor dem Regen gesucht und den Kragen seiner Lederjacke hochgezogen. In seinen Händen hält er zwei Pappbecher. Als er mich erkennt, wächst sein Lächeln zu einem echten Grinsen an.

»Hättest du gestern deinen Teller leer gegessen, wäre das heute nicht passiert.«

»Hättest du mich gestern das Dessert essen lassen ...«

Knapp vor ihm halte ich an und versuche, den Regenschirm so hoch zu halten, dass auch er Schutz darunter findet, was mir bei seiner Körpergröße aber nicht so recht gelingt. Deswegen beugt er sich zu mir runter.

»Bonjour, Emma.«

»Bonjour, Vincent.«

Meine Stimme verrät nicht, wie sehr ich außer Atem bin, weil ich – nach einem kurzen Besuch in einer Boulangerie – fast hergerannt bin. Er deutet auf meinen Pullover, der unter dem grünen Parka, den ich in der Eile nicht zugemacht habe, deutlich zu sehen ist.

»Passendes Motiv für heute!«

Der graue Strickpulli hat eine schwarze Wolke und einen Blitz in Pink als Motiv.

»Das ist mein Lieblingspullover.«

»Solange er nicht deine augenblickliche Laune ausdrückt?«

»Nein. Gar nicht.«

»Hast du denn gut geschlafen?«

»Wenn man davon absieht, dass die Bar im Hostel bis weit nach Mitternacht nur ein Lied gespielt hat. Und du?«

»Besser als die Nächte davor.«

Vincents Antwort lässt genug Raum für Interpretationen. Ich glaube, genau das wollte er damit bezwecken. Seine Augen sehen müde aus, auch wenn das Strahlen seines Lächelns es vertuschen will. Um ihm einen schönen Start in den Tag zu bescheren, lenke ich das Thema auf ein neutrales Gebiet.

»Hast du Hunger?«

»Ein bisschen.«

»Unvorbereitet wie ich bin …«

Ich streife meinen Rucksack von meiner Schulter und stelle ihn vor uns auf die Bank.

»… habe ich uns etwas zum Frühstück mitgebracht.«

Vincent bewundert die Größe meines Rucksacks und möchte einen Blick ins Innere erhaschen, was ich aber bei dem Gedanken an meine Unterwäsche und die schmutzigen Socken zu verhindern weiß.

»Du ziehst also gleich mit deinem ganzen Hab und Gut nach Paris?«

»Ist nur das Nötigste …«

Ich nicke auf seinen Rucksack, der meinen wie eine winzige Damenhandtasche wirken lässt.

»… sagt übrigens der Richtige!«

»Ich kann keine Waschmaschine bedienen. Ich brauche also ausreichend Alternativen.«

»Verstehe. Was ich aber nicht verstehe ...«

Ich ziehe eine kleine Papiertüte aus meinem Rucksack und sehe ihn mit zusammengezogenen Augenbrauen an.

»... wieso du den Rucksack die ganze Zeit mit dir rumschleppst, wenn du doch ein Appartement hier hast?«

Die Frage scheint ihn kalt zu erwischen, denn er weicht meinem Blick aus und zuckt nur die Schultern. Hat er mich etwa angelogen? Wo bleibt sein freches Lächeln, das meistens eine noch frechere Antwort ankündigt? Mein Magen fühlt sich irgendwie flau an, was nicht mal die Croissants in der Tüte verhindern können.

»Bist du auf der Flucht oder so?«

Seit Alains fiesen Lügen bin ich so übervorsichtig geworden, dass es keinen Spaß mehr macht, solche Fragen zu stellen. Ich erwarte die nächste böse Überraschung. Doch Vincents Blick findet meinen, und ich sehe sofort, wie müde er wirklich aussieht. Daran kann auch eine Nacht guten Schlafes nichts ändern. Er ist schon viel länger müde.

»Irgendwie schon.«

»Hast du eine Bank ausgeraubt?«

»Nein.«

»Jemanden auf dem Gewissen?«

»Ich muss einfach jederzeit entscheiden können, dass ich Paris verlasse.«

»Verstehe.«

Was ich aber nicht wirklich tue. Okay, er rennt vor irgendwas davon und will die Freiheit haben, in den Zug nach Hause steigen zu können, wenn ihm danach ist. Das kommt mir ansatzweise sehr bekannt vor.

»Aber du hast nichts Illegales gemacht, oder?«

»Quatsch! Ich kann nicht mal ohne Ticket U-Bahn fahren.«

Erleichtert atme ich schnell durch und beschließe, nicht weiter nachzubohren. Das alles ist schließlich seine Sache. Wenn er darüber sprechen wollte, dann hätte er es bestimmt schon getan. Keine Ahnung, ob ich ihn oder mich damit ablenken will, aber ich öffne die Tüte, in der sich die noch immer warmen Croissants befinden, die ich heute morgen für uns gekauft habe, und halte sie ihm entgegen. Der leckere Duft umhüllt uns sofort und scheint Vincents dunkle Gedanken zu vertreiben, denn sein sanftes Lächeln kehrt zurück, während er mir einen Pappbecher reicht.

»Milch und zwei Stück Zucker.«

»Wir sind ein ziemlich gutes Team.«

Nickend schnappt er sich eines der Croissants und beißt herzhaft ein großes Stück ab, als hätte er viel zu lange nichts gegessen.

»Nun, Emma ... mmh! ... Lassen wir uns ...«

Ich verstehe ihn kaum, weil sein Mund voll mit dem Croissant ist.

»... vom Regen ... njam! ... den Tag vermiesen?«

»Nicht wenn es nach mir geht.«

»Perfekt!«

Er greift nach dem Schirm und streift dabei meine Finger, was sofort ein Kribbeln auslöst, das über meine Haut schießt und hoffentlich von ihm unbemerkt bleibt.

»Es wird Zeit für etwas Kultur ...«

Dem Wetter sei Dank hat sich das obere Deck des *Hop-on-hop-off*-Busses in eine Art VIP-Area verwandelt, denn außer uns sitzt niemand hier oben. Der Wind zerzaust uns die Haare, während Vincent den Schirm fest umklammert hält und versucht, nicht damit weggeblasen zu werden. Zwar ist der Regen deutlich schwächer geworden, dafür hat der Wind einen Gang hochgeschaltet.

»Das kannst du fast unter *Abenteuer* verbuchen, Emma!«

Ich nicke grinsend, während der Bus uns durch den stockenden Pariser Straßenverkehr schaukelt. Vincents charmantes Lächeln und sein Status als Stammgast haben der Ticket-Frau zwei Fahrkarten zum Preis von einer entlockt. Nun lassen wir uns für dreißig Euro alle wichtigen kulturellen Höhepunkte der Stadt vorführen. Wir nähern uns der Opéra Garnier, was mir die gelangweilte Samson-aus-der-Sesamstraße-Stimme von einem Band, das wohl Hunderte Male pro Tag abgespielt wird, durch die Kopfhörer in die Ohren flüstert. Wir sitzen sehr nah zusammen, weil wir uns so gegen den kalten Wind schützen können. Mein Angebot, innen die Fahrt zu genießen, hat Vincent abgeschmettert: Man müsse die Pariser Luft atmen. Jetzt beobachte ich ihn, wie der Wind mit seinen Haaren spielt und er ganz aufmerksam die Bauwerke betrachtet, die das typische Stadtbild von Paris prägen.

Vincent ist mir irgendwie ein Rätsel. Er ist lustig und sprüht nur so vor Energie, als müsse er sie mit der Welt teilen, weil er sonst Gefahr läuft zu explodieren. Trotzdem gibt es immer wieder Phasen, so wie jetzt, in denen sein Gesicht ernst ist, fast angespannt, und seine Augen dunkler als sonst sind. Dann ist er still, und das Leben zieht an ihm vorbei, ohne dass er daran teilnimmt. Dann ist auch sein Lächeln verschwunden. Zu gerne würde ich fragen, was genau ihn in solchen Momenten beschäftigt. Ob er dann wieder an Saskia denkt? Doch ich traue mich nicht, meine Gedanken auszusprechen. Die Stimme aus den Kopfhörern erzählt mir gerade etwas über die weltbekannten Balletttänzer, die hier schon auf der Bühne standen. Außerdem ist dieses Haus der Originalschauplatz der Geschichte vom *Phantom der Oper*. Plötzlich würde ich gerne wissen, wie es im Inneren wohl aussieht. Laut der Sesamstraßen-Stimme, ist es eine der imposantesten Opern der Welt. Doch ich betrachte Vincents Profil, statt der Oper die gewünschte Aufmerksamkeit zu schenken. Vincent, der auf die Kopfhörer verzichtet hat, wirft mir einen Seitenblick zu und deutet auf die Oper zu unserer Linken.

»Jetzt kommen die coolen Infos. Nicht verpassen!«

Wir sehen zu dem imposanten Gebäude, während ich versuche, mich nicht weiter ablenken zu lassen.

»*... den allegorischen Skulpturenschmuck der unteren Fassade tragen Bogenpfeiler ...*«

Während ich der Stimme zuhöre und versuche, mir die beschriebenen Dinge anzusehen, legt Vincent sein Kinn auf die Lehne der Sitzreihe vor uns und scheint Selbstgespräche zu führen, denn außer einem asiatischen Paar in voller Regenmontur ganz vorne ist niemand hier oben, der ihm zuhören könnte. Und er spricht nicht mit mir, denn sein Blick ist noch immer auf die Oper gerichtet. Möglichst unauffällig ziehe ich einen der Kopfhörer aus meinem Ohr.

»… die lyrische Poesie, die Musik, das Idyll, die Deklamation …«

Kurz sehe ich zwischen dem Gebäude und Vincent hin und her. Er spricht genau das mit, was mir die Stimme aus den Kopfhörern ins Ohr säuselt. Nur klingt es, dank Vincents tiefer Stimme, viel interessanter.

»… der Gesang, das Drama, der Tanz und das lyrische Drama …«

Er bemerkt meinen verwirrten Blick offensichtlich nicht, denn jetzt legt er den Kopf schief, als würde er sich das Gebäude noch genauer ansehen, und spricht – synchron zum Tonband – weiter mit.

»… die Apollostatue, flankiert von Pegasusfiguren …«

»… krönt die riesige, beeindruckende Kuppel …«

Wie um alles in der Welt macht er das, wenn er selbst gar keine Kopfhörer trägt? Interessiert lehne ich mich weiter nach vorne, vergesse den Regen und lausche nicht mehr dem trägen Sprecher vom Band, sondern Vincents tiefer Stimme. Er trägt alles hoch konzentriert vor, als wäre er Hamlet bei einem seiner Monologe.

»Funfact am Rande zum *Phantom der Oper*, dessen Handlung auf wahren Begebenheiten in eben diesem Opernhaus basiert: Die unterirdischen Gewässer, die bekanntlich vom Phantom mit einem kleinen Boot befahren werden, existieren tatsächlich und werden regelmäßig abgepumpt.«

Zu gerne würde ich jetzt mein Gesicht sehen, denn es muss absolute Begeisterung widerspiegeln. Nicht nur wegen dieser Geschichte, die das Stück in ein neues Licht rückt, sondern viel mehr, weil Vincent mich tatsächlich beeindruckt. *Schon wieder!* Gehört er womöglich zu dieser Attraktion? Spricht er traurig aussehende, junge Touristinnen in Cafés an und lockt sie dann zu den Doppeldeckerbussen, wo er ihnen seine Monologe vorträgt? Kurz werfe ich einen Blick in den Plan, der auch als Programm dient, und schaue, ob es irgendwo eine Notiz dazu gibt. So was wie: »Ein junger Mann tritt auf und zitiert Texte zu den Sehenswürdigkeiten.« Doch ich finde nichts. Wieder sehe ich zu ihm und treffe diesmal seinen Blick, der mich entschuldigend ansieht.

»Excusez-moi. Schlechte Angewohnheit!«

»Was? Nein! Das war ... beeindruckend.«

Jetzt zieht er eine Augenbraue nach oben und wirkt überrascht.

»Sicher?«

»Ziemlich.«

»Das ist nicht das, was die Touristen sonst sagen. Gewöhnlich verjagen mich die Leute von hier, wenn ich laut mitspreche.«

»Das wundert mich nicht. Trotzdem, ich finde, deine Stimme passt besser.«

Das tue ich tatsächlich, weil sie nicht so angestrengt und gewollt, sondern locker, leicht und rau klingt. Man bekommt eine wohlige Gänsehaut davon. Er sollte Hörbücher einsprechen oder Nachrichten im Radio.

»Danke.«

Wieder deutet er auf die Kopfhörer in meiner Hand.

»Sind sie schon bei den goldenen Bronzebüsten von Beethoven und Mozart?«

Schnell setze ich mir einen Kopfhörer wieder ins Ohr

und nicke, als die öde Stimme mich mit Fakten über das Opernhaus langweilen will. Vincent nickt, und das schrägste Lächeln, das er im Repertoire hat, überzieht seine Lippen.

»Jetzt kommt meine Lieblingsstelle!«

Er dreht sich in seinem Sitz so, dass er mich ansehen kann, und stützt wieder das Kinn auf die Lehne. Dabei sieht er mich durch seine ihm in die Stirn rutschenden Haarsträhnen an und spricht den Text mit.

»... das Grand Foyer ist fast so groß wie der Zuschauerraum, weil es dem Architekten Charles Garnier um das *Sehen und Gesehenwerden* ging. Die Marmortreppe sollte einer Bühne gleichen und dem Schaulaufen der Zuschauer dienen ...«

Fasziniert sehe ich zur Oper zurück, während der Bus sich schon in Bewegung setzt, um uns zum nächsten Stop auf dem Plan zu chauffieren. Dabei habe ich mit der Oper noch gar nicht abgeschlossen und will noch viel mehr darüber erfahren. Mein Interesse ist geweckt. Das liegt definitiv an Vincents Stimme.

»Woher weißt du das alles? Studierst du nebenbei auch noch Geschichte oder so?«

Kurz lacht er auf und sieht wieder zu mir. Er mustert kurz mein Gesicht, was mich nervös macht. Vincent scheint es zu bemerken und sieht wieder weg, bevor er antwortet.

»Nein. Ich habe doch gesagt, ich langweile mich seit fast drei Tagen in Paris zu Tode.«

»Als du gesagt hast, dass du jeden Tag diesen Bus nimmst, hast du das wörtlich gemeint?«

Er lehnt sich in den Stuhl und streckt die Beine auf den anderen beiden Sitzen vor uns aus. Ich erhasche einen Blick auf seine Socken, die er so selbstsicher zur Schau trägt.

»Ich meine immer, was ich sage.«

»Du lernst also Bus-Tonbandgeschichten auswendig, weil du dich langweilst?«

Ein bisschen verrückt ist die ganze Sache ja schon – wenn man bedenkt, dass Paris so viel mehr zu bieten hätte als ausgerechnet diese Tour.

»Die Texte sind gute Sprachübungen für mich.«

»Ich finde, du machst das wirklich gut.«

»Vielleicht mache ich das ja mal hauptberuflich.«

Er gibt sich nicht mal die Mühe, diese Aussage wie einen Witz klingen zu lassen. Stattdessen sieht er mich ernst an, als ob er meine Meinung zu seiner Idee hören wollte.

»Texte vorlesen?«

»Ja.«

Spontan stelle ich mir Vincent in einem Klassenzimmer voller Kinder vor, die an seinen Lippen hängen, wenn er ihnen *Harry Potter* vorträgt und so die Leidenschaft fürs Lesen weckt.

Mich hat er gerade in eine Person verwandelt, die sich brennend für die Geschichte französischer Bauten interessiert. Einfach nur, weil ich ihm und seiner Stimme gerne zuhöre.

»Das solltest du unbedingt!«

»Emma, mach keine Witze! Du spielst mit meinen Zukunftsträumen.«

»Wie genau sehen die denn aus?«

»Ich dachte ans Radio.«

»Perfekt!«

Auch wenn ich es schade finde, dass die Leute dann nicht das dazugehörige Strahlen seiner grünen Augen sehen können, so wie ich jetzt. Auf der anderen Seite bleibt das vielleicht mir vorbehalten, weil wir etwas Besonderes teilen? Vincents prüfender Blick mustert mich.

»Im Ernst? Bisher war niemand begeistert von der Idee.«

»Ich bin dein erster Fan!«

»Dafür kriegst du eine Urkunde.«

»Also ich werde keine Sendung verpassen.«

»Auch wenn ich die Mitternachtsnachrichten bekomme?«

»Dann erst recht nicht.«

Vincent legt einen Arm um meine Schulter, was zu einem Anspannen meines kompletten Körpers führt. Dann drückt er mich kurz an sich, das lässt mich sofort entspannen.

Könnte sich mein Körper vielleicht mal entscheiden, wie er auf Vincents Nähe reagieren will?

»Emma Teichner! Jetzt weiß ich auch, warum ich immer so fleißig Karma-Punkte gesammelt habe. Irgendwann bekommt man eine Belohnung.«

Er schaut zu mir runter. In diesem Moment sieht er so aus, als wäre er hier in Wind und Regen so glücklich wie schon lange nicht mehr.

»Du bist mein Belohnungsmensch.«

Sein Blick wird sanfter, während er mein Gesicht damit

zu streicheln scheint. Falls es noch immer regnet, bemerke ich das nicht mehr. Erst der kurze Klingelton eines Handys weckt mich aus dieser flüchtigen Traumversunkenheit. Vincent räuspert sich schnell, nimmt den Arm von meiner Schulter, sucht sein Handy in der Jackentasche und reicht mir den Schirm. Bevor ich einen Blick auf den Bildschirm erhaschen kann, sieht er rasch zu mir und täuscht ein Lächeln an. Auch wenn wir uns erst so kurz kennen, meine ich zu wissen, dass er mir etwas vormacht.

»Der Louvre wird dir gefallen. Da fahren sie richtig starke Fakten auf.«

Große Lust hat er auf diese Nachricht auf seinem Telefon also nicht, dennoch tippt er recht angespannt ein paar Worte zurück und lässt das Handy wieder in seiner Jackentasche verschwinden.

Obwohl wir noch immer so nahe zusammensitzen, kommt es mir jetzt so vor, als lägen Meilen zwischen uns. Es mag am Wind liegen, aber mir ist plötzlich kälter. Vincent starrt auf seine Füße. Ich kann sehen, wie seine Kiefermuskeln arbeiten. Ganz langsam strecke ich meine Hand aus und lege sie sanft an seine Wange.

»Hey…«

Er reagiert nicht sofort, zumindest nicht merklich. Vincent schließt einfach nur die Augen und atmet tief durch, bevor er zu mir zurückkehrt und nach meiner Hand an seiner Wange greift. Mit einer kleinen Bewegung hakt er seine Finger in meine.

»Wusstest du schon, dass der Louvre, gemessen an der Ausstellungsfläche, eines der größten Museen der Welt ist?«

Die WhatsApp-Nachricht scheint vergessen. *Mein* Vincent ist wieder da, zusammen mit den Infos vom Tonband.

»Nein. Das ist mir neu.«

»Ist aber so. Im Jahr 2012 hatte er etwa zehn Millionen Besucher.«

»Beeindruckend. Warst du schon drin?«

»Jean-Luc sagt, es lohnt sich nicht, weil Paris an jeder Straßenecke mehr Kunst zu bieten hat.«

»Aber irgendwo müssen wir aussteigen.«

Kurz zucken seine Finger, als ich meinen Vorschlag ausspreche.

»Du meinst, so wie echte Touristen?«

»Lass uns etwas ganz Verrücktes machen! Aussteigen und uns eine Sehenswürdigkeit tatsächlich aus der Nähe ansehen.«

Doch Vincent schüttelt entschlossen den Kopf.

»Das kann ich leider nicht. Es verstößt gegen meinen Glauben.«

»Du bist noch nie irgendwo ausgestiegen?«

»Gott, natürlich nicht!«

Ich lehne mich etwas weiter zu ihm rüber und hoffe, er hört mein Flüstern, bevor mir der Wind die Worte von den Lippen reißt.

»Wage es. Steig aus …«

Seine Augen mustern mein Gesicht, sein Blick streift meine Lippen, meine Nase und schließlich wieder meine Augen. Vincent lehnt sich auch ein bisschen zu mir und unsere Schultern berühren sich jetzt.

»Kommst du denn mit?«

»Soll ich denn mitkommen?«

Mein Herz springt in meinem Brustkorb aufgeregt vor sich hin, als würde es aus dem Käfig meiner Rippen ausbrechen wollen, auch wenn ich es am liebsten an die Leine nehmen würde.

Verdammt noch mal!

»Ohne dich macht Paris keinen Spaß, Emma.«

Oh Emma, tu das nicht! Das wird böse enden, du weißt es ganz genau!

Diesmal ist die Stimme in meinem Kopf nicht mehr ganz so leise, viel mehr klingt sie so laut wie eine Durchsage am Flughafen. Es fehlen nur noch die Alarmglocken, die mich vor dem nächsten Schritt warnen.

»Aber das ist kein Date.«

Vincent verzieht angewidert das Gesicht und verschränkt die Arme.

»Ich bitte dich. Niemals!«

Die Fronten sind also nach wie vor geklärt. Es wäre schon albern, wenn sich mein dummes Herz nicht an die Spielregeln halten würde.

»Bien.«

»Bien!«

Le parapluie

Der Regenschirm

»Wenn man mal ganz ehrlich ist…«

Vincent und ich sitzen auf den Treppen gegenüber des Eiffelturms, essen Pommes aus einer Papiertüte und haben zwei Dosen Cola zu unseren Füßen. Den Regenschirm hat Vincent umständlich zwischen Kinn und Schulter eingeklemmt, sodass wir gezwungen sind, wieder sehr nah zusammenzusitzen, worüber ich mich nicht beschwere.

»… das ist nur ein Haufen Blech.«

»Schmiedeeisern, um genau zu sein.«

Vincent schnappt sich die nächsten Pommes und sieht mich mit diesem Blick an, den er schon im Bus hatte, wenn er einen Fakt vom Tonband zum Besten geben konnte.

»Lass mich raten, das hast du alles von deinen drei Tagen Bildungsurlaub?«

Er nickt kauend und deutet vor uns, wo der Eiffelturm sich stolz und sehr französisch bis in den Himmel reckt. Er weiß, dass er die ungeteilte Aufmerksamkeit aller Menschen hier auf den Treppen hat. Sogar wir können nicht wegsehen, weil er uns mit seiner kühlen Schönheit um den Finger wickelt.

»Ein Sendeturm, wenn man es genau nimmt. Radio- und TV-Geschichte in Frankreich verdanken diesem Eisending eine Menge.«

Wieder wischt er die Finger an den Jeans ab, was ich mit einem strengen Blick quittiere.

»Die Jeans wasche ich heute, versprochen!«

»Ich dachte, du kannst keine Waschmaschine bedienen?«

»Das hast du dir also auch gemerkt.«

Ohne Zweifel sehe ich jetzt ziemlich ertappt aus. Aber es hat auch keinen Sinn, die Tatsache abzustreiten, dass ich mir so ziemlich alles gemerkt habe, was er mir bisher erzählt hat.

»In meinem Gehirn ist eben viel Platz.«

»Es ist innen also größer als außen?«

»Und es ist gefüllt mit unnötigem Zeug. Aber keine Sorge, den Job als Telefonjoker bei Günther Jauch mache ich dir nicht streitig.«

»Okay, danke! Meiner Karriere steht also nichts mehr im Weg.«

»Und morgen ziehst du eine frische Hose an.«

Statt zu antworten, greift er wieder in die Tüte mit den Pommes, grinst vor sich hin und lässt meinen fragenden Blick an sich abprallen, während er nur kauend nickt.

»Schau sie dir an, die grauen Tauben.«

Er deutet auf die vielen Regenschirme vor uns, die tatsächlich in der Mehrzahl grau oder schwarz sind, elegant und unauffällig. So ganz anders als unser Schirm, der in einem grellen Pink die Blicke auf sich zieht.

»Sie gehen in der Anonymität des Graus unter.«

»*Fifty Umbrellas of Grey.*«

Lachend sieht er zu mir und nickt zum Schirm über unseren Köpfen.

»Sei bitte niemals eine graue Taube, Emma.«

»Das schließt sich schon wegen meiner Haarfarbe aus, falls es dir noch nicht aufgefallen ist.«

»Zum Glück! Ich finde, du bist geboren, um ein *Pink Flamingo* zu sein.«

Pink Flamingo. Wieso gefällt mir das so viel besser als *ma rouquine.* Weil es von Vincent kommt? Oder einfach cooler klingt? Vincent betrachtet mein Profil ganz intensiv, als würde er etwas in meinem Gesicht suchen.

»Ja. Ohne Zweifel. Du bist definitiv auch ein Pink Flamingo. Wir sind zwei bunte Vögel in Paris.«

»Darf ich das aufschreiben?«

»In dein schlaues Buch? Ist das so was wie ein Tagebuch?«

»Eher eine Flaschenpost.«

»Dazu fehlt aber die Flasche, das ist dir schon bewusst.«

»Ich meinte es im übertragenen Sinne. Ich schreibe Briefe, die nicht beantwortet werden. Wie bei den meisten Flaschenpostexperimenten.«

»Wer ist denn dein Brieffreund, wenn ich fragen darf?«

Die Frage ist doch viel mehr, ob ich mir eine Antwort zutraue. Keinem habe ich von meinen Briefen an Paris erzählt, nicht mal Alain habe ich das Geheimnis verraten.

Aber bevor ich weiß, was ich tue, höre ich mich sagen: »Es ist eine Brieffreun*din*. Ich schreibe an Paris.«

Er nickt einfach nur.

»Paris, die Stadt, nehme ich an?«

»Sicher nicht Paris Hilton! Ja, die Stadt.«

Ausgesprochen klingt es so dämlich, dass ich die Worte am liebsten wieder mit einem Lasso einfangen und Vincents Erinnerung an die letzten paar Sekunden sofort auslöschen will.

»Ich mag dich, Emma.«

Das ist alles, was er dazu zu sagen hat. Die einfachsten Worte im Leben sind auch diejenigen, die sich am schwersten aussprechen. Vincent überspringt diese Hürde mit Bravour. Ein schlichter Satz, der mir schon gestern auf den Lippen lag, aber den ich nicht auszusprechen wagte.

»Ich mag dich auch, Vincent.«

Wie immer, wenn eine peinliche Pause oder ein unangenehmer Moment entstehen könnte, wechselt Vincent so rasant das Thema, dass ich mich bei der Verfolgungsjagd seiner Gedanken besser anschnallen sollte.

»Ich wette, wir finden die ganzen Menschen, die hier rumknipsen, alle bei Instagram wieder.«

Vincent schnappt sich sein Handy und wählt die beliebte Foto-App auf seinem Handy aus. Unter dem Usernamen »VinceEleven« lädt er also in unregelmäßigen Abständen Schnappschüsse aus seinem Leben hoch. Er tippt den Hashtag *#TourEiffel* in die Suchbox und bekommt unglaublich viele Vorschläge. Einige sind erst vor wenigen Sekunden hochgeladen worden.

»Da schau! Der Typ da vorne mit der hübschen Freundin, die sich vor dem Eiffelturm geküsst haben. Foto gefunden!«

Tatsächlich haben wir quasi bei der Entstehung dieses Fotos zugesehen und bewundern es jetzt im Internet auf Vincents Handy.

»Was soll der Geiz? Ich lasse ihm direkt mal ein Like fürs Foto da.«

Grinsend tippt er zweimal auf das Foto – und schon wird das kleine Herz unter dem Bild rot.

»Willst du auch ein Foto?«

Vincent steht auf, greift nach meiner Hand und zieht mich auf die Füße, obwohl ich mich ein bisschen wehre.

»Du bist zu Besuch bei deiner Brieffreundin! Paris! Willst du wirklich nach Hause fahren, ohne der Welt zu zeigen, wie großartig es dir hier ergangen ist? Kein *Alain* der Welt konnte der großartigen Emma Teichner den Trip vermiesen! Das ist kein Foto, das ist ein Statement!« Als würde er mir die olympische Fackel reichen, drückt er mir den Schirm in die Hand und hält sein Handy in Position.

»Komm! Zeigen wir denen, was ein Pink Flamingo alles kann!« Das ist wohl das Zauberwort, denn schon hebe ich das Kinn, wirbele den Regenschirm in meiner Hand um sich selbst, als befände ich mich mitten in einer Tanznummer aus *Singin' in the Rain*. Vincent knipst wie wild drauflos. Die erste Drehung vollführe ich noch etwas unsicher, aber dann spüre ich das Lächeln auf meinem Gesicht, als ich in mich hineinhorche und feststelle, dass es mir wirklich ziemlich gut geht. Weder Alain noch der Regen bremsen Vincent und mich bei unserer Tour durch Paris. Wir lachen, sammeln Erinnerungen und genießen den Tag. Selbst wenn niemand diese Fotos jemals sehen wird, ich kann sie mir immer wieder anschauen und mich dann an genau dieses Gefühl erinnern, ich, tanzend im Regen. Ich hole Schwung – und springe, so hoch ich kann, den Regenschirm in der Hand! –, und als ich wieder auf dem Boden lande, bin ich endgültig in Paris angekommen.

»WOW! Emma! Ich habe das perfekte Foto!«

Vincent, dessen nun unbeschirmte Haare nass in seine Stirn hängen, stürmt aufgeregt auf mich zu und hält mir das Handy entgegen. Er hat es tatsächlich geschafft, in genau dem Moment abzudrücken, als ich mitten im Sprung bin und die Haare wild um meinen Kopf tanzen. So habe ich auf einem Foto schon lange nicht mehr gelächelt.

»Es ist toll geworden!«

In meinem kleinen Adrenalinrausch schlinge ich die Arme um Vincents Hals und drücke ihn fest an mich, ohne nachzudenken.

»Ein kleiner Schritt für die Menschheit, ein großer Sprung für den Pink Flamingo.«

Seine Lippen sind ganz nah an meinem Ohr, als er das sagt. Plötzlich nehme ich nichts weiter wahr. Nur noch ihn, seine Stimme, den Duft von Lavendel, meinen viel zu schnellen Herzschlag und das Gefühl dieses Moments, in dem er mich ebenfalls an sich drückt. So bleiben wir nur für den Bruchteil einer Sekunde stehen, aber es fühlt sich wie eine kleine Ewigkeit an. Vincent schiebt mich ein bisschen von sich weg, damit er mich besser ansehen kann, während ich die Regentropfen betrachte, die über seine Wange fließen. Den Schirm habe ich nach der ganzen

Aktion achtlos fallen gelassen. Er streicht mir eine nasse Haarsträhne aus dem Gesicht und lächelt so glücklich, als könne er wirklich verstehen, was gerade in mir vorgeht.

»Emma, das Foto *musst* du posten! Wenn nicht für Alain, dann für mich, okay?«

»Okay. Für dich!«

Nur zögernd lässt Vincent mich ganz los und hebt den Regenschirm auf, unter dem wir jetzt wieder eng zusammenrücken und irgendwie sprachlos sind. Mein Herz verrät mich, denn es klopft zu hektisch, was Vincent ohne Zweifel spüren kann.

»Excusez-moi?«

Ein junger Mann mit einem großen Fotoapparat tritt neben uns, sieht uns durch seine beschlagenen Brillengläser lächelnd an und unterbricht einen Moment, der keine Sekunde länger hätte dauern dürfen.

»Ein Foto von dem glücklichen Liebespaar?«

Er hält uns einen kleinen Zettel entgegen, der ihn als Touristenfotograf ausweist. Vincent winkt dankend ab.

»O nein! Wir sind kein Liebespaar. Wir sind nur Freunde. Aber danke.«

»Je comprends ... verstehe ...«

Mit viel Mühe schaffe ich ein Lächeln, bis der Fotograf sich auf und davon macht.

Wir sind nur Freunde ...

Ein Glück erinnert mich Vincent daran. Fast hätte ich das nach dem Höhenflug meines Herzens vergessen.

Notre-Dame de Paris

Notre-Dame von Paris

Mein Parka ist vor allem an den Schultern ziemlich durchnässt. Ich spüre, wie die Nässe sich langsam einen Weg durch meinen Pullover kämpft. Auch meine Turnschuhe sind für dieses Wetter nicht wirklich prädestiniert. Vincents Lederjacke wehrt den Regen zwar ziemlich gut ab, allerdings hat seine Frisur deutlich gelitten, und ich kann sehen, dass seine Socken nass sind. Wir stehen unter der Markise eines Souvenirladens in einer Seitenstraße direkt bei der Kathedrale Notre-Dame und warten, bis der heftige Regenguss sich etwas beruhigt hat. Umgeben von kitschigen Plastikmitbringseln für die Daheimgebliebenen, stehen wir dicht zusammen und schauen uns die verschiedenen T-Shirts an. Alle bekunden die große Liebe zu Paris.

»Hier ist ganz Paris irgendwie aus Plastik.«

»Wie meinst du das?«

Ich zucke die Schultern und suche Worte, die erklären sollen, warum mir Montmartre so viel besser gefallen hat als die touristische Seite der Stadt. Ich könnte aus den

Büchern zitieren, doch dann oute ich mich als noch größerer Nerd.

»Das hier ist nicht gerade das Paris von Fitzgerald, Joyce, Hemingway und Beckett.«

»Ach ja, ich vergaß, das Paris aus den Büchern ...«

Ich verpasse ihm einen leichten Stoß mit meinem Ellenbogen in die Magengegend und spüre, dass er wohl durchtrainierter ist, als ich angenommen habe. Oder er hat einfach nur in weiser Voraussicht die Bauchmuskeln angespannt.

»In den Büchern ist Paris eben nicht ... *so*.«

Damit deute ich auf die vielen billigen Souvenirs um uns herum, die für teures Geld an Touristen verkauft werden. Das ist nicht die Schuld der Autoren, deren Bücher ich verschlungen habe, sondern meine. Weil ich ihren Worten Glauben geschenkt habe. Meine Fantasie hat dann den Rest erledigt. Das Montmartre in meinem Kopf sieht dem echten Viertel sehr ähnlich. Dort malen Künstler ihre Bilder und es herrscht eine andere Atmosphäre als in den Touristenecken.

»Vieles ist in den Büchern eben schöner, Emma. Deswegen lesen wir sie ja. Um der fiesen Realität zu entkommen.«

»Hast du dir deswegen Montmartre für deine Flucht ausgesucht?«

»Das war eher Schicksal.«

Ich deute auf die Plastik-Eiffeltürme, die sich nicht mal Mühe geben, gerade zu stehen. Entschlossen schüttele ich den Kopf.

»Das ist doch nicht Hemingways Paris. Nicht mal *unser* Paris.«

»Da gebe ich dir allerdings recht. Sollen wir also lieber zurück in *dein* Paris?«

Erleichtert lehne ich mich kurz gegen ihn und schenke ihm einen filmreifen Augenaufschlag.

»Ich dachte schon, du fragst nie.«

»Und die ganzen Sehenswürdigkeiten von deiner Liste?«

»Gestrichen!«

»Willst du deinen Freunden vielleicht doch eine kleine Erinnerung von deiner Tour mitbringen?«

Vincent greift über meinen Kopf nach einer winzigen Nachbildung des Eiffelturms, lackiert in Neongrün, den hält er mir jetzt entgegen und grinst frech.

»Wie wäre es damit?«

»Ich denke nicht, dass andere die Schönheit dieser Investition zu schätzen wissen.«

»Hm. Wieso nur?«

Er wiegt den hässlichsten Mini-Eiffelturm aller Zeiten in seiner Hand und stellt ihn schließlich zurück.

»Willst du deinen Eltern vielleicht was mitbringen?«

Meine Frage stelle ich so unschuldig, wie ich nur kann. Dabei deute ich auf die vielen Kühlschrankmagneten vor uns, die es für nur fünf Euro gibt. Vincent legt den Kopf schief und tut so, als würde er sich die Dinger tatsächlich anschauen, aber ich spüre, wie sich sein Körper neben mir anspannt und er nur Zeit schinden will.

»Meinst du, so was würde ihnen gefallen?«

»Wem würde das bitte nicht gefallen?!«

Er zieht wieder sehr treffsicher das scheußlichste Exemplar von der Metalltafel und hält es, als wäre es der teuerste Diamant der Welt.

»Meine Mutter würde so tun, als wäre es das Kunstwerk eines unterschätzten Straßenkünstlers, das er unter höchster Konzentration angefertigt hat. Ich sehe sie schon vor Begeisterung in Tränen ausbrechen.«

Der Sarkasmus, der seine Worte begleitet, ist nicht zu überhören, weswegen ich ihn beim Weitersprechen nicht aus den Augen lasse.

»Mein Vater würde sagen, dass er so hässlich ist, dass er ihn nicht mal an die Innenseite des Mülleimers heften würde. Und was mir überhaupt einfällt, so ein scheußliches Ding mitzubringen.«

Er starrt noch immer auf den Magneten und scheint nur noch körperlich anwesend zu sein, denn sein Blick ist nach innen gerichtet.

»Dein Vater scheint ein wahnsinnig humorvoller Mensch zu sein.«

Sein Lachen klingt gequält, als würde er es mühevoll aus dem Brustkorb pressen müssen, bevor er mich wieder ansieht.

»M-m-ein V-vater…«

O nein! Als würde man zusehen, wie ein Hochhaus einfällt – genauso stürzt Vincents Lächeln ab, während ich seine ersten gestotterten Worte höre, die ihm nur schwer über die Lippen kommen. Sofort dreht er sich weg, als könne er damit ungeschehen machen, was gerade passiert ist. Wütend heftet er den Magneten wieder an die Metallplatte neben uns. Zu gerne möchte ich ihm sagen, dass ihm das nicht unangenehm sein muss, doch ich fürchte, die Situation genau damit noch peinlicher zu machen.

»K-kein W-wunder denkt mein V-v-ater ... ich w-wäre ein L-loser.«

Das kann ich nicht so stehen lassen und greife nach dem Ärmel seiner Jacke.

»Blödsinn! Das ist doch nicht deine Schuld.«

»So k-kann man es natürlich auch s-sehen.«

Ich zupfe so lange vorsichtig an seinem Ärmel, bis er sich endlich wieder zu mir dreht, damit ich besser in seine Augen schauen kann.

»Wie kann man es denn bitte noch sehen?«

Sein Blick verdüstert sich etwas, und seine Kiefermuskeln spannen sich an, wie vorhin schon im Bus.

»A-als würde ich es absichtlich m-m-achen, um ihn vor seinen tollen Kollegen zu b-b-blamieren. Deswegen tut er lieber so, als würde ich gar nicht existieren. Ich bin eben nicht so p-perfekt wie dein toller Alain.«

Je mehr er sich in Rage redet, desto weniger stottert er. Als würde er es vergessen. Keine Ahnung, ob es ihm auffällt oder ob er es überhaupt noch bemerkt. Das Blöde daran ist nur: Jetzt wird er immer wütender, und sein Blick trifft mich knallhart. Ich spüre, dass ich gerade zu einem emotionalen Sandsack werde, obwohl ich mit der ganzen Sache rein gar nichts zu tun habe!

»Nicht alles ist so wie in deinen Büchern, Emma. Nicht jede Geschichte bekommt ein Happy End. Nicht jeder Traumprinz meint es ernst, und nicht alles, was die Leute sagen, ist die Wahrheit.«

Ich habe Mühe, mein Lächeln in Position zu halten, als Vincents verbaler Tiefschlag, den er sicher nicht so böse meint, wie es klingt, meine Magengrube trifft.

»Danke für die Erinnerung, Vincent!«

Ich tauche unter seinem Arm durch und mache einen weiteren Schritt in den vollgestopften, engen Laden. Hinter mir höre ich Vincent leise fluchen, bevor er seine Hand auf meine Schulter legt.

»Emma…«

»Nein, schon klar. Du hast ja recht. Ich war so blöd, Alain alles zu glauben, was er gesagt hatte. Weil ich es glauben wollte. Wie hübsch ich bin. Wie witzig. Wie *außergewöhnlich*.«

Vincents Hand legt sich fester um meine Schulter, weil er mich zu sich umdrehen will, aber ich schüttele ihn ab und trete hinter einen Tisch mit Auslagen, um etwas Abstand zwischen uns zu bringen.

»So habe ich das nicht gemeint. Tut mir leid.«

Vincent folgt mir weiter in den Laden, hält aber Abstand und bleibt auf der anderen Seite des Tisches stehen.

»Ich kenne deinen Vater nicht, und es tut mir leid, dass er dich so sieht. Aber ich kann nichts dafür.«

»Das weiß ich.«

»Alain übrigens auch nicht.«

Keine Ahnung, wieso ich das sage. Vielleicht einfach nur, um ihm auch einen kleinen Stich zu verpassen, denn mir steht der Sinn nicht gerade danach, Alain zu verteidigen. Offenbar habe ich Vincent getroffen, denn er sieht kurz weg.

»Ich weiß einfach, dass er Alain mögen würde.«

Als er endlich wieder zu mir sieht, kann ich eine Menge Wut und Schmerz in seinem Blick sehen, aber dieser scheint sich nicht mehr gegen mich zu richten.

»So wie du ihn gemocht hast.«

»Jetzt kannst du ja einen Freudentanz aufführen, weil ich so doof war, mir ordentlich das Herz brechen zu lassen.«

Vincents Finger greifen über den Tisch nach meinen, die leicht zittern, weil mir diese Unterhaltung nicht gefällt. Vincents Worte haben mir wirklich wehgetan.

»Glaub mir, Emma, wenn ich könnte, dann würde ich Alain die Meinung sagen. Und außerdem bin ich ziemlich lügenblind. Wenn du mir jetzt erzählen würdest, dass du mich total toll findest und gerne mit mir hier bist, dann würde ich das glatt glauben.«

»Nun, Vincent, ich finde dich tatsächlich toll und bin gerne mit dir hier. Wenn du dich nicht gerade wie der letzte Vollidiot benimmst!«

Weil das eben keine Lüge ist, sehe ich ihn dabei auch nicht an.

»Nun, Emma, ich finde dich noch viel toller und bin viel zu gerne hier mit dir. Und ich entschuldige mich dafür, dass ich mich wie der letzte Vollidiot benommen habe.«

»Aha.«

»Und ich finde es jetzt schon schade, wenn ich daran denke, dass du bald in den Zug steigst und heimfährst.«

Seine Finger haben sich in meine gehakt, was ich zulasse, während ich mir ein Armband in den Farben der französischen Flagge umlege. Hoffentlich ist meine Gesichtsfarbe nicht zu verräterisch, denn ich habe gerade das Gefühl, einen gewaltigen Anteil zur globalen Erwärmung beizusteuern. Vincent berührt das Armkettchen an meinem Handgelenk.

»Das ist ein ganz besonders hübsches Exemplar ...«

Meine Augenbrauen schießen nach oben, als ich ihm einen zweifelnden Blick zuwerfe, den er nickend auffängt.

»Doch, doch. Es steht dir ausgesprochen gut!«

Mutig greift er nach einem ebenso hässlichen Kettchen und legt es sich probehalber um sein Handgelenk.

»Was meinst du?«

Er hält die Hand neben sein Gesicht – ein fieser Trick, damit ich ihn wieder wirklich ansehe, denn genau das tue ich jetzt. Als mein Blick seinen trifft, zuckt ein Lächeln in seinen Mundwinkeln.

»Herzschmerzfreundschaftsarmbändchen?«

»Hast du in den letzten vier Minuten dein Augenlicht verloren? Die Dinger sind echt überdurchschnittlich hässlich.«

»Ist das ein Ja?«

Seine Super-Power funktioniert auch jetzt, obwohl ich mich dagegen wehren will. Doch ich habe keine Chance. Wenn er mich so ansieht, kann ich nicht anders, also nicke ich kurz.

»Von mir aus ...«

Ich reiche ihm mein Armband, ohne dabei seine Hand zu berühren. Schon sehe ich, wie er mit gezücktem Geldbeutel zur Kasse marschiert. Mit einer kleinen Papiertüte kommt er schließlich wieder zu mir.

»Noch nie habe ich sechzehn Euro besser investiert.«

Etwas zögernd greift er nach meiner rechten Hand und legt mir das dünne Lederarmband mit den drei Perlen in den Farben Blau, Weiß und Rot darum, bevor er den Knoten nicht zu fest zuzieht, damit das Bändchen locker um mein Handgelenk sitzt. Dann hält er meine Hand ganz sanft in seiner, obwohl er eigentlich fertig ist. Ich könnte sie natürlich auch wegziehen.

»Sorry, Emma. Ich habe meinen Frust an dir ausgelassen, das war nicht fair. Tut mir leid.«

»Du weißt schon, dass du mir nicht jedes Mal ein hässliches Geschenk machen kannst, wenn du gemein zu mir bist?«

»Ich weiß. Der Vollidiot entschuldigt sich.«

»Entschuldigung angenommen.«

»Ich hab den Frust an der falschen Person ausgelassen, weil ...«

Keine Ahnung, ob er den Satz nicht beendet, weil er es nicht weiß oder es mir einfach nicht verraten will.

»... weil du eben noch übst, es deinem Vater direkt zu sagen.«

Mein Lächeln ist versöhnlich. Fast meine ich, ihn aufatmen zu hören, während er nickt. Ich nehme ihm das andere Armband ab, greife nach seinem Arm und schiebe Jacke und Pulliärmel etwas nach oben. Es ist meine Art, ihm zu sagen, dass ich nicht nachtragend bin.

Ich spüre seinen Blick ganz deutlich auf mir, als ich das Band um sein Handgelenk binde und die Gänsehaut bemerke, die sich auf seinem Arm bildet. Nachdem ich den Knoten festziehe, fahre ich kurz mit dem Finger über die Plastikperlen und streife dabei auch seine Haut. Vincent beugt sich etwas zu mir runter.

»In einem Punkt hat Alain übrigens recht.«

Wenn er mit dieser Stimme mal die Mitternachtsnachrichten im Radio vorliest, werde ich wirklich jede Nacht wie gebannt vor dem Gerät sitzen und ihm zuhören, auch wenn er nur das Wetter ansagt. Langsam hebe ich meinen Blick, streife damit sein Kinn, seine Lippen und finde schließlich seine Augen.

»In welchem Punkt?«

»Du bist *außergewöhnlich.*«

Gerade als mein Gehirn einen Widerspruch formuliert, der sich über meine Lippen schleichen will, schüttelt Vincent kurz den Kopf, als wüsste er, was ich sagen will.

»Und wir sollten schnell raus aus diesen Klamotten!«

Kaum hat Vincent das ausgesprochen, schlägt er sich mit der Hand an die Stirn und versucht zu vertuschen, dass sein Gesicht rot anläuft. Ich verkneife mir ein Grinsen und mustere ihn genau, was ihm noch peinlicher ist, bis er sein Gesicht hinter seinen Händen versteckt.

»Das habe ich nicht so zweideutig gemeint, wie es klang!«

»Ach nein!? Wie hast du es dann gemeint?«

Er spreizt die Finger etwas und sieht mich durch den Zwischenraum an.

»Ich meinte es eher so medizinisch … weil sie doch nass sind …«

Jetzt muss ich wirklich lachen.

»Und wenn ich dich mit dem Verdacht auf Lungenentzündung in den Zug nach Hause steigen lasse, wäre das nicht so cool, oder?«

»So schlimm ist es noch nicht.«

»Okay. Vorschlag …«

Er zeigt wieder sein ganzes Gesicht und nimmt Haltung wie ein Turmspringer kurz vorm Absprung an.

»Mein Appartement liegt ja in Montmartre und damit sowieso auf dem Weg. Dort können wir uns umziehen, bevor wir weitertouren. In diesem monströsen Rucksack ist doch bestimmt was zum Wechseln drin, oder?«

»Willst du mich damit in dein Appartement locken?«

»Nein, mit was anderem.«

Er reibt sich die Hände, zieht eine Augenbraue hoch und sieht mich mit seinem besten Tom-Hiddleston-Blick an.

»Willst du Jean-Luc kennenlernen?«

La maison du poète

Das Haus des Dichters

Statt uns weiter durch den Regen und das Labyrinth von Métro-Linien und Stationen zu schlagen, beschließt Vincent, dass es Zeit für ein Taxi wird. Also sitzen wir in einem modrig riechenden Wagen mit einem sehr gestresst wirkenden Fahrer, der die Manöver der anderen Autos alle kommentieren muss, dabei nicht selten flucht und insgesamt auch nicht den konzentriertesten Eindruck macht.

»Sollten wir lebend bei Jean-Luc ankommen, lade ich dich auf diese Macarons ein.«

Wir flüstern, als säßen wir in der letzten Bank Klassenzimmer und versuchten, uns vom Lehrer unbemerkt zu unterhalten.

»Versprich mir nichts, was du nicht halten kannst.«

Schon in der nächsten Kurve wird hektisch gehupt, abrupt gebremst, böse geflucht und wild gestikulierend mit einem lauten *»Merde!«* weitergefahren.

»An dem ist echt ein Rallyefahrer verloren gegangen. Paris-Dakar schafft der doch in Spitzenzeit.«

Obwohl ich der festen Überzeugung bin, dass der Taxifahrer nicht ein Wort Deutsch spricht, wirft er Vincent einen strengen Blick über den Rückspiegel zu, der diesen sofort verstummen lässt.

»Ist es denn noch weit?«

»Nein! Noch zwei Kurven müssen wir um unser Leben bangen, dann küsse ich den Boden.«

Da Vincent solche Aktionen zuzutrauen sind, schaue ich kurz zu ihm, nur um sicherzugehen, dass es sich um einen Scherz handelt. Doch sein Grinsen könnte beides bedeuten. Nach scheinbar unendlich beschleunigten Minuten kommt das Taxi endlich zum Stehen. Sofort nachdem Vincent den überteuerten Preis bezahlt hat, werden unsere Rucksäcke auf den nassen Bordstein befördert, und der Fahrer verschwindet ohne Gruß, aber mit quietschenden Reifen. Einen Momant schauen wir uns verdattert an. Dann hebt Vinvent beide Rucksäcke auf und sieht zu mir.

»Das war ... interessant.«

Ich nicke zustimmend, bevor Vincent sich zum Haus hinter uns dreht und die Arme ausbreitet, als wäre er ein Hotelbesitzer vor seinem ganzen Stolz. Der Eingang zu dem schmalen Haus, das zwischen all den anderen Häusern der engen Straße steht, sieht müde aus, als müsste es von den benachbarten Gebäuden gestützt werden. An den großen Fenstern sind helle Holzrollläden angebracht, die kleinen Balkone werden von winzigen, schmiedeeisernen Geländern eingefasst. Vincent deutet noch immer auf den Eingang: eine hohe Doppeltür. Der Regen prasselt auf uns nieder und ist in den Dachrinnen zu hören, beinahe wie ein kleiner Bach, der mitten durch das Stadtviertel fließt.

»Bereit für den Schritt ins Märchenland?«

So wie er das gerade sagt, könnte er als menschliche Version des verrückten Hutmachers aus *Alice im Wunderland* durchgehen. Die Frage bleibt nur, auf welche verrückte Teeparty er mich wohl mitnimmt?

»Wenn Jean-Luc dein imaginärer Freund ist, haben wir ein Problem.«

Doch Vincent ist bereits an der Tür und sucht den Schlüssel in seiner Hosentasche.

»Du wirst ihn mögen. Er ist witzig, schlau und charmant.«

Grinsend wirft er mir einen Blick über die Schulter zu. »Ein bisschen wie ich. Nur viel älter.«

Mit einem festen Stoß schiebt er die Tür auf, die ächzend quietscht und damit das Alter des Hauses verrät. Der Boden des Eingangsbereichs ist schwarz-weiß gekachelt, die Treppen sind aus Holz und tragen Spuren des täglichen Gebrauchs wie kleine Narben. In der Mitte steht ein alter Fahrstuhl mit einer Gittertür, der nicht besonders vertrauenswürdig aussieht. Es ist dunkel und riecht nach Wachs. Vincent geht zu einer Tür links neben uns und drückt eine Klingel, die so altmodisch klingt, als wäre sie das weitere Überbleibsel aus einer anderen Zeit. An einem kleinen Schild neben der Tür stehen Öffnungszeiten für den Concierge, den Hausmeister.

Schwerfällige Schritte sind zu hören, begleitet von kleinen Tippelschritten, die nicht zu einem Menschen gehören. Dann wird die Tür geöffnet.

»Ah! Vincent!«

Ein recht großer, grauhaariger Mann mit einem freundlichen Gesicht und buschigen Augenbrauen taucht im Türrahmen auf.

Er trägt ein tadelloses weißes Hemd, dazu eine dunkelgrüne Strickweste und schlichte, schwarze Hosen. Seine Füße stecken in Hausschuhen. Neben seinen Beinen streckt ein kleiner, brauner Hund mit einem weißen Bauch und niedlichen Knopfaugen seinen Kopf in den Flur.

»Jean-Luc, ich möchte dir jemanden vorstellen …«

Es wundert mich, dass Vincent mit ihm Deutsch spricht. Das scheint aber das Normalste auf der Welt zu sein, denn Jean-Luc wendet sich nun mir zu, mit einem strahlenden Lächeln im Gesicht.

»Du musst Vincents Freundin sein!«

Autsch! Selbst der überaus entzückende französische Akzent kann diesen Volltreffer nicht abschwächen. Mein Lächeln gefriert, bröckelt ab und verschwindet dadurch von meinen Lippen. Vincent schüttelt den Kopf und wedelt mit den Händen, als könne er die Worte, die jetzt im Raum stehen, dadurch verscheuchen.

»Nein, nein! Das ist Emma!«

Emma. Nicht Saskia.

Emma. Nicht Chloé.

Emma. Die keiner kennt.

Einfach nur Emma. Die zweite Geige in jedem Stück, wie es scheint. Dabei hatte der Tag heute doch so gut begonnen.

»Ich weiß schon. *Die* Emma …«

Jean-Luc sieht nicht im Geringsten peinlich berührt aus, als er nach meiner Hand greift und sie mit seiner fest umschließt. Dafür läuft Vincent so knallrot an, als würde sein Kopf gleich explodieren.

»Emma, ich bin Jean-Luc Descartes, Concierge dieses Hauses. Schön, dich kennenzulernen.«

Moment! Wie war das? Ich bin d i e Emma?

Vincent steht mit seinem Vulkan-kurz-vor-dem-Ausbruch-Kopf neben mir und fixiert den kleinen Hund, der eben noch neben Jean-Luc stand und jetzt mit wedelndem Schwanz an Vincents Hosenbeinen hochspringt.

»Zola hat dich heute vermisst.«

»Es tut mir auch leid. Ich wollte die Morgenrunde mit ihr gehen, aber ...«

Er bricht ab und geht in die Hocke. Damit weicht er meinem fragenden Blick aus, den ich zwischen dem alten Franzosen und ihm hin und her sausen lasse.

»Du hattest etwas Besseres vor, schon okay.«

Damit sieht Jean-Luc wieder zu mir und deutet ins Innere seiner Wohnung.

»Wollt ihr kurz reinkommen?«

»Nachher. Emma müsste sich umziehen, weil wir den ganzen Tag im Regen rumgewandert sind.«

»*Bien sûr.* Soll ich ihn so lange hier unten behalten, Emma?«

Jean-Luc hat Augen, die so blau sind wie ein Bergsee im Sommer, wenn man beinahe bis auf den Grund sehen kann. Die vielen Lachfalten auf seinem Gesicht lassen erahnen, wie er sein Leben geführt hat. Und doch wirken seine grauen Brauen wie Gewitterwolken, wenn schmerzhafte Erinnerungen durch das Blau seiner Augen ziehen. So wie jetzt. Aber ich mag ihn.

»Du kannst den Fahrstuhl nehmen. Das Appartement liegt ganz oben.«

Vincent steht so schnell auf, dass Zola, die Hündin, erschrocken zusammenzuckt.

»Ich kann es ihr auch zeigen.«

»Vincent! So klingt es, als wärst du ein Schwerenöter, der sie in sein Zimmer locken will, um ihr seine Briefmarkensammlung zu zeigen.«

Der mahnende Unterton in Jean-Lucs Stimme erinnert mich an die meines Großvaters, wenn er immer mit Sebastian schimpft, falls der am Tisch nach seinem Smartphone greifen will.

»Was? Nein! Quatsch! Ich dachte nur ...«

Um ihm eine weitere Peinlichkeit zu ersparen, sehe ich möglichst entspannt zu Jean-Luc.

»Das ist schon okay. Ich glaube, Vincent ist kein irrer Killer.«

Der alte Mann mustert uns beide einen kurzen Moment eindringlich, als wolle er auch ganz sichergehen.

»*D'accord.* Ich mache uns inzwischen Tee, dann könnt ihr euch aufwärmen.«

Avec un brin de nostalgie

Mit ein bisschen Nostalgie

Der Fahrstuhl sieht nicht besonders vertrauenswürdig aus und klingt auch nicht so. Außerdem klemmt die Gittertür, die Vincent nur mit viel Gewalt geschlossen hat, und auch das erst, nachdem Zola sich dazu entschlossen hat, uns doch noch zu begleiten. Jetzt sitzt sie zwischen Vincent und mir, während der Fahrstuhl sich schleppend und in Zeitlupe nach oben bewegt. Wir starren beide geradeaus und sehen, wie wir Stockwerk um Stockwerk erklimmen. Mir gehen Jean-Lucs Worte nicht aus dem Kopf. Vincent muss also gestern Abend nach unserem Essen noch mit ihm gesprochen und dabei von mir erzählt haben.

»Zola kommt sonst nicht mit hoch.«

Wenn er über den Hund reden will, ist das für mich okay. Das hält meine Gedanken nämlich nicht davon ab, sich mit dem Gespräch unten zu beschäftigen.

»Mag sie den Fahrstuhl nicht?«

»Jean-Luc sagt, dass sie das oberste Stockwerk nicht mag.«

»Wieso? Höhenangst?«

Erst jetzt sehe ich zu ihm, doch sein Blick ist auf Zola gerichtet, die ihre Schnauze auf seinem linken Schuh abgelegt hat und dabei irgendwie traurig wirkt.

»Keine Ahnung. Jean-Luc spricht nicht darüber.«

»Na ja, er kennt dich ja kaum?«

»Wir kennen uns jetzt schon vier Tage und erzählen uns eigentlich alles!«

»Dir reichen also vier Tage, um eine Vertrauensbasis aufzubauen, ja?«

Inzwischen kommt mir der Fahrstuhl noch langsamer vor. Es ist fast so, als würde er uns noch etwas mehr Zeit für Zweisamkeit verschaffen wollen. Oder der TÜV ist einfach nur abgelaufen.

»Ich habe nur knapp zwei Stunden, sieben Minuten und elf Sekunden gebraucht, um dir zu vertrauen.«

»Was übrigens sehr töricht von dir war, Vincent.«

»Oder es spricht für meine ausgezeichnete Menschenkenntnis.«

Jetzt hebt er seinen Blick und findet damit meine Augen.

»Sind wir doch mal ganz ehrlich. Es dauert maximal vier Minuten, bis du jemanden interessant findest. Und sagen wir mal zehn Minuten, bis du entscheidest, ob du die Person ansprichst. Und manchmal, wenn man ganz viel Glück hat, dann findet man in einem Meer aus grauen Tauben ...«

»... einen Pink Flamingo.«

»Und dann kannst du sowieso nichts mehr entscheiden.«

Der Fahrstuhl hat es geschafft und verdient jetzt entweder Applaus oder eine Fanfare für seinen Erfolg, uns tatsächlich bis nach ganz oben getragen zu haben. Vincent greift an mir vorbei, entriegelt die Sicherung und öffnet mit einem Zug die Tür. Sein Gesicht ist meinem so nah, dass ich mich nur leicht nach vorne beugen müsste, um ihn zu küssen. Seine Lippen, auf denen sich ein sanftes Lächeln abzeichnet, wirken mit einem Mal so verlockend. Der Lavendelgeruch sollte spätestens ab jetzt in die Liste der Aphrodisiaka aufgenommen werden. Meine Gedanken sind so deutlich, dass ich fast meine, sie laut im Raum zu hören.

»Wir sind da.«

Was als Aufforderung zum Verlassen des Fahrstuhls gemeint ist, prallt an mir ab, da auch Vincent keine Anstalten macht, den Abstand zwischen uns zu vergrößern oder in den Flur zu treten. Stattdessen bleibt er ganz dicht vor mir stehen und sieht zwischen meinen Lippen und Augen hin und her, als müsse er sich entscheiden. Es vergehen nur Sekunden, aber diese fühlen sich unendlich an. Der Fahrstuhl scheint eine Art Zeitmaschine zu sein, denn er schenkt uns Zeit, die sonst viel zu schnell vergehen würde. Ich müsste nur den Mut aufbringen und etwas sagen – doch meine Stimme ist wohl irgendwo zwischen dem ersten und dem dritten Stock stecken geblieben. Auch Vincent bleibt stumm, er sieht mich nur an. Ich hoffe, dass er den Mut hat, doch bevor er etwas sagen kann, bellt Zola zwischen unseren Füßen und trottet aus dem Fahrstuhl, als wolle sie uns vormachen, wie das geht.

»Das ist wohl unser Stichwort.«

Ein langer schmaler Flur führt uns zu einer alten Holztür, die mit drei Schlössern verriegelt ist. Vincent zieht einen großen Schlüsselbund aus der Tasche und macht sich an die Arbeit, alle aufzusperren.

»Jean-Luc versteckt hier oben wohl sein ganzes Geld, hm?«

»Fort Knox ist nichts dagegen!«

Zola hat sich genau vor die Tür gelegt, mit dem Kopf zwischen den Pfoten, dabei sieht sie irgendwie traurig aus.

»Geht es ihr nicht gut?«

»Keine Ahnung. Meistens springt sie wie wild durch die Gegend.«

Mit einem Schubs öffnet Vincent die Tür und schaltet das Licht an, ohne einzutreten.

»Ta-daaah!«

Ich sehe in die kleine Wohnung, die schon von hier aus so gemütlich und einladend aussieht, dass ich mir nicht sicher bin, ob ich eintreten möchte. Zu groß ist die Gefahr, dass ich dann nicht mehr gehen will.

»Wartest du darauf, dass ich dich über die Schwelle trage?«

Vincent lehnt lässig neben der Tür und grinst mich an. Doch diesmal kassiert er für den frechen Spruch nur ein Augenrollen. Dann trete ich an ihm vorbei in die Wohnung. Wer, so wie ich, nur Familienurlaube in Griechenland kennt und dabei immer in das gleiche, ziemlich sterile Hotel fährt, für den ist das hier eine ganz neue Erfahrung. Diese Wohnung ist nicht einfach nur möbliert worden, damit man sie vermieten kann. Dafür gibt es zu viele liebevolle Details: Die hellbraune Couch ist durchgesessen, die Kissen sind verlebt, der Teppich ist abgetreten. Auf dem kleinen Couchtisch sieht man Spuren von Weingläsern und Kaffeetassen. Die Bücher, die zwei Regale füllen, sehen gelesen und geliebt aus, denn die Einbände zeigen Spuren von vielen Händen, durch die sie gewandert sein müssen. Ein alter Plattenspieler steht auf einer Kommode und die dazugehörige Plattensammlung ist höchst beeindruckend. Vor allem in Zeiten von Handy-Playlisten.

Vincent lehnt noch immer an der Tür, wo auch Zola unverändert liegt und mich aus traurigen Knopfaugen ansieht, während ich die Wohnung unter die Lupe nehme. Sie ist nicht besonders groß. Die winzige Küche geht von dem Wohn- und Esszimmer ab. Eine Tür führt ins Bad, zwei andere in Räume, die ich als Schlafzimmer und Kinderzimmer ausmache. Eine schmale Glastür führt auf einen geradezu winzigen Balkon, der kaum so aussieht, als würde er mein Gewicht tragen können.

»Die Wohnung ist wunderschön.«

Das liegt nicht an den Möbeln, sondern an dem Gefühl, dass sich hier bereits ein ganzes Leben abgespielt hat, bevor Vincent eingezogen ist.

»Nicht wahr? Ein echtes Traumschloss.«

Erst jetzt kommt auch Vincent ins Innere der Wohnung und deutet auf die hellblau gestrichene Tür.

»Da ist das Badezimmer, wenn du dich umziehen willst.«

Doch ich sehe noch immer aus dem Fenster auf den Balkon, wo ein kleiner Holztisch und zwei Klappstühle stehen. Auf dem Tisch ist eine kleine Vase, in der eine Blume steckt, die erstaunlich frisch aussieht.

»Frühstückst du hier draußen?«

Ich höre seine Schritte hinter mir und kann seine Spiegelung in dem Glas vor mir näher kommen sehen.

»Nein. Ich frühstücke mit Jean-Luc.«

Neben mir bleibt er stehen und folgt meinem Blick über Paris, dessen Grenzen wir nicht sehen können, weil sie vom Nebel verschluckt werden. Es lässt sich nur erahnen, wie weit sich die Straßenzüge und Stadtviertel noch erstrecken und wo es endet. Die Wolkendecke über der Stadt ist inzwischen aufgebrochen, die Fetzen eines blauen Himmels werden immer größer – die Sonne setzt sich durch.

»Aber die Blume sieht frisch aus.«

»Die ist von heute Morgen. Jean-Luc legt sehr viel Wert darauf.«

»Er ist ein toller Concierge.«

»Allerdings.«

»Sieht so aus, als ob wir doch noch Chancen auf einen Sonnenuntergang bekommen.«

»Für ein weiteres Foto?«

»Und eine weitere Erinnerung.«

»Man sollte möglichst viele Sonnenuntergänge erleben.«

Während er das sagt, verändert sich seine Stimme, als ob er jemanden zitieren würde. Nur mit Mühe kann ich meinen Blick von dem Ausblick losreißen und widme mich stattdessen Vincents Gesicht.

»Hier wohnst du also in Paris.«

»Ich weiß, kein Fünf-Sterne-Hotel.«

»Allerdings nicht. Ich finde es viel cooler. Es ist genau nach meinem Geschmack.«

»Echt? Als ich es Saskia im Internet gezeigt habe, fand sie es blöd, weil ...«

Anders als ich Alain nach dem Moment im Fahrstuhl hat Vincent Saskia noch nicht vergessen, und ich will schon den Blick abwenden, als er fortfährt: »Sie ist eben nicht wie du.«

Dabei lächelt Vincent.

»Danke.«

Meine Stimme klingt leise.

»Nur die Wahrheit!«

Vincent zupft an dem Kragen meines nassen Parkas.

»Den kann ich zum Trocknen aufhängen. Hier ist noch ein Schlafzimmer, das ich nicht benutzt habe, wenn du dich lieber hier umziehen willst als im engen und ziemlich kalten Badezimmer.«

Ich zögere einen Moment und weiß gar nicht so recht warum. Was soll schon passieren?

»Man kann die Zimmertür übrigens abschließen.«

Ach, Vincent ...

Am liebsten würde ich ihn umarmen. Weil es ihm ernsthaft wichtig ist, dass ich mich bei ihm wohlfühle. Wenn er wüsste, dass er zu einer aussterbenden Art gehört.

»Du bist ziemlich *außergewöhnlich*, Vincent.«

Das große Bett ist mit frischen, weißen Laken bezogen. Auf den dunklen Holznachttischen stehen altmodische Lampen, die man maximal noch auf Secondhand-Flohmärkten finden kann, während der Kleiderschrank so enorm groß ist, dass er fast mehr Platz einnimmt als das Bett. Ich lehne meinen Rucksack neben das Bett und ziehe ein paar frische Jeans, ein T-Shirt und einen dunklen Strickpulli mit meinem Geburtsjahr als Brustmotiv heraus. Dabei fallen mir das Notizbuch und meine Ausgabe von Hemingways Buch in die Hände, die ich auf das Nachtkästchen lege. Ich schlüpfe aus den klammen Jeans und stehe jetzt in Unterwäsche hier – ohne die Tür abgeschlossen zu haben. Weil ich Vincent vertraue.

Schnell ziehe ich mich um und kann das aufgeregte Kribbeln in meinem Bauch nicht weiter ignorieren. Auch wenn es in Wirklichkeit nur eine winzige Momentaufnahme aus meinem Leben ist, die ich mir ordentlich schönrede, kann ich trotzdem eine kurze Zeit so tun, als würde ich in Paris leben: in einer Dachgeschosswohnung mit Balkon in Montmartre. Mein Blick wandert zur anderen Seite des Bettes, wo ich das gerahmte Foto auf dem Nachtkästchen bemerke. Langsam trete ich näher. Manchmal stehen in Wohnungen und Hotelzimmern Bilder herum, die das Ganze etwas persönlicher machen sollen. Wenn man im Laden einen Bilderrahmen kauft, sind auch oft Fotos von glücklichen Paaren und Familien drinnen, die als Beispiel dienen sollen, wie man den Rahmen am besten nutzen könnte. Doch das hier ist keines dieser Fotos, dafür sieht es viel zu »echt« aus. Es zeigt eine junge Frau, bestimmt nicht älter als ich jetzt, die vor dem Arc de Triomphe steht, einen kleinen Blumenstrauß in der Hand hält und lachend in die Kamera schaut. Sie trägt einen schlichten gestreiften Rock, dazu eine weiße Bluse, die bis zum Kragen zugeknöpft ist. Die vom Wind wild zerzausten Haare fallen offen über ihre Schultern. Sie scheint glücklich gewesen zu sein, in genau diesem Augenblick, als sie auf dem Foto verewigt wurde.

Ein leises Klopfen an der Tür reißt mich aus meinen Gedanken.

»Emma? Kann ich reinkommen?«

»Klar.«

Die Tür öffnet sich mit einem Krächzen und Vincent erscheint im Rahmen. Er trägt dunkle Jeans, dazu einen großmaschigen, blauen Strickpullover mit einem weißen Streifen auf der Brust. Sein Blick fällt auf das Bett, wo die meisten meiner Klamotten verstreut liegen, was ihn schmunzeln lässt.

»Du fühlst dich also wie zu Hause.«

»Ich räume das gleich weg ...«

Dabei will ich das gar nicht. Er hat nämlich schlicht und einfach recht. Ich fühle mich hier nicht nur wie zu Hause, sondern auch richtig wohl.

»... auch wenn ich lieber bleiben würde.«

Ein heller Blitz zuckt durch Vincents grüne Augen.

»Dann bleib doch noch ein paar Tage!«

»Was? Nein. Das geht doch nicht.«

Wie gut, dass meine Vernunft noch irgendwo im Verborgenen existiert und nicht komplett ausgezogen ist, nur weil ich mit jeder Minute mehr auf mein Herz vertraut habe. Das wäre verrückt, wenn ich meinen Aufenthalt verlängern würde, und das auch noch in Vincents Wohnung. Nein! Das geht nicht.

»Warum denn nicht? Ich bezahle sowieso das ganze Appartement. Jean-Luc hat sicher nichts dagegen.«

»Vincent, wir können hier doch keine Urlaubs-WG werden ...«

»Emma, wir sind Herzschmerzfreunde!«

Ganz so, als müsse er dafür ein Beweisstück vorlegen, hebt er seine Hand und zeigt das Pendant zu dem Bändchen, das auch an meinem Handgelenk baumelt.

»Es ist deine Entscheidung. Du kennst meine schlechtesten Eigenschaften und meine Macken. Warum also nicht?«

Vincent sieht mich wartend an: die Hände in den Hosentaschen, die Schultern hochgezogen, als würde meine Antwort über seine Zukunft – und nicht nur meine – entscheiden. Es ist deutlich, dass er wirklich will, dass ich bleibe. Wo bleibt die Vernunft jetzt, wo ich sie so dringend als Staatsanwalt in dieser Angelegenheit bräuchte? Hat die Rationalität gerade Kaffeepause? Mein Herz dagegen pocht so laut, als wollte es alle Geräusche um mich herum übertönen: *Emma Teichner, du bist bis hierhergekommen und hast ihm bis jetzt vertraut. Jetzt musst du nur noch den letzten Schritt gehen, um weitere unvergessliche Erinnerungen zu sammeln. Traust du dich, eine junge Frau zu werden, über die man Bücher schreiben könnte?* Während all das durch meinen Kopf rauscht, nicke ich schließlich.

»Bon, d'accord.«

Mit einem großen Schritt ist Vincent bei mir, nimmt mich fest in die Arme und hebt mich in die Luft, was mich so überrascht, dass ich ihn reflexartig umschlinge. Statt mich sofort wieder abzusetzen, hält er mich für den Flügelschlag eines Schmetterlings lang fest. Schnell schließe ich die Augen und konzentriere mich auf alles, was ich fühle und nicht sehen kann. Mein Gesicht lehnt an seinem Hals, ich spüre, wie weich seine Haut sich anfühlt, wie schnell sein Puls schlägt, spüre seine kräftigen

Arme, die mich sicher halten, seine Atmung an meinem Ohr. Paris ist an sich schon ein ziemlich cooler Ort. In Vincents Armen in Paris zu sein, das ist aber noch mal eine Steigerung!

Langsam setzt er mich wieder auf den Boden und streicht mir eine Haarsträhne aus dem Gesicht. Dabei stehen wir so dicht voreinander, wie vorhin im Fahrstuhl. Ich meine zu spüren, wie die Zeit sich erneut verlangsamt, bis sie schließlich stehen bleibt. Vincents Zeigefinger berührt zärtlich meine Wange und meine Knie werden weich.

»Ach, Emma …«

Doch bevor ich erfahren kann, wie der Satz endet, ertönt Hundegebell aus Richtung der Wohnungstür.

Zola! Die habe ich total vergessen!

Vincent löst sich aus der angenehmen Nähe und nickt zum Wohnzimmer.

Moment! Ich will wissen, wie der Satz weitergeht!

»Ich glaube, Jean-Luc hat sie auf uns angesetzt.«

So niedlich ihre Augen und die Stupsnase auch sein mögen, im Moment wünsche ich mir, Zola wäre bei Jean-Luc geblieben. Doch schon als wir sie finden, noch immer an der Türschwelle stehend, ist mein Unmut auf sie verflogen.

»Wieso will Zola nicht reinkommen?«

»Vielleicht mag sie dieses Appartement nicht so gern?«

Vincent geht vor der Chihuahua-Jack-Russell-Hündin in die Hocke und krault einen kurzen Moment ihren Nacken. Dann sieht er kopfschüttelnd zu mir.

»Oder einfach viel zu gern.«

Wer könnte ihr das verübeln? Es ist an Gemütlichkeit und Pariser Stil nicht zu übertreffen. Dieses verwinkelte Schmuckstück ist wie eine Zeitkapsel. Selbst das Fernsehgerät in der Ecke ist noch ein alter Röhrenapparat – so etwas wird nicht mal mehr produziert. Es gibt kein CD-Fach in der Stereoanlage, dafür aber zwei Kassettendecks und besagten Plattenspieler. Hier drinnen stand die Welt die letzten Jahre still.

»Komm, gehen wir runter, bevor der Tee kalt ist.«

Hymne à l'amour

Eine Hymne auf die Liebe

Jean-Lucs Wohnung ist eigentlich nur ein Zimmer, das als Wohnzimmer, Kochnische und Schlafraum in einem dient. Die Couch, auf der Vincent und ich sitzen, ist ein ausklappbares Bett, der Esstisch fungiert zugleich als Couchtisch und Aktenablage. Einen Fernseher hat Jean-Luc nicht, dafür aber zwei Kochplatten und eine Kaffeemaschine, die er aus einem Museum entwendet haben muss. Ein alter Gasofen in der Ecke dient ihm als Heizung im Winter, und was mir am besten gefällt: wie gemütlich er es hat. Hier mag alles klein und eng sein, aber es ist so schön liebevoll eingerichtet, als würde er nirgends sonst lieber sein. Der dampfende Tee, zu dem wir Lavendelzucker gereicht bekommen, schmeckt köstlich und wärmt von innen. Jean-Luc sitzt auf einem alten Bistrostuhl, Zola hat er zu seinen Füßen auf einem abgetretenen Teppich liegen. Sein aufmerksamer Blick mustert uns. Die Traurigkeit von vorhin trübt das Blau seiner Augen nicht mehr. Stattdessen leuchten sie jetzt ganz aufgeregt, als er in seinem Tee rührt.

»Es ist schön, mal so junge Leute zu Besuch zu haben. Nicht wahr, Zola?«

Doch Zola schläft schon seit einer ganzen Weile, als wäre das Abenteuer Dachgeschosswohnung viel zu aufregend gewesen, sodass sie sich jetzt dringend erholen müsse.

»Besuchen Sie Ihre Enkel denn gar nicht?«

Meine Eltern legen immer viel wert darauf, dass wir oft zu Oma und Opa fahren, weil alte Leute sich über Besuch immer freuen. Jean-Luc rührt weiter in seinem Tee.

»Ich habe keine Enkel. Oder Kinder. Der liebe Gott hat es, was das angeht, nicht besonders gut mit meiner Frau und mir gemeint.«

Sofort fällt mir das Foto aus dem Nachtkästchen wieder ein, aber ich traue mich nicht, es anzusprechen. Stattdessen sehe ich mich in der Wohnung um und suche Indizien, dass es sich bei dem Foto auch wirklich um seine Frau handelt. Die Wand über dem Tisch ist voll mit Parisfotos. Schwarz-Weiß-Aufnahmen einer Stadt, die es so nicht mehr gibt.

»Sind diese Aufnahmen alle von Ihnen?«

Jean-Luc sieht zu der Wand und ein stolzes Lächeln huscht über seine Lippen.

»Die sind von meiner Frau. Sie war eine wunderbare Fotografin. Paris war ihr liebstes Motiv. Neben mir, *bien sûr.*«

Seine Stimme klingt belegt. Doch dann folgt ein Augenzwinkern, das ihn mindestens vierzig Jahre jünger wirken lässt und den Jean-Luc zeigt, in den sich seine Frau damals wohl verliebt hat.

Doch als ihn eine andere Erinnerung einholt, wird sein Blick trüb, als sähe er etwas, was uns verborgen bleibt.

»Sie ist vor zwei Jahren umgezogen.«

Dabei deutet er nach oben. Man muss kein Genie sein, um zu wissen, dass er nicht etwa ein oberes Stockwerk in diesem Haus meint, sondern eine Etage weit, weit über uns.

»Dabei habe ich immer gesagt, ich müsse vor ihr sterben. Damit ich den Himmel für sie dekorieren kann. Doch sie hat es mir verboten. Und wie immer hat sie ihren Willen durchgesetzt.«

Gedankenverloren spielt er mit dem schlichten Goldring an seinem Ringfinger. Ich frage mich, wann sie ihm den wohl angesteckt hat, und stelle mir vor, wie er in einem Anzug am Altar auf sie gewartet hat. Meine romantische Seite mag durch Alains Aktion einen herben Tiefschlag eingefangen haben, aber sie ist noch immer da und meldet sich jetzt stärker denn je zurück.

»Wie lange waren Sie verheiratet?«

»Ein langes Menschenleben.«

Der Stolz in seiner Stimme ist nur zu deutlich zu hören.

»Dieses Jahr wären es sechsundsechzig Jahre gewesen.«

Vincent und ich sehen uns sprachlos an. Ich kann mir nicht mal ansatzweise vorstellen, wo ich mit sechsundsechzig Jahren sein werde, was ich erlebt und mit wem ich dann mein Leben verbracht habe. Aber sechsundsechzig Jahre mit nur *ein und demselben* Menschen verbracht zu haben, das ist beeindruckend!

»Monsieur Vincent hier glaubt allerdings, dass es so lange Beziehungen gar nicht mehr gibt.«

»Ganz richtig!«

Vincents Stimme klingt wie die eines trotzigen Kindes, das an der Supermarktkasse seine Süßigkeiten nicht bekommen hat. Viel zu geräuschvoll stellt er die Teetasse auf dem Tisch ab und verschränkt die Arme. Jean-Luc schenkt ihm einen nachsichtigen Blick und wendet sich mir zu.

»Nun, wie siehst du das, Emma?«

»Ich denke schon, dass es die große Liebe gibt.«

Vincent schießt einen finsteren Blick in meine Richtung, als wäre ich eine Verräterin.

»Nach allem, was dieser Alain dir angetan hat?«

Wenn ich könnte, würde ich ihm gerne eine Ohrfeige verpassen, weil er das Thema – entgegen unserer Abmachung – schon wieder auf den Tisch bringt. Und das vor Jean-Luc, der irritiert wirkt.

»Wer ist Alain?«

»Ihr Ex-Freund!«

Klingt das etwa eifersüchtig? Vincent sinkt tiefer in die Couch und starrt vor sich hin. Ja, das hörte sich definitiv eifersüchtig an.

»Ah, es gibt also noch einen anderen Mann in deinem Leben.«

»Nicht mehr. Er hat mich belogen und mir das Herz gebrochen.«

»Trotzdem glaubst du noch an die große Liebe.«

»Na ja, was hätte das denn alles für einen Sinn, wenn es sie nicht gäbe? Das ganze Hoffen, Suchen und Weitermachen ...«

»Dann hat dieser Alain dein Herz nicht gebrochen. Nur ein bisschen angeknackst. Das kann man reparieren.«

Es mögen einfache Worte sein, aber ich klammere mich

an sie, weil ich ihm glauben will. Mein Herz hat sich in den letzten Stunden wie eine ehemals getrennte Boyband zu einer Comeback-Welttournee zurückgemeldet. Das macht mir Angst und gleichzeitig auch Mut.

»Ich hoffe es. Denn ich glaube, man trifft diesen einen Menschen, der für einen bestimmt ist. Nur eben nicht immer dann, wenn man es sich wünscht.«

Kurz sehe ich zu Vincent, um zu checken, ob er versteht, was ich meine. Doch er starrt noch immer vor sich hin und zeigt keine nennenswerten Vitalzeichen.

»Sehr richtig, Emma. Ich habe meine Frau in einem kleinen Laden für Glückwunschkarten am Tour Eiffel kennengelernt. Ich war dabei, eine Karte für ein anderes Mädchen zu kaufen, als *sie* plötzlich vor mir stand.«

»Und war es Liebe auf den ersten Blick?«

Ein bisschen Romantik tut mir gerade gut, und ich bin gespannt, mehr über die Liebesgeschichte des Concierge zu erfahren. Vincent kann noch so sehr versuchen, desinteressiert zu wirken – er hört ebenso aufmerksam zu.

»Nein. Es war Liebe auf jeden Blick. Jeden Tag habe ich mich ein bisschen mehr in sie verliebt. Selbst jetzt sehe ich mir noch Bilder an und verliebe mich immer weiter in sie. In die Dinge, die nur mir auffallen, die Marotten, von denen nur ich wusste. All diese Kleinigkeiten haben sie zu *meiner* Frau gemacht.«

Vincent stellt die Frage, die mich auch interessiert, und klingt dabei etwas unsicher.

»Was ist aus dem anderen Mädchen geworden?«

»Nun, ich habe ihr die Karte gekauft, mich entschuldigt und sie losgelassen.«

»Einfach so?«

»Einfach so. Man merkt, welche Menschen man gehen lassen und welche man festhalten muss. Man weiß nie, warum, man weiß immer nur, *wen.*«

Jetzt verstehe ich, warum Vincent ihn einen *Concierge-Gandalf* genannt hat: Jean-Lucs Weisheiten basieren auf seinen Erfahrungen und werden nicht aus Büchern zitiert. Er war länger mit seiner Frau zusammen, als meine Eltern auf der Welt sind. Er weiß, wovon er spricht. Vincent wirkt niedergeschlagen und selbst mein liebevoller Schubser in Kombination mit einem aufbauenden Lächeln können daran nichts ändern.

»Wie schafft man es, so lange zusammen zu bleiben?«

»Es gibt einfache Regeln.«

»Verrätst du sie mir?«

Es sollte mich nicht stören, dass Vincent sich hier Tipps holt, wie er seine Beziehung zu Saskia hätte retten können. Oder wie er sie zurückgewinnen kann. Trotzdem zieht sich mein geschundenes Herz schmerzhaft zusammen, als ich den Anflug von Hoffnung in seiner Stimme wahrnehme. Habe ich mir alles nur eingebildet? Verwechsele ich Freundschaft mit dem Gefühl von Schmetterlingen im Bauch? Gerade nach Alains Betrug sollte ich wohl nicht alles für wahr halten, was mein Herz mich glauben machen will.

»Versuche nie, deine Frau zu verändern. Sag ihr immer, wie hübsch sie ist. Vor allem, wenn sie es mal nicht ist. Zeig ihr so viele Sonnenauf- und -untergänge wie nur möglich. Lass sie niemals alleine essen. Aber das hast du ja bereits verstanden.«

»Ja. Ähm. Okay. Das ist eine süße Geschichte, Jean-Luc. Aber Emma und ich, wir müssen los.«

Moment! Nicht so schnell, liebes Leben!

Warum hat man mir nicht vorher das Drehbuch für diese Episode gegeben? Jean-Luc und Vincent wissen ohne Zweifel mehr als ich und das gefällt mir nicht. Es fühlt sich so an, als würden sie über mich sprechen. Vincents Ohren glühen und seine Haare rutschen ihm sofort in die Stirn. Jean-Luc weicht meinem Blick ebenfalls aus, als er sich zu Zola beugt und sie hinter dem Ohr streichelt.

»Müssen wir?«

»Sonnenuntergang bei Sacré-Cœur.«

Vincent steht auf und greift nach seiner Lederjacke, als wäre der Raum plötzlich zu klein für uns vier. Stolpernd klettert er über Zola in Richtung Tür. Habe ich meinen Einsatz verpasst? Noch immer sitze ich auf der Couch und sehe zu Jean-Luc, der mir ein warmes Lächeln schenkt.

»Er ist manchmal etwas, wie sagt man ... *étrange.*«

Merkwürdig ... Das trifft es!

»Ja, das ist mir schon aufgefallen.«

»Aber er ist ein guter Junge. Ich wäre stolz, wenn er mein Enkel wäre.«

Keine Ahnung, welche Verbindung diese beiden haben, aber es ist deutlich zu spüren, dass Jean-Luc Vincent in der Kürze der Zeit in sein Herz geschlossen hat. Mein Blick wandert zu Vincent, der seine Jacke anzieht und vor sich hin murmelt. Es ist schwer, so jemandem wie ihm, nicht sofort einen Platz im eigenen Herzen einzuräumen.

Und genau das ist das Problem.

»Emma, wir müssen los!«

Langsam stehe ich auf, obwohl die Fragen und Gedanken in meinem Kopf gerade Kettenkarussell fahren und mir ein bisschen schwindelig ist. Mit zittrigen Schritten folge ich Vincent zur Tür, die er für mich geöffnet hält.

»Vincent?«

Jean-Luc scheint noch etwas eingefallen zu sein, aber er dreht sich nicht zu uns, sondern krault weiter Zola zu seinen Füßen.

»Hm?«

»Wo ist denn dein Rucksack, ohne den du nie das Haus verlässt?«

Vincent greift nach meiner Hand.

»Den brauche ich heute nicht. Flucht ausgeschlossen!«

J'arrive à toi

Ich komme zu dir

Kaum ist der Wolkenvorhang aufgegangen, zieht es die Leute nach draußen. Die Tische vor den Cafés werden abgetrocknet, die ersten Gäste nehmen schon wieder Platz. Vincent geht mit schnellen Schritten vor mir her und gibt mir kaum die Chance, zu ihm aufzuschließen. Der Sonnenuntergang ist mir gar nicht mehr so wichtig, auch wenn er auf meiner To-enjoy-Liste steht.

»Emma, komm schon, sonst verpassen wir ihn!«

»Morgen ist auch noch ein Sonnenuntergang.«

»Aber ich will ihn gerne heute sehen. Schau dir diese Wolken an! Das wird der Hammer und ein Instagram-Bild, das ich nicht verpassen will.«

»Wenn das so ist, dann geh doch schon mal vor.«

Jetzt bleibt er tatsächlich stehen und dreht sich zu mir. Zum ersten Mal, seit wir die Wohnung bei Jean-Luc verlassen haben, sieht er mir wieder in die Augen.

»Ich will ihn mir aber mit dir anschauen.«

Das ist doch schon mal eine ganz andere Motivation. Meine Schritte werden nun ein bisschen schneller.

»Wenn das so ist…«

»Phase drei, du weißt schon.«

Im Gleichschritt steigen wir die Stufen zu der wunderschönen Kirche hinauf, die in der Abendsonne zu erstrahlen scheint und nicht nur uns magisch anzieht. Wenn ich mich trauen würde, könnte ich mich bei ihm unterhaken, doch so berühren sich unsere Arme nur beim Gehen immer mal wieder zufällig.

»Die Sache mit den Erinnerungen?«

»Ich dachte immer, ich würde mir den Sonnenuntergang mit Saskia ansehen.«

Wenn ich den Namen heute noch einmal hören muss, kann ich für nichts garantieren! Tapfer laufe ich weiter und weigere mich, den bitteren Geschmack in meinem Mund als Eifersucht zu akzeptieren.

»Dann dachte ich, schaust du ihn dir eben alleine an.«

Diesmal stört mich die Art und Weise, wie sein Lächeln sein ganzes Gesicht aufhellt, als wäre gerade die Sonne aufgegangen.

»Jetzt hast du ja mich als Trostpreis.«

Das klingt genauso bitter wie der Geschmack auf meiner Zunge. Vincents Blick trifft mich von der Seite, doch ich nehme ihn diesmal nicht auf und gehe stattdessen etwas schneller. Denn so langsam dämmert es mir: Er mag mich und ist gerne mit mir in Paris – weil er dann nicht alleine sein muss.

»Du bist doch kein Trostpreis, Emma Teichner!«

Genauso, wie ich Alains Wohlfühllügen geglaubt habe, will ich bei Vincent ebenfalls alles für bare Münze nehmen. Doch den Fehler mache ich nicht noch einmal.

»Du musst mir keine Komplimente mehr machen, Vincent. Ich bleibe. Du musst nicht alleine durch Paris schlendern oder alleine essen. Hurra!«

Ich hebe die Arme in die Luft, um meinen gespielten Jubel zu unterstreichen, doch so leicht lässt mich Vincent nicht davonkommen.

»Okay, irgendwo zwischen der Wohnung und diesen Stufen habe ich wohl was verpasst.«

Ich nehme die Stufen mit einer ordentlichen Portion Wut und Enttäuschung. Jetzt hat *er* Probleme, mit mir Schritt zu halten.

»Emma!«

»Was denn? Du sammelst Erinnerungen mit mir, damit du die an Saskia vergessen kannst. Schon kapiert.«

»Spinnst du? Ich sammele Erinnerungen mit dir, weil du irgendwann heimfährst und mir dann nur noch das hier bleibt.«

Mein Kopf sendet deutliche Fortbewegungssignale an meinen Körper, doch ich bleibe wie angewurzelt stehen. Vincent steht zwei Stufen unter mir und sieht mich aus traurigen Augen an.

»Ich hatte in den zwei Tagen mit dir mehr Spaß als im letzten halben Jahr. Und ich gewöhne mich viel zu schnell an dich. An das Geräusch deiner Schritte, wenn du versuchst, neben mir herzulaufen, weil ich zu schnell bin. An dein Lachen, wenn ich irgendeinen Unsinn erzähle und du es trotzdem witzig findest. An die Art und Weise, wie du mich anstupst, wenn ich mit meinen Gedanken woanders bin. Das wird mir fehlen.«

Wieder schiebt er die Hände in die Hosentasche, als

wüsste er nicht, was er sonst tun soll, oder als hätte er Angst, was er sonst mit ihnen tun würde. Nach den meinen greifen zum Beispiel. Nun zuckt er die Schultern und kickt einen winzigen Stein mit dem Fuß weg.

»*Darum* versuche ich, Erinnerungen mit dir zu sammeln.«

Anstatt mich anzusehen, verfolgt er die Flugbahn des Steins, der einige Stufen weiter weg landet und wie tot liegen bleibt. Manchmal mögen es Jungs ja, wenn wir Mädchen cool und tough sind, und deswegen versuche ich mich jetzt an einer lässigen Version meiner selbst.

»Ich werde ja nicht aus der Welt sein. München und Stuttgart. Wir können uns besuchen.«

»Klar. Das wäre cool!«

Es ist nur eben nicht dasselbe, das weiß ich auch, aber ich klammere mich an jeden Strohhalm. Darin habe ich inzwischen echt Übung. Mag sein, dass es gerade mal ein *Capri-Sonnen*-Strohhalm ist, aber ich hänge an ihm, wie ein Koala am Eukalyptusbaumast.

»Wir sind Herzschmerzfreunde, die telefonieren können, weißt du? Außerdem gibt es diese geniale Erfindung namens Skype, da können wir uns sogar sehen!«

»Davon habe sogar ich schon gehört. Du wirst mir trotzdem fehlen. Ich habe mich an dich gewöhnt.«

»Hast du?«

Statt auf die Frage zu antworten, kommt er zu mir hoch, nimmt meine Hand und zieht mich sanft mit sich weiter nach oben.

»Vor allem an das Gefühl, wenn ich deine Hand einfach so halte. Das geht über Skype nämlich echt schlecht.«

Haben meine Beine eben noch ihre Funktion verweigert, so tragen sie mich nun mühelos bis nach ganz oben, wo sich zahlreiche Touristen tummeln, fast alle mit Kamera oder Handy bewaffnet. Vincent kämpft sich einen Weg für uns bis ganz nach vorne, wo in der Ferne der Eiffelturm steht und die Sonne den Himmel in ein kräftiges Pink färbt. Montmartres größter Vorteil ist, dass es auf seinem Hügel über den ganzen Touristenwahnsinn erhaben ist. Vincent zückt sein Handy. Bevor er es entriegeln kann, meine ich plötzlich, ein neues Foto auf seinem Sperrbildschirm erspähen zu können, aber das kann auch nur Einbildung gewesen sein. Von hier aus sah das allerdings verdächtig nach einem Mädchen mit einem pinkfarbenen Regenschirm am Eiffelturm aus! Doch bevor die Hoffnungs-Schmetterlinge wieder abheben und in meinem Bauch eine spontane Flugshow abziehen, ermahne ich mich zur Vernunft. Aber egal was ich mir auch wie ein stures Mantra vorsage – ich kann meine Lippen nicht von einem Lächeln abhalten. Vincent macht fleißig Fotos, während ich neben ihm stehe und glaube, seine Hand noch immer in meiner spüren zu können. Dabei nehme ich die Farben des Sonnenuntergangs noch intensiver wahr.

»Alles okay?«

Vincent sieht stirnrunzelnd zu mir. Ich beantworte seine Frage mit einem einfachen Nicken, weil das hier gerade meine liebste Erinnerung aus Phase drei geworden ist. Kein Date, kein Tag, kein gemeinsamer Moment mit Alain hat sich so angefühlt, wie neben meinem Herzschmerzfreund in Paris zu stehen und miteinander einen

Sonnenuntergang zu erleben, der die Stadt wie ein Gemälde aussehen lässt.

»Lust auf ein Selfie?«

»Klar! Damit ich in Stuttgart nicht vergesse, wie du aussiehst.«

Was für eine alberne und leicht zu durchschauende Lüge. Vincents Gesicht taucht detailliert vor meinem geistigen Auge auf, wann immer ich die Lider schließe. Alles an ihm, was ich beim ersten Treffen noch etwas schräg fand, wird immer mehr zu dem vollkommenen Bild eines jungen Mannes, für den ich ein Pink Flamingo bin. Wir klettern auf die kleine Mauer, spüren Paris in unserem Rücken und passen perfekt zu diesem Hintergrund. Vincent hält sein Handy vor uns und macht einen Fischmund, was mich zum Lachen bringt. In genau diesem Moment drückt er auf den Auslöser. Das Ergebnis ist eines dieser Fotos, auf denen ich wirklich gut getroffen bin. Es wirkt kein bisschen gestellt und ist ein echter Glückstreffer. Wir betrachten es einen Moment und genießen dann stumm den Sonnenuntergang, bis der Himmel dunkel wird und sich die Lichter der Stadt wie ein Teppich vor uns ausbreiten. So viele Lichter, die zu so vielen Menschenleben gehören. Die sich in der gleichen Stadt abspielen und deren Wege sich trotzdem vielleicht nie kreuzen werden. Die Touristen flüchten vor der Dunkelheit oder der Abendkälte. Doch wir haben es nicht eilig. Weil die besten Attraktionen im Leben nicht auf einem Stadtplan zu finden sind. Sie passieren einfach. Und so erleben wir, wie der Eiffelturm seine Abendgarderobe überwirft und von Tausenden kleinen Lichtern erhellt wird. Er, der nicht zulässt, dass die Nacht ihm die Bühne stiehlt.

»Kein schlechter Ausblick, hm?«

»Man könnte sich daran gewöhnen.«

»Ich wette, Hemingway war auch schon mal hier.«

»Das war er ohne Zweifel. Er hat Montmartre geliebt.«

»Tut mir leid, dass du jetzt anstatt mit ihm nur mit mir hier sitzen musst.«

Doch ich kann hören, dass es ihm nicht im Geringsten leidtut.

»Ach … Ich genieße den Abend lieber mit meinem van Gogh.«

Dabei stupse ich ihn so an, wie ich es schon häufig getan habe und wie es ihm in Erinnerung bleiben soll.

»Heute war ein toller Tag, Vincent.«

»Das unterschreibe ich so. Keine Streitereien.«

»Ein guter Sound?«

Vincent sieht mich von der Seite an, als wäre mein Gesicht spannender als Paris bei Nacht.

»Der perfekte Sound! Und ich bin froh, dass du noch nicht nach Hause fährst.«

»Ich auch.«

»Hunger?«

»Oui.«

»Wonach steht dir der Sinn?«

»Ist Jean-Luc heute wieder bei seinem Freund Claude?«

»Nein, heute ist er zu Hause.«

Vorsichtig klettere ich von der Mauer zurück auf den sicheren Boden und nicke in Richtung Straße.

»Dann lass uns mal einkaufen gehen.«

On ne voit pas le temps passer

Unmerklich schnell verstreicht die Zeit

Jean-Luc sieht uns überrascht an, als wir wieder vor seiner Tür stehen, mit Tüten beladen, aber um einige Euro leichter. Zola springt vor Begeisterung mit wedelndem Schwanz an Vincent hoch und kriegt sich vor Freude kaum mehr ein. Erst als wir alles auf dem Tisch abstellen und Vincent beide Hände frei hat, um sich ihr voll und ganz widmen zu können, beruhigt sie sich etwas, rollt sich auf den Rücken und lässt sich den Bauch streicheln. Jean-Luc beobachtet die Szene amüsiert.

»Sie hat einen Narren an ihm gefressen.«

»Sie hat eben eine gute Menschenkenntnis.«

»Dann mach dich nützlich, Monsieur Vincent.«

Er reicht ihm die Hundeleine und nickt in Richtung Tür.

»Deine Freundin und ich decken solange den Tisch.«

Gerade als ich der Titulierung widersprechen will, nimmt Vincent die Leine, und Zola rennt schon mal in Richtung Tür.

»Lass ihn ja nicht den Wein alleine trinken!«

Hat er gehört, dass Jean-Luc mich *seine Freundin* genannt hat? Und falls er es getan hat, wieso lässt er das unkommentiert stehen? Die Tür fällt ins Schloss und es gibt keine Ausreden mehr. Jean-Luc, der einen Blick in die Einkaufstüten wirft, und ich sind alleine.

»Ihr hättet das nicht tun müssen, Mademoiselle Emma.«

»Aber wir haben es gerne gemacht.«

Er nimmt mir, wie ein echter Gentleman, die Jacke ab und hängt sie in einen winzigen Schrank, in dem sich nur sehr wenige Kleidungsstücke auf ihren Bügeln befinden. Ich kann mir nicht vorstellen, dass das Notwendigste für ein Leben in diesen Schrank passt.

»Erzähl mir, Emma, wie gefällt dir Paris?«

»Es ist wunderschön! Ich könnte sofort hier leben. Es steckt so voller Leben und Kunst! Ich frage mich bei jedem Café und jedem Bistro, ob wohl Hemingway hier mit Fitzgerald gegessen hat.«

Jean-Luc lässt mich während der Schwärmerei für seine Heimatstadt keine Sekunde aus den Augen. Dabei komme ich mir etwas dämlich vor, denn er wird das vermutlich ständig von Touristen hören.

»Es ist einfach eine schöne Stadt.«

»Die schönste Stadt der Welt!«

Wir packen Baguette, Camembert, Ziegenkäse, ein Gläschen Kaviar und eingelegte Artischockenherzen aus, dazu noch mehr Käsesorten, eine Packung Schinken und eine Flasche Rotwein .

»Meine Frau, Clara, hat immer gesagt, wenn man einmal in Paris gelebt hat, ist man für immer hier zu Hause.«

Es erinnert mich sofort an das, was Hemingway gesagt hat. Bloß ist hier der Unterschied, dass Clara nie nur zu Besuch hier war.

»Haben Sie immer hier gelebt?«

»Ja. In diesem Haus.«

Er öffnet die Schranktüren des Regals über unseren Köpfen und nimmt schlichtes Geschirr heraus.

»Sie waren Ihr ganzes Leben lang Concierge?«

»Mais non! Ich habe als Ingenieur gearbeitet. Clara war Lehrerin. Als sie gestorben ist, wollte ich in diesem Haus bleiben. Weil wir immer hier gelebt haben.«

Kurz sehe ich mich in dieser Wohnung um und kann mir nicht vorstellen, dass zwei Menschen hier leben können. Es ist viel zu klein.

Moment!

Mein Blick wandert die Wand entlang nach oben. Jean-Luc bemerkt meine Reaktion, sieht ebenfalls nach oben und nickt.

»Oui. Die Wohnung da oben, das ist unsere.«

Da ist es wieder, das stolze Lächeln der Franzosen, die wissen, wie schön ihr Leben hier sein kann.

»Warum wohnen Sie jetzt hier unten?«

»Ohne meine Frau mag ich da oben nicht mehr sein. Ich habe keinen Fuß mehr in die Wohnung gesetzt. Sie kommt mir zu klein und gleichzeitig zu groß vor. Ich würde mich darin verlieren. Ganz alleine. Überall verstecken sich dort Erinnerungen, die unsere waren und die sich ohne sie nicht richtig anfühlen.«

Mit genauen Handbewegungen und in Zeitlupe deckt Jean-Luc den Tisch. Mit höchster Konzentration legt er die Gabeln alle genau in die gleiche Position zu jedem Teller, schiebt die Gläser zurecht und streicht liebevoll über die Servietten. Auf der Mitte des Tisches steht eine Kerze in einer Weinflasche, an deren Hals sich bereits viele Wachsspuren befinden und heute Abend sicher noch welche dazukommen.

»Umso schöner ist es, dass ihr jetzt hier wohnt. Wenn auch nur für eine kurze Zeit.«

»Danke, dass ich so spontan hierbleiben darf.«

Er winkt ab und sucht den Korkenzieher in der Schublade.

»Vincent hat so sehr gehofft, dass du bleibst.«

Manchmal reagiert mein Körper nicht so, wie ich es erwarte. Dann komme ich mir vor, als hätte ich die Choreografie für meine Gefühle vergessen. So wie jetzt, als ich am liebsten jubeln möchte, aber nicht weiß, wie. Also stehe ich einfach da wie ein Schaf im Mondschein.

»Hat er!?«

Verrät meine Stimme den Konfettiregen in meinem Herzen?

»Natürlich. Du hättest ihn sehen müssen, als er hier ankam. Er war ein sehr trauriger, junger Mann. Und seit er dir begegnet ist, leuchten seine Augen. Und wie ist es mit dir: Magst du ihn?«

»Kann man ihn nicht mögen?«

Das ist doch keine Antwort, du Feigling!

Jean-Luc macht sich daran, die Weinflasche zu öffnen, und grinst wissend.

»Magst du ihn so, wie du diesen Alain gemocht hast?«

»Vielleicht.«

Mit einem lauten »Plopp!« befreit er die Flasche von ihrem Korken.

»Warum so unsicher? Es ist eine einfache Frage.«

»Ich traue mir noch nicht über den Weg.«

»Wegen Alain?«

»Ja. Er hat Dinge gesagt, auf die ich mich verlassen habe und die nicht wahr waren.«

»Dieser Crétin.«

»Allerdings. Und jetzt ... na ja ... glaube ich nicht mehr alles. Und Vincent ...«

»Und?«

»Es ist offensichtlich, dass er noch an Saskia hängt.«

»Nur, weil er sich nicht verabschiedet hat.«

»Hat er nicht?«

Jean-Luc schüttelt den Kopf. Es ist nun klar, dass er viel mehr weiß, als Vincent mir erzählt hat.

»Dann sind wir schon zwei. Ich habe Alain auch nicht gesagt, was ich von ihm halte.«

»Ah! Da kann ich euch vielleicht helfen!«

Jean-Luc reibt sich die Hände und geht zu der kleinen Kommode neben der Couch. Aus der obersten Schublade holt er ein kleines, verschnürtes Päckchen Papier hervor und legt es lächelnd auf den Tisch, als wäre es ein verschollener Goldschatz.

»Was ist das?«

»Grußkarten. Für jeden Anlass.«

Er öffnet die Paketschnur, die den Stapel zusammenhält, und sucht sich durch die kleinen Postkarten, die bezaubernd schöne Motive haben. Als er die richtige gefunden hat, reicht er sie mir.

»Eine Abschiedskarte für verflossene Beziehungen.«

Auf der Karte, die sich erstaunlich dick und rau anfühlt, ist ein schlichter Eiffelturm mit schwarzer Tinte gezeichnet. Darüber schwebt eine kleine Regenwolke, und in einer schön geschwungenen Handschrift steht ein simples Wort: *Adieu*.

»Clara hat Grußkarten gesammelt.«

»Die Karten haben Ihrer Frau gehört?«

»Oui.«

Die Tränen in seinen klaren, blauen Augen sind deutlich zu sehen. Ich kann mir nicht mal im Entferntesten vorstellen, wie es für ihn sein muss, hier unten als Concierge zu wohnen, während nur einige Stockwerke über ihm alle Erinnerungen an ein gemeinsames Leben mit seiner großen Liebe in einer Wohnung fortleben.

»Sind Sie sicher ...?«

»Ganz sicher. Sie hätte euch gemocht.«

Seine Stimme zittert, als er spricht, und weil ich nicht weiß, was ich sagen soll, schlinge ich einfach meine Arme um seinen Hals und drücke ihn kurz und fest an mich.

»Merci, Jean-Luc!«

Auch er legt seine Arme um mich für eine herzliche Umarmung.

»*Avec plaisir*. Und Emma, hör auf dein Herz! Immer! Selbst ein kaputtes Herz weiß besser, was wir brauchen, als ein gesunder Kopf.«

Eigentlich trinke ich keinen Wein, aber diesmal gönne ich mir ein paar Schluck. Wir essen und reden und lachen und Jean-Luc erzählt Geschichten von damals. Als Clara noch gelebt hat und dieses Haus voller Lachen war. Er nennt uns ein paar Orte, die wir unbedingt besuchen müssen, und schwärmt vom Restaurant eines Freundes, der die besten Jakobsmuscheln in ganz Frankreich zubereiten würde. Der Abend vergeht wie im Flug, nur die kleiner werdende Kerze in der Flasche dient als Zeitmesser. Wir beobachten die kleinen Wachsflüsse, die sich am Flaschenhals entlangschlängeln. Je später es wird, desto ruhiger werden wir und hängen unseren Gedanken nach.

»Wenn ich mal so lange gelebt habe wie du, Jean-Luc, dann hoffe ich, auch so viele Erinnerungen zu haben.«

»Ah, die wirst du haben, Vincent. Ohne Zweifel. Schöne und traurige. Das gehört dazu.«

»Von den traurigen habe ich jetzt schon genug.«

»Dann sammele eben schöne.«

»Das versuche ich gerade.«

Im spärlichen Kerzenschein bin ich mir nicht sicher, aber ich glaube, Vincent schaut zu mir rüber, als er das sagt. Jean-Luc sieht einen Moment lächelnd zwischen uns hin und her.

»Ah, das hätte ich fast vergessen! Ich habe Dessert da.«

Jean-Luc läuft zu dem kleinen Kühlschrank in der Ecke, der auch als Anrichte dient. Vincent lehnt sich über den Tisch etwas zu mir rüber.

»Siehst du, Emma, jetzt bleibst du zum Nachtisch – und zum Frühstück.«

Vincent hat sein Weinglas bereits geleert. Seine Wangen sind etwas gerötet, aber sein Blick ist sehr klar, während er das sagt, und seine Augen im Kerzenschein funkeln. Ich beuge mich ebenfalls etwas nach vorne.

»Ich verrate dir ein Geheimnis. Das stand auf meiner To-enjoy-Liste.«

Hoffentlich sage ich das so lässig, wie es rüberkommen soll, und blamiere mich mit meiner Antwort nicht bis auf die Knochen. Doch Vincent setzt zu einem schiefen Lächeln an und legt seine Hand auf meine.

Jean-Luc kommt mit einer kleinen Pappschachtel wieder, auf der mit Goldprägung der Name »La Pâtisserie de Claude« steht. Als er den Deckel aufklappt, blicken wir auf viele verschiedene kleine Leckereien, die köstlich aussehen und die Wahl erschweren. Ich entscheide mich schließlich für einen *Chou à la crème*, was einem Windbeutel ähnlich sieht, nur mit dem Unterschied, dass dieser hier so viel raffinierter zubereitet wird. Er ist mit Vanillecreme gefüllt und trägt eine Art kleinen Hut mit einer Schokoperle als Topping. Auch der Geschmack lässt jeden durchschnittlichen Windbeutel vor Neid erblassen. Vincents Wahl fällt auf einen Éclair mit Schokoladenkaramellfüllung und er sieht ebenso begeistert aus wie ich. Jean-Luc überlässt uns auch die anderen Wundernachtische und begnügt sich mit einem Kaffee, den er nach eigener Aussage zu jeder Uhrzeit trinken kann.

»Darf ich Sie etwas fragen?«

Jean-Luc nimmt nickend einen Schluck Kaffee und sieht mich entspannt an. Es gibt keinen richtigen Moment, um diese Frage zu stellen, aber ich möchte es so gerne wissen.

»Das Bild auf dem Nachttisch in dem Appartement oben … Ist das Clara?«

Sofort leuchten seine Augen, das kann ich auch in diesem Licht sehen, und sein Lächeln wird breiter.

»Oui. Ich habe das Foto am Tag unserer Verlobung gemacht.«

»Sie sieht wunderschön aus.«

»Das war sie. Die schönste Frau in ganz Paris. Für mich ist sie das noch immer.«

Meine Eltern lieben sich, aber ich habe meinen Vater noch nie so über meine Mutter sprechen hören. Romantik – auch so eine Sache, auf die Pariser sich wohl viel besser verstehen als der Rest der Welt.

»So was gibt es heute leider nicht mehr. Das sind Geschichten aus einer anderen Zeit.«

Vincent schiebt sein halb volles Weinglas zur Seite und sieht ziemlich unglücklich aus, als er das Kinn auf den Tisch vor sich legt. Ich stupse ihn unter dem Tisch mit dem Fuß an, aber er ignoriert es.

»Ewige Liebe ... Das ist doch nur eine Lüge.«

Jean-Luc hebt sofort mahnend den Finger.

»Monsieur Vincent! Die Ewigkeit ist die Lüge, nicht die Liebe.«

»Wie bitte?«

»Es gibt keine Ewigkeit. Für keinen von uns. Wir alle haben nun mal nur dieses eine Leben. Aber die Liebe selbst ist wahr!«

Und als habe er uns damit alles mit auf den Weg gegeben, beschließt Jean Luc nun unseren Abend und sagt: »Ich danke euch sehr für eure nette Gesellschaft heute Abend. Es war mir eine Ehre und ein Fest.«

»Wir danken ebenfalls für die schöne Zeit.«

Vincents Lächeln ist zurück, als er aufsteht und das Geschirr zusammensammelt.

»Den Abwasch mache ich morgen früh.«

Doch Jean-Luc winkt bestimmt ab.

Kurz scheint Vincent zu überlegen, ob er nicht doch widersprechen soll, entscheidet sich aber dagegen. Er stellt die Teller wieder auf dem Tisch ab und hebt die Hände.

»Zufrieden?«

»Oui. Und versprecht mir, morgen Abend durch Paris zu ziehen, anstatt mit einem alten Mann wie mir hier zu sitzen und in Erinnerungen zu schwelgen.«

»Aber du …«

»Nein, Vincent! Kein Aber. Ihr seid jung. Paris ist für junge Menschen ein Rummelplatz der Abenteuer. Geht auf jede Party, die ihr finden könnt, kauft Bücher, probiert *pâtisseries* …«

Er klingt streng und bestimmt, dabei fixiert er Vincent über die Flamme der Kerze hinweg.

»Erlebt etwas. Sammelt Erinnerungen, damit ihr eines Tages mit jungen Menschen an einem Tisch sitzen und davon erzählen könnt. Es gibt nichts Schöneres, als zurückzublicken und zu lächeln.«

Damit sieht er mich an und verlangt mir stumm ein Versprechen ab, das ich mit einem Nicken bestätige.

»Bien, bien. Jetzt bin ich müde und muss ins Bett. Vincent, würdest du morgen …«

»Selbstverständlich laufe ich mit Zola die Morgenrunde.«

»Und …«

»Die Blumen kaufe ich auch.«

Die beiden scheinen nicht nur ein eingespieltes Team zu sein, sie haben auch offensichtlich schon Rituale, was ich sehr süß finde. Die Art, wie Vincent mit Jean-Luc umgeht, gefällt mir sehr. Er mag ihn noch nicht lange kennen, aber er behandelt ihn mit dem gebührenden Respekt, ja fast schon liebevoll.

»Merci, Vincent. Und jetzt verschwindet, ihr beiden. Ich muss ins Bett.«

C'est beau la vie

Das Leben ist schön

Emma Teichner! Bist das wirklich du?, frage ich mich, als ich in *unserer* Wohnung im Bad stehe.

Mein Spiegelbild sieht mich so strahlend und wach an, als wäre ich nicht schon den ganzen Tag unterwegs gewesen und hätte mindestens zwei Gesichtsmasken sowie vier Haarkuren über mich ergehen lassen. In Wirklichkeit bin ich mit nassen Haaren durch Paris gerannt, habe zu viele Kalorien genossen und ein bisschen Wein getrunken. Jetzt wohne ich für ein kurzes Gastspiel in einem Appartement in Montmartre bei einem Jungen, den ich viel mehr mag, als ich zugeben will. Genau genommen bin ich gerade in einem sehr kleinen Bad, das hellblau gekachelt ist und mich an das Meer erinnert. Die Armaturen des Waschbeckens sind alt, die Toilettenspülung wird mit einem Zugseil ausgelöst, und der Wasserbehälter hängt oben fast an der Decke. Die Dusche ist ebenso alt und recht schmal.

Statt irgendwelche Nordseekuren zu verordnen, sollte man genau das hier bei Herzschmerz ab sofort vom Arzt verschrieben bekommen. Mit dem Handrücken wische ich mir etwas Zahnpasta aus dem Mundwinkel und betrachte mich einen weiteren Moment. Selbst mein Panda-Pyjama sieht nicht mehr lächerlich, sondern wie ein Wohlfühlgewand aus. Ein mikroskopisch winziger Teil von mir wünscht sich tatsächlich, dass Alain mich so sehen könnte – aber nur um ihm und gerne auch der ganzen Welt zu zeigen, wie gut es mir geht.

Schnell spüle ich mir den Mund aus, packe die Zahnbürste in meinen Kulturbeutel und wasche mir das Gesicht mit eiskaltem Wasser. Allerdings gelingt es auch dem nicht, mich aus meinem traumähnlichen Zustand zu wecken. Einfach weil es kein Traum ist!

Als ich das Türschloss mit etwas Gewalt öffne und ins Wohnzimmer tänzle, steht Vincent in der Mitte des Raums, was mich nicht weiter überraschen sollte, es aber dennoch tut. Er trägt dunkle Boxershorts und ein graues T-Shirt, das am Hals ziemlich ausgeleiert ist. So was gehört wohl zu seinem Standardstyle. Als er mich sieht, zuckt auch er fast zusammen.

»Hast du mich erschreckt!«

»Entschuldige, ich wohne hier.«

Das soll so cool klingen, wie ich mich gerade gar nicht fühle. Mein Herz schlägt so heftig, dass ich es bis in den Hals spüren kann. Vincent in diesem Aufzug zu sehen, verschiebt die Grenze der Vertrautheit zu *sehr intim*. Vincent sieht mich einen kurzen Augenblick etwas unsicher an, als wüsste er nicht genau, wo er hinschauen soll. Menschen im Schlafanzug sind sich automatisch näher als Menschen in voller Straßenmontur.

»Muss mich noch dran gewöhnen.«

Er räuspert sich kurz und deutet auf mich.

»Schicker Pyjama übrigens.«

Seine Augen mustern den Panda auf meinem Oberteil, dabei schmunzelt er etwas entspannter. *Nimm dir ein Beispiel dran, Emma!* Nur, weil er jetzt weniger anhat, ist er kein anderer Mensch. Er ist immer noch mein Vincent. In Boxershorts.

»Danke. Und du hast offensichtlich nicht gelogen.«

»Bezüglich?«

Ich deute auf seine nackten Füße und kann mir ein Grinsen kaum verkneifen.

»Chicken Nuggets.«

Vincent folgt meinem Blick und wackelt mit den Zehen, als wolle er demonstrieren, dass sie auch wirklich echt sind.

»Sexy, oder?«

Ich nicke, was er als Witz versteht, doch eigentlich entspricht es nur der Wahrheit. Ja, Vincent sieht in diesem Outfit sexy aus. Und es wäre gelogen, wenn ich behauptete, ich hätte ihn mir im Laufe des heutigen Tages nicht einmal so vorgestellt. Natürlich habe ich das.

»Ich hoffe, du hast die Zahnpastatube nicht zugeschraubt.«

Jetzt, da er es erwähnt, fällt mir auf, dass ich es tatsächlich nicht getan habe.

»Sorry! Schlechte Angewohnheit.«

Vincents Schritte kommen näher, was ich hören kann, weil er barfuß vom Teppich auf das gelbe Linoleum tritt.

»Sehr gut, Emma. Ausgesprochen gut.«

Direkt vor mir bleibt er stehen. Ich habe das Gefühl, unter seinem Blick einfach zu schmelzen, wie das Eis im Sonnenschein. Es fängt absurderweise bei meinen Knien an, deren Gelenke sich in eine Art Gelee verwandeln, und gleich darauf fühlt es sich eher so an, als würde ich schweben. Keine Ahnung, ob meine Füße noch den Boden berühren. Vielleicht habe ich mich inzwischen auch einfach aufgelöst.

»Ich warne dich vor …«

Seine Stimme ist so leise, als könnte er jemanden wecken, wenn er lauter sprechen würde. Gebannt sehe ich auf seine Lippen. Egal, wovor er mich warnen will, ich befürchte, dass es schon zu spät ist.

»… um fünf Uhr morgens kommen die Müllmänner. Und die sind nicht gerade leise.«

»Davor wolltest du mich warnen?«

»Unter anderem …«

Er beugt sich zu mir runter, seine Lippen streifen meine Wange, wo er mir einen sanften Kuss aufdrückt, der viel zu nah an meinem Mundwinkel ist und auch den Bruchteil eines Atemzugs zu lange dauert. Ich fühle mich, als würde eine Konfettikanone mit unzähligen kleinen, goldenen Schnipseln in meinem Magen gezündet. Fast kann ich das Rascheln hören, während das Glitzern sich in meinem Inneren ausbreitet.

»Gute Nacht, Emma.«

Vincents Stimme hört sich etwas rauer an, und ich muss schlucken, bevor ich antworten kann, weil ich dringend eine Pause brauche.

»Gute Nacht, Vincent.«

Liebes Paris!

Was für ein Tag!!! Manche Menschen erleben nicht mal in einer Woche, was mir heute alles an einem Tag widerfahren ist. Ich glaube, so was passiert wirklich nur hier. Manche Geschichten brauchen eine bestimmte Bühne. Weißt Du, was ich meine? So einen Tag hätte vielleicht gerade noch New York hinbekommen können. Aber nur vielleicht!
Du bist wirklich so schön, wie alle sagen und schreiben. Aber die beste und schönste Sehenswürdigkeit hier ist nicht der Eiffelturm oder der Louvre. Nicht mal Sacré-Cœur – egal wie beeindruckend sie ist.
Nein, im Moment ist Dein Highlight ein Junge namens Vincent. Kein Grund zur Eifersucht! Natürlich wärst Du auch ohne ihn eine tolle Stadt und bestimmt hätte ich mich auch ohne Vincent in Dich verliebt. Er macht nur einfach alles in meinem Leben aufregender und weiß es nicht mal. Wenn er mich anlächelt und seine Augen strahlen, wenn er ganz dicht bei mir steht und mein Herz wie verrückt klopft, obwohl es das nicht darf. Wie gerne würde ich ihm sagen, wie großartig er ist, wie anders und wie schön.
Jean-Luc (ich bin mir sicher, Du kennst ihn) hat gesagt, dass er sich jeden Tag ein bisschen mehr in seine Frau verliebt hat. Ich mag Vincent auch bei jedem Blick ein bisschen mehr und finde ihn immer toller. Einfach so. Weil ich mehr über ihn erfahren darf. Weil er mein Pink Flamingo ist.
Klingt das verrückt? Wie kann ein Mensch, von dessen

Existenz man vor ein paar Tagen noch keine Ahnung hatte, einem in so kurzer Zeit so nahekommen? Wie kann sich ein Tag in Paris bei Regen und Wind mit Vincent so viel besser anfühlen als der schönste Sommertag mit Alain?
Weil Vincent eben Vincent ist. Und weil ich bei ihm einfach Emma sein darf.
Aber weißt Du, was mich traurig macht, Paris?
Am Ende der Woche muss ich nach Hause zurück. Dahin, wo niemand Vincent kennt und er genauso gut eine Fantasie sein könnte.
Diese Herbstferien haben schrecklich angefangen, wie ein Sturz ins Ungewisse. Jetzt weiß ich, dass es gar kein Sturz ist, sondern ein Flug. Und weißt Du was? Ich bin gerne ein Pink Flamingo.

Liebe Grüße,
Deine Emma

Damit klappe ich das Notizbuch zu und starre einen kurzen Moment auf die Wand, die mein Zimmer von Vincents Raum trennt. Dort drüben liegt er jetzt in seinem Bett und schläft. Oder er denkt nach. So wie ich. Denn obwohl mein Körper müde ist, dreht mein Gehirn noch ein paar Ehrenrunden um all die aufregenden Neuigkeiten in meinem Leben. Langsam strecke ich mich auf dem Bett aus und schlüpfe unter die Decke, die sich federleicht anfühlt und nach frischen Blumen riecht. Ich muss an Jean-Luc denken, der in dieser Wohnung sein ganzes Leben verbracht hat, zusammen mit seiner großen Liebe. Jetzt liege ich hier – und Vincent ist mir so nah und doch getrennt von mir. Am liebsten würde ich zu seiner Tür gehen, klopfen und fragen, ob er sich noch mit mir unterhalten will, weil mir seine verrückten Ideen und Geschichten fehlen.

Nein, Emma! Jetzt wird geschlafen!

Gerade als ich die Augen schließe, höre ich ein leises Klopfen an der Wand.

»Emma?«

Vincents gedämpfte Stimme dringt aus dem Nebenzimmer zu mir. Sofort reiße ich die Augen auf, vielleicht in der Hoffnung, er wäre hier im Zimmer.

»Ja?«

Meine Stimme überschlägt sich fast vor Aufregung und ich verdrehe die Augen.

Klasse, Emma! Frag doch gleich, ob er nicht vielleicht rüberkommen will.

»Kannst du auch nicht schlafen?«

Er klingt so nah, dass ich mir die Wand wegdenken kann, wenn ich die Augen geschlossen halte und mich konzentriere. Dann ist es fast so, als wäre Vincent wirklich bei mir im Zimmer.

»Nicht so richtig.«

»Das liegt an der neuen Geräuschkulisse. Weil dir die ganze Akustik in der Wohnung noch nicht vertraut ist.«

Ich rolle mich auf die Seite und starre die Wand an, als könnte ich sie mit meinem Blick durchdringen und in Vincents grüne Augen sehen.

»Mhm. Daran wird es liegen.«

Oder daran, dass du auf der anderen Seite dieser Wand liegst …

»Ich weiß, was hilft.«

Obwohl er ganz normal spricht, hört es sich an, als würde er flüstern, was dem Schalldämpfer Wand zu verdanken ist.

»Und was wäre das?«

»Nicht weglaufen, ja?«

Ich liege ganz ruhig da und lausche der Stille nebenan, bis ich Vincents Schritte höre, weil er etwas in seinem Zimmer zu suchen scheint, dann das Quietschen der Federn seines Betts und schließlich wieder seine Stimme.

»Emma, bist du noch da?«

»Nein, ich habe mich über den Balkon am Bettlaken abgeseilt. Natürlich bin ich noch da.«

»Hätte ja sein können, dass du geflüchtet bist.«

»Flucht ausgeschlossen!«

Ist es möglich, dass man ein Lächeln durch eine Wand hindurch geradezu *hören* kann? Ich denke schon.

»Sehr gut. Der folgende Song ist nämlich nur für dich!«

Dabei klingt er wie ein Musiker auf der Bühne, der ein bestimmtes Lied einer besonderen Person widmet. Mein Herz hüpft so aufgeregt, als würde es eine Partie Gummitwist mit meiner Hoffnung spielen. Ich erkenne es sofort, schon nach dem ersten Ton, noch bevor der Sänger ein Wort gesungen hat. Schon fühlt es sich an, als hätte ein Künstler mit feinen Pinselstrichen ein Lächeln auf meine Lippen gezeichnet.

Den Refrain singen Vincent und ich laut mit.

»I come from a land down under ....«

Un jour parfait

Ein perfekter Tag

Vincent hat recht: Die Müllabfuhr in Paris hält nichts von Ruhezeiten. Ich höre die rauen Stimmen von Männern, die sich auf Französisch unterhalten, laut lachen und die Mülltonnen scheppernd über den Bürgersteig ziehen. Mein erster Instinkt ist es, das Kissen über meinen Kopf zu ziehen um die Außenwelt noch ein bisschen auszusperren, danach in meinen Traum zurückzufinden und später lieber zum Geruch von frischem Kaffee aufzuwachen. Doch ich bin schließlich immer noch in Paris! Müde blinzele ich in die Dunkelheit einer mir schon nicht mehr so fremden Wohnung. Sobald die Erinnerungen an die letzten zwei Tage wieder vor meinem inneren Auge auftauchen, kehren auch die vielen kleinen Schmetterlinge zurück, die ich bisher verleugnet und verschwiegen habe. Zuerst war es nur einer, dann zwei oder drei. Aber jetzt ist eine Großfamilie der buntesten Schmetterlinge bei mir eingezogen. Kurz sehe ich zur Wand, die mein Zimmer von Vincents trennt. Sofort drehen die kleinen Flieger aufgeregte Loopings. Ich schlage die kuschelige Bettdecke zur Seite, setze mich auf und schwinge meine Beine über die Bettkante. Der Boden ist kalt. Meine Füße kribbeln ganz gespannt, weil ich mit dem nächsten Schritt einen weiteren Tag beginne: in dieser Stadt, in dieser Wohnung – und mit Vincent.

Angezogen von dem lauten Lachen auf den Straßen tapse ich ins Wohnzimmer und ziehe so leise wie möglich die Balkontür auf. Paris am Morgen ist wahrlich keine Schönheit. Es ist zu früh für das tobende Leben der Großstadt. Irgendwie tröstlich, dass selbst Paris morgens Augenringe und Knitterfalten von der unruhigen Nacht im Gesicht hat. Die kühle Morgenluft streift mein Gesicht, während ich nach draußen trete. Der Nebel löst sich zögernd auf, als würde jemand den Vorhang heben und den Blick auf die Bühne für ein großes Theaterstück freigeben. Ich bin gespannt, welche Rolle ich im heutigen Akt übernehmen darf. In der Ferne streckt sich der Eiffelturm wie nach einer langen Nacht erst mal aus und berührt dabei ganz selbstverständlich den Himmel. Eine Stadt erwacht zum Leben und bereitet sich für einen weiteren Tag vor.

»Guten Morgen!«

Ich zucke erschrocken zusammen, als ich Vincents Stimme hinter mir höre. Um diese Uhrzeit habe ich wirklich noch nicht mit ihm gerechnet. Überrascht drehe ich mich zu ihm um. Er sieht mich unter wuscheligem Schopf aus völlig verschlafenen Augen an und streckt sich erst einmal ordentlich, als wollte er den Eiffelturm imitieren. Dabei verrutscht sein T-Shirt und mein Blick erhascht etwas mehr Haut oberhalb seines Boxershortsbunds. *Nicht starren, Emma!* Aber so im Halbdunkel dürfte ihm mein Blick nicht auffallen.

»Gut geschlafen?«

»Mhm.«

Zum Glück rutscht das T-Shirt wieder dahin, wo es hingehört, worauf ich es endlich schaffe, meinen Blick loszureißen und in sein verschlafenes Gesicht zu sehen. Süß sieht er aus, so derangiert und etwas orientierungslos.

»Und du?«

»Nach unserem kleinen Konzert gestern bin ich weggepennt und erst jetzt wieder aufgewacht. Das ist persönlicher Rekord.«

Sein Lächeln ist zufrieden, als er an der Couch vorbeischlendert und zu mir auf den Balkon tritt, was mich sofort an der Haltbarkeit dieser Konstruktion zweifeln lässt. Meine Hand greift nach dem Geländer.

»Höhenangst?«

»Eher Angst vor dem Absturz.«

Vincent legt ganz nebenbei seine Hand auf meine um das Geländer und sieht über Paris, das sich so langsam in Schale wirft. Doch alles, woran ich denken kann, ist seine warme Haut, die auf meiner liegt. Selbst wenn dieser Balkon genau jetzt nachgeben und wir in die Tiefe stürzen sollten, dann würde Vincent dabei meine Hand halten. Das reicht, damit ich mich sicher fühle.

»Es ist so ruhig hier, findest du nicht?«

Ehrlich gesagt finde ich es für diese Uhrzeit gar nicht ruhig (selbst von den Müllmännern einmal abgesehen), denn es werden Rollläden hochgezogen, Autos gestartet, man hört Gehupe und das Geschimpfe von Menschen.

»Alles so friedlich.«

»Findest du echt?«

Er nickt und seine ganze Körperhaltung wirkt gelöst. Wenn er gestern Nacht nicht einen Yoga-Youtube-Kurs gemacht hat, frage ich mich, wie er diese Ruhe gewonnen hat.

»Keine Streitereien, keine nervigen Gespräche über die Zukunft zum Frühstück, keine Türen, die knallen. Und keine kleine Schwester, die immer mal wieder nervt. Ehrlich Emma, ich könnte für immer hierbleiben!«

Noch immer sieht er mich nicht an, doch er spricht weiter.

»Paris ist laut, aber anders. Außerdem darf man hier auch mal aus der Reihe tanzen. Vielleicht gefällt es mir deswegen so gut hier.«

Jetzt wendet er endlich den Kopf, und ich zähle die Sekunden, bis seine Augen meine finden.

»Kann ich dir ein Geheimnis verraten?«

»Immer!«

»Ich will nicht mehr zurück.«

Dabei drückt er kurz unbewusst meine Hand.

»Ich eigentlich auch nicht.«

»Nein, Emma, ich will wirklich nicht mehr zurück. Ich will hierbleiben. Bei Jean-Luc.«

»So richtig?«

»Ja.«

»Was ist mit der Schule?«

»Ach, ich suche mir einen Job und ...«

»Du sprichst kaum Französisch.«

»Dann lerne ich das eben.«

»Und was ist mit deiner Familie?«

Jetzt nimmt er seine Hand von meiner. Mir ist sofort kalt, als hätte man die Bettdecke weggezogen und der kalte Herbstwind würde über mich hinwegstreichen. Meine Beine fangen leicht an zu zittern.

»Was soll mit denen sein?«

»Na, sie werden dich ja wohl vermissen.«

»Das glaube ich kaum.«

»Was ist mit deiner Schwester?«

Bis eben wusste ich ja nicht mal, dass er überhaupt eine hat. Ich weiß erstaunlich viel über Vincent, aber offenbar nicht das Wichtigste. Er sieht mich stumm an. Ich kann sehen, wie es in seinem Kopf arbeitet, als führte er eine Art innere Diskussion. Langsam greife ich wieder nach seiner Hand.

»Hör mal, Vincent. Ich bin auch lieber hier als in Stuttgart. Aber wir können doch nicht einfach hierbleiben.«

»Wieso nicht?«

»Du willst ernsthaft von zu Hause abhauen?«

»Bin ich in gewisser Weise eh schon. Also wieso nicht gleich einfach für länger?«

Mir gefällt diese Vorstellung von Vincent als Ausreißer nicht besonders gut. Aber jetzt verstehe ich manches besser: die Anrufe seiner Eltern, der verzweifelte Versuch, mit ihm Kontakt aufzunehmen; der Rucksack, den er immer bei sich trägt, falls er schnell abhauen will.

»Das kannst du nicht machen.«

»Warum nicht!«

»Weil wir ein ganzes Leben zu Hause haben.«

Nerviger kleiner Bruder und behütende Eltern hin oder

her, sie sind doch schwer in Ordnung. Sie haben mich sogar alleine nach Paris gelassen und sich mit bisher gerade mal vier WhatsApp-Nachrichten zufriedengegeben. Sie vertrauen mir.

»Und was, wenn das Leben zu Hause nicht das ist, was ich haben will?«

Dabei klingt er so niedergeschlagen, dass ich ihn sofort umarmen will – und es auch einfach tue. Sanft ziehe ich ihn zu mir, lege meine Arme um seinen Hals und muss mich dabei auf die Zehenspitzen stellen. Zuerst steht er ziemlich unsicher in meiner Umarmung, und ich kann spüren, dass auch er zittert. Es ist kalt, wir sind nicht für dieses Wetter angezogen. Meine Füße fühlen sich langsam taub an und die Gänsehaut an Vincents Nacken ist für mich jetzt deutlich zu spüren. Nach einem kurzen Zögern legt auch er seine Arme um mich und stützt sein Kinn auf meiner Schulter ab. Ich spüre seinen warmen Atem auf meiner Haut. Jetzt zittere ich nicht mehr wegen der Kälte.

»Jean-Luc ist mir näher als mein eigener Vater. Das sagt ja wohl alles.«

»Deswegen kannst du trotzdem nicht einfach abhauen. Wir können uns unser Leben leider nicht aussuchen. Aber wir können es mit bunten Abenteuern schmücken, oder?«

»Begleitest du mich denn auf mein nächstes Abenteuer?«

»Wofür sind Herzschmerzfreunde denn sonst da?«

»Versprochen?«

»Versprochen!«

Während Vincent mit Zola die Morgen- und Blumenrunde geht, koche ich für Jean-Luc Kaffee. Er sitzt an seinem Tisch und liest die Zeitung, wobei er sich immer mal wieder über die Berichterstattung der Journalisten aufregt.

»Emma, geh nie in die Politik! Die macht dich kaputt.«

»Hatte ich sowieso nicht vor.«

Ich stelle die Tasse ohne Sprung vor ihm ab und nehme ihm gegenüber Platz, da wo gestern noch Vincent gesessen hat. Er sieht mich über den Rand der Brille an.

»Nein, du bist zu schlau für Politik.«

Schüchtern nehme ich einen Schluck Kaffee, den ich mit viel Milch aufgefüllt und mit meiner gewohnten Portion Zucker versehen habe.

»Was willst du wirklich machen, Mademoiselle Emma?«

Ausgesprochen habe ich es natürlich noch nie, weil der Gedanke so absurd groß klingt, dass ich selbst davor erschrecke.

»Aber nicht lachen, ja?«

»Mais non!«

»Ich würde gerne Schriftstellerin werden.«

Dabei sehe ich ihn an und bemerke, dass ich mich hier sogar wie eine Person fühle, die eines Tages durchaus eine echte Autorin sein könnte. Zu Hause zwischen all den etwas trockenen Zukunftsplänen meiner Freunde komme ich mir damit vor wie ... ein Pink Flamingo. Jean-Luc lehnt sich etwas weiter über den Tisch zu mir, seine klaren Augen fixieren mich genau.

»Pardon?«

»Ja, ich weiß, ein sehr großer Traum. Schon klar. Ich

denke, dass ich versuchen werde, Journalismus zu studieren. Dann wäre ich ja auch irgendwie Schriftstellerin.«

Er schiebt mir die Zeitung über den Tisch zu und funkelt mich an.

»*So etwas* willst du schreiben?«

Er deutet auf die Zeitung, in der ein ganzseitiger Artikel über die aktuelle innenpolitische und wirtschaftliche Lage informiert. Bei der Vorstellung, so etwas fabrizieren zu müssen, zieht sich mein Magen zusammen.

»Über die Probleme der Banken und Währungshüter?«

Ich zögere. Jean-Luc nickt und greift nach dem Kugelschreiber, der neben einem Rätselheft auf dem Tisch liegt. Seine Schrift ist die eines alten Mannes, etwas zittrig und schwer zu lesen. Doch als er das Stück der Seite abreißt und mir reicht, weiß ich sofort, welche Worte die Buchstaben ergeben.

»Geh dahin. Sieh dich um, saug das alles ein. Und dann komm und sag mir, ob du wirklich Journalismus studieren willst. Oder ob du eine waschechte Schriftstellerin werden willst.«

Er kennt die Antwort natürlich schon. Ich übrigens auch. Trotzdem stecke ich den Zettel in meine Hosentasche, obwohl der Ort ohnehin auf meiner To-enjoy-Liste steht. Dankbar nicke ich ihm zu.

»Und wenn wir schon bei dem Thema sind, was du willst … Wie steht es zwischen euch beiden?«

»Vincent und mir? Wir sind Herzschmerzfreunde.«

»Nun, bei allem Respekt, Emma … Du siehst ihn nicht an, wie man einen *Freund* ansieht.«

Als hätte mein Blut ein unhörbares Kommando erhalten, schießt es mir konzentriert in den Kopf, der wohl gleich platzen wird.

»Wie sehe ich ihn denn an?«

»Attends!«

Er dreht sich zu der kleinen Kommode, zieht eine der vielen Schubladen auf und holt ein sehr dickes Fotoalbum mit rotem, abgegriffenem Ledereinband hervor. Als er es vor mir auf den Tisch legt und mit seinem Stuhl zu mir rückt, lächeln seine Augen. Er blättert zur ersten Seite, als würde er eine Schatztruhe öffnen, deren Inhalt mehr wert ist als das ganze Gold der Nation. Ich erkenne die Frau auf den Bildern wieder. Es ist dieselbe wie auf dem Foto oben. Sanft streicht Jean-Luc mit dem Zeigefinger über ein Schwarz-Weiß-Foto, auf dem ein junges Paar abgebildet ist, die junge Frau lächelt den Mann auf dem Schnapschuss verliebt an. Im Hintergrund erkennt man in der Ferne den Eiffelturm. Ich beuge mich etwas näher heran und betrachte das Gesicht des jungen Mannes, der in einer älteren Version jetzt neben mir sitzt. Eines muss man sagen: Jean-Luc war in seiner Jugend ein äußerst attraktiver Mann. Clara trägt ein schönes Kleid, das schlicht und zeitlos elegant wirkt. Ihre Augen strahlen selbst auf diesem farblosen Foto wie funkelnde Sterne. Jean-Luc trägt einen schicken Anzug mit Fliege und sieht so stolz aus, dass man annehmen könnte, dieses Date wäre eine Filmpremiere gewesen.

»Sie waren ein so hübsches Paar!«

»Merci.«

Dann tippt er auf Clara, die ihren Blick auf dem Foto nicht von Jean-Luc nehmen kann. Eine Erinnerung, die ihm zweifelsohne ein Lächeln ins Gesicht zaubert.

»Frauen lächeln in ihrem Leben viele Männer an. In der Métro, in der Boulangerie, in einer Bar, in der Schlange am Supermarkt. Aber so ...«

Wieder tippt er auf das Foto, um sicherzugehen, dass ich auch ja hinschaue.

»... so sehen Frauen nur den Mann an, für den ihr Herz schlägt.«

Wie verliebt Clara in Jean-Luc gewesen ist, zeigt dieses Foto nur zu deutlich. Ich gebe ihm recht: Es ist eine perfekte Momentaufnahme ihrer Liebe.

»So siehst du Vincent an ... Wenn du denkst, dass niemand es merkt.«

Spätestens jetzt sollte mein hochroter Kopf explodieren. Doch stattdessen spüre ich noch immer Jean-Lucs Blick auf mir, der auf eine Antwort wartet, die ich ihm gar nicht mehr geben muss. Ich lasse mein Gesicht in die Hände sinken und hoffe vergeblich, mich dadurch in Luft aufzulösen.

»Ach, Emma! Warum so traurig? Liebe ist eine schöne Sache, wenn nicht sogar die schönste!«

»Nicht, wenn der Junge noch an seiner Ex hängt.«

»Saskia? Emma, du bist so ein schlaues Mädchen. Wieso siehst du nur das Offensichtliche nicht.«

»Weil ich Angst habe?«

»Angst ist wichtig. Hab Angst vor dem offenem Meer. Vor dunklen Gassen. Vor großen Hunden. Aber niemals – ich betone – niemals vor der Liebe. Die Liebe mag wehtun, aber sie ist wie eine Rose. Du bekommst sie nicht ohne Dornen.«

Er blättert einige Seiten durch das Album. Im Schnelldurchgang, wie in einer Art Daumenkino, erlebe ich sein Leben mit Clara an seiner Seite mit. Ich sehe, wie sich Paris im Hintergrund verändert, wie seine Haare grauer und sie beide älter werden. Doch Claras Blick verändert sich nie, wann immer sie ihn ansieht. Ebenso wie sein Lächeln. Auf der vorletzten Seite zeigt er mir ein Foto, auf dem Clara sehr dünn und sehr krank aussieht. Jean-Luc hält ihre zerbrechliche Hand in seiner. Sie lächelt, auch wenn ihre Augen matt scheinen.

»Die letzten Wochen mit Clara waren meine Dornen. Als es ihr immer schlechter ging, bis sie mich kaum noch erkannt hat ... Aber weißt du, Emma, diese Rose war es wert. Gut möglich, dass dir Vincent wehtut. Jungs machen Fehler. Aber deswegen kannst du doch nicht darauf verzichten. Nur weil Alain ein Idiot war und dir wehgetan hat.«

»Es wäre schön, wenn man vorher wüsste, ob es gut endet. Nicht wahr?«

»Ach, Emma ...«

Jean-Lucs Gesicht kommt mir jetzt sehr alt vor. Er betrachtet liebevoll das letzte Bild im Album und schlägt dann traurig lächelnd das Buch zu.

»Wenn man mir gleich zu Beginn erzählt hätte, wie unsere Geschichte endet, dann hätte ich mich genauso sehr Hals über Kopf in meine Clara verliebt. Ich wäre jeden Tag genauso neben ihr aufgewacht, hätte ihr jeden Tag Blumen auf den Balkon gestellt und wäre jeden Tag zur ihr ins Krankenhaus gefahren. Es geht nicht um den Ausgang unserer Geschichte. Es geht darum, sie zu einer Geschichte zu machen, die man auch Jahre später noch gerne erzählt.«

»Ihre Geschichte ist eine gute, Jean-Luc.«

Er nickt wissend, weil er keine Entscheidung bereut.

»Hab keine Angst, Emma. Sei immer mutig!«

Gerade als ich ihn fragen will, woher ich den Mut nehmen soll, hören wir den Schlüssel in der Tür und Zolas freudiges Gebell, als sie ins Wohnzimmer geflitzt kommt. Vincent folgt ihr und sieht für mich schon wie ein Bewohner dieser Stadt aus: mit seinen Jeans, die am Knie einen Riss haben, den knalligen Socken mit Smileys, dem gestreiften Kapuzenpullover und seiner geliebten Lederjacke. Als sein Blick meinen findet, strahlen seine Augen.

»Ich habe uns Frühstück mitgebracht.«

Er stellt eine kleine Papiertüte, aus der es verführerisch duftet, vor uns auf den Tisch und reicht Jean-Luc einen Strauß strahlend gelber Blumen.

»Und die Blumen für Clara.«

»Merci, Vincent.«

Eine Blume zieht Vincent aus dem Blumenstrauß. Ich weiß, dass sie ihren Platz oben in der blauen Vase auf dem kleinen Balkon finden wird. Jean-Luc erhebt sich von seinem Stuhl und schiebt Vincent in meine Richtung.

»Zieht einfach die Tür nach euch ins Schloss, wenn ihr fertig seid.«

»Sie essen nicht mit uns?«

Jean Luc greift nach seiner Jacke und dem Hut, die beide an dem Kleiderständer neben der Eingangstür hängen.

»Non. Ich habe ein Rendezvous mit meiner Frau.«

Dabei greift er nach dem Blumenstrauß und zwinkert mir wissend zu.

Vincent und ich schauen ihm nach, wie er die Wohnung verlässt, so beschwingt, als würde er sich wirklich auf einen Kaffee mit seiner Frau treffen – und nicht nur Blumen an ihr Grab legen.

»Jean-Luc ist wirklich ein toller Kerl, was?«

Vincent sieht wieder zu mir, aber meine Gedanken hängen noch am Gespräch von eben: an dem Fotoalbum, das ein ganzes Leben dokumentiert, und was er darüber gesagt hat. Vincents Hand legt sich sanft auf meine Schulter.

»Emma? Alles okay?«

»Hast du was dagegen, wenn wir das Frühstück mitnehmen?«

Le Jardin du Luxembourg

Der Jardin du Luxembourg

Als hätte jemand einen Laubteppich in den schönsten Herbstfarben für uns ausgerollt, so schlendern wir über die Blätter auf dem Boden im Jardin du Luxembourg, dem schönsten Park in ganz Paris, mitten im Quartier Latin gelegen. Dabei trinken wir unseren Kaffee aus den Pappbechern und bewundern die versteckten Schönheiten, die nur auf ihre Entdeckung warten. Von Montmartre aus haben wir die Métro hierher genommen, weil es ein Ort ist, den man nicht verpassen darf, wenn man hier ist.

Mein glückliches Gesicht ist Vincent schon beim Betreten des Parks aufgefallen, doch bisher hat er sich mit seiner Frage zurückgehalten, auch wenn ich sehen kann, dass sie ihm auf der Zunge brennt. Er schlurft durch das Laub und kickt die Blätter vor sich hoch in die Luft, sodass sie wie natürliches Konfetti wieder zu Boden rieseln.

»Verrätst du mir, wieso dieser Park für dich so wichtig ist?«

Ich laufe neben ihm her und beobachte, wie die Blätter im milden Wind hin und her gaukeln. Dann greife ich in die Jackentasche.

»Ein weiser Concierge hat mir geraten, mich auf die Spuren einer verlorenen Generation zu begeben.«

Mit einer feierlichen Geste ziehe ich das Stück Zeitung heraus, auf das Jean-Luc heute Morgen bestimmte Orte geschrieben hat. Ich reiche es Vincent, der nicht versteht, was ich da von mir gebe.

»Du sprichst in Rätseln, Emma.«

»Meine toten Idole, die vor Schreibblockaden nach Paris geflüchtet sind. Man nannte sie die *Lost Generation.*«

»Ach die. Klingt ja wie ein cooler Klub.«

»Hemingway ist *hier* oft spazieren gegangen. Ich wette, er hat dabei viel Inspiration gefunden.«

Mit ausgebreiteten Armen zeige ich auf den ganzen riesigen Park, der hier wie ein grünes Schmuckstück zwischen den grauen steinernen Straßenzügen liegt. Mitten auf dem Weg, zwischen all den Bäumen, Brunnen und Statuen, stehen hier überall verteilt Sitzgelegenheiten. Es sind bunte Metall- und Holzstühle, die uns einladen den Garten nicht nur im Vorbeigehen zu genießen. Vincent nickt auf zwei Stühle, die sehr nah zusammenstehen, und wir nehmen gerne ihre Aufforderung an, eine Pause einzulegen. Wir könnten die Stühle auch genauso gut etwas auseinanderschieben, aber so berühren sich unsere Knie. Ich sehe ihn von der Seite an.

»Wir sind auch ein Klub.«

»Sind wir?«

Er sieht mich zweifelnd an, aber ich nicke und hebe meine Hand, damit er das Armbändchen sehen kann. Sofort macht es mir Vincent nach und zeigt auch voller Stolz sein Schmuckstück.

»Herzschmerzfreunde!«

Er sieht zu mir runter und ich hake meinen kleinen Finger bei ihm ein. So nah sitzen wir zusammen.

»Wenn sie das Bild von uns in dem Museum auf dem Mars ausstellen, werden sie über uns sprechen. Über die Herzschmerzfreunde vom Planeten Erde ...«

Vincent nickt zustimmend, als wäre das keine schräge Fantasievorstellung, sondern ein fixes Ereignis in der Zukunft, das unumstößlich feststeht.

»Echte Pink Flamingos.«

»Jemand wird Bücher über uns schreiben.«

»Nein. *Du* wirst Bücher über uns schreiben, Emma!«

Als er das sagt, spüre ich auf einmal das Gewicht des kleinen, schwarzen Notizbuchs in der Innentasche meines Parkas. Keine Ahnung, wieso ich es immer bei mir habe, selbst jetzt noch, da eine Unterhaltung mit Vincent spannender ist als alles, was ich je aufschreiben könnte. Weil ich nicht sofort antworte, drückt Vincent kurz meinen Finger und sucht meinen Blick.

»Du wirst doch über uns schreiben, oder?«

»Klar.«

Dabei habe ich das schon längst getan. Nur denke ich nicht, dass jemand diese Zeilen zu lesen bekommen wird. Sie sind zu persönlich.

»Wenn wir in zwanzig Jahren wieder nach Paris kommen, werden die Leute dein Buch gelesen haben.«

Mein Herz muss der entfernte Verwandte eines Kängurus sein, denn es hüpft so aufgeregt, als wollte es das australische Outback an nur einem Tag durchqueren. Natürlich gefällt mir die Vision meiner selbst, in der ich mich als Schriftstellerin sehe. Aber was mein Herz zum Hüpfen bringt, ist die Tatsache, dass Vincent mit mir noch mal nach Paris kommen will.

»Es ist doch gar kein richtiges Buch.«

»Noch nicht. Aber du hast ja noch zwanzig Jahre Zeit.«

Vincent lässt meinen Finger los. Er hält die Hände vor sich, als könne er dort eine Überschrift sehen, die mir verborgen bleibt.

»*Briefe an Paris ... Von Emma Teichner.* Das klingt ziemlich lässig, das musst du zugeben!«

»Klingt sehr nach Hemingway.«

Er schüttelt den Kopf und lässt die Hände sinken. Sein Blick durchdringt mich und fertigt ein Röntgenbild meiner Gefühle an.

Nur nicht atmen, Emma!

»Klingt sehr nach dir!«

Das ist ein Kompliment, das ich erst durch ihn schätzen gelernt habe. Es wird Zeit, dass er das weiß.

Jetzt mutig sein, Emma!

»Vincent ...«

»Hm?«

Um seine Aufmerksamkeit zu bekommen, hake ich alle meine Finger in seine.

»Weißt du eigentlich, wie schön es ist, dass ich bei dir einfach nur ich sein darf? Dir kann ich alles erzählen und du lachst nie. Du kennst meine schlechten Eigenschaften und magst mich trotzdem. Du lachst sogar über meine schlechten Witze.«

»Sollte es denn nicht genau so sein?«

»Doch.«

Er zuckt schüchtern die Schultern und lässt unsere ineinander verhakten Finger keine Sekunde aus den Augen.

»Du kennst meine Fehler doch auch und bist noch nicht geflüchtet, um unter falschem Namen unterzutauchen.«

»Ich mag deine Fehler.«

»Ich mag deine.«

»Ich mag sogar deine Zehen.«

»Ich schraube für dich die Zahnpastatube zu.«

Jetzt umschließen seine Finger meine komplett. Das Kribbeln an den Stellen, an denen sich unsere Haut berührt, fühlt sich aufregend an wie ein leises Versprechen, das lauter wird und sich in Form eines Lächelns auf meine Lippen legt. Wenn ich es schaffe, in den nächsten fünfzehn Sekunden den Mut aufzubringen ...

»Komm, schreib ein paar Zeilen. Wenn wir schon mal hier sind.«

Er lässt meine Hand los. Ich spüre, wie das Echo der Dinge, die ich noch sagen wollte, langsam in mir verhallt. Das war wirklich die letzte Ausfahrt, sonst hätte ich ihn vermutlich ... wahrscheinlich ... bestimmt ... geküsst. Aber so sitzen wir im schönsten Park von ganz Paris, in dem schon Hemingway seine Inspiration gefunden hat. Ich zücke mein Notizbuch. Vincent sieht demonstrativ in eine andere Richtung, aber ich kann die Grübchen auf seinen Wangen sehen.

Liebes Paris!

Deine Parks habe ich bisher fast links liegen lassen. Entschuldige! Das hole ich gerade nach. Aber Du weißt ja, wie schön sie sind. Deswegen werde ich Dir jetzt nicht weiter Honig um den Mund schmieren, sondern Dir zu deinen Bewohnern gratulieren. Jean-Luc ist ein Mensch, den ich fest in mein Herz geschlossen habe, und ich hoffe, Du bist gut zu ihm, denn er liebt Dich, weil er mit Dir und seiner Frau die schönsten Erinnerungen verbindet.

Ich sehe auf und bemerke, dass Vincent mit geschlossenen Augen neben mir sitzt und einfach nur die Herbstsonne auf seinem Gesicht genießt. Wie wunderschön er aussieht. So viel besser als die anderen Jungs, die ich bisher gemocht habe. Kurz drängelt sich Alains Gesicht in meine Gedanken – so perfekt, dass es fast schon ein bisschen langweilig ist. Vincent hat Ecken und Kanten. Er steht zu seinen Macken und Fehlern, ist hilfsbereit und freundlich. Obwohl ich spüren kann, dass ihm so manches einen Schatten auf sein sonniges Gemüt werfen will, kämpft er dagegen an und wendet sein Gesicht – so wie jetzt – der Sonne zu.

Ich bin mit Vincent hier. Während ich diese Zeile schreibe, sitzt er neben mir.
Ich mag Vincent, aber nicht einfach nur so, sondern viel mehr, als ich gedacht habe. Alles an ihm, sogar die Dinge, die er selbst nicht so sehr mag. Ich würde ihm gerne sagen, dass er mein Held geworden ist, und das nicht erst

seit heute, sondern von dem Moment an, als er sich an meinen Tisch gesetzt hat. Wer weiß schon, ob unsere Geschichte so groß und bezaubernd wird wie die von Jean-Luc und Clara. Dennoch wünsche ich es mir. Klar, wir sind zu jung und all das, schon klar. Aber wäre es nicht schön, wenn ich in zwanzig Jahren mit ihm hier sitze, auf genau diesen bunten Stühlen, und wenn wir dann eine Geschichte hätten, die sich zu erzählen lohnt?
Ich muss es nur sagen: »Vincent! Ich mag dich so, so, so sehr! Und ich hoffe, du magst mich ebenso.«

Deine Emma

À bicyclette

Auf dem Fahrrad

An einer Fahrradstation leihen wir uns zwei Drahtesel und radeln durch die engen Gassen am Markt in der Rue Mouffetard, an Brasserien, Bars und Cafés vorbei. Hier trubelt viel mehr Leben, als ich gedacht habe. Obwohl es noch früh am Tag ist, herrscht ein entspanntes Treiben. Wir lauschen den Darbietungen der Straßenmusiker und beobachten junge Studenten, die hitzig an den Tischen der Bars über Themen diskutieren, die ihre Welt bewegen. Wir werden vom Duft köstlichen Gebäcks angezogen und saugen alle Eindrücke begierig auf. Hier ist das Pariser Lebensgefühl so sehr greifbar, dass ich der festen Überzeugung bin, die Luft hier würde ganz anders schmecken. Als würde mich unser Ziel, die Rue de la Bûcherie Nummer 37, magisch anziehen, trete ich noch schneller in die Pedale. Plötzlich biegen wir in die Straße ein – und ich entdecke den kleinen Buchladen hinter der grünen Fassade. Kann eine Buchhandlung ein alter Freund sein? Eine liebe Person, die man zu lange nicht gesehen hat und auf die man nun mit ausgebreiteten Armen zuläuft, um sie fest zu umarmen? Denn genau so komme ich mir vor, als ich vom Fahrrad steige und mein Atmen schneller geht.

»*Shakespeare and Company!*«

»Verrückt, dass dieser Laden ausgerechnet in Paris steht. Passt doch eigentlich besser nach London, oder nicht?«

Vincents Gedanken sind natürlich richtig, aber für mich gehört dieses Buchparadies genau hierher.

»Emma! Bist du nur noch körperlich anwesend?«

Vincent bewegt seine Hand vor meinem Gesicht, um zu testen, ob ich ihm noch zuhöre, was ich natürlich tue. Spontan greife ich nach seiner Hand und ziehe ihn mit mir, bevor er auf meine ungestellte Frage, ob wir reingehen wollen, antworten kann. Shakespeares Konterfei ist über dem Eingang abgebildet. Vor der Tür stehen Tische voll mit alten Büchern, die sofort meine Aufmerksamkeit auf sich ziehen und alles um mich herum verblassen lassen. Alles außer Vincent. Den kann ich nicht mehr ausblenden, ebenso wenig wie seine Hand in meiner, die ich fest umschlossen halte. Klappstühle stehen vor dem Laden, auf denen junge Menschen mit Büchern in ihren Händen sitzen und im Geiste Paris für andere, noch zauberhaftere Orte verlassen haben. Die Macht der Bücher ist hier überdeutlich spürbar. Durch die offen stehende Doppeltür betreten wir den Laden – und ich atme sofort tief ein. Hemingway war hier! Fitzgerald! Joyce! So viele bekannte, große Autoren! Und jetzt bin *ich* hier: Emma Teichner, das Mädchen mit dem schwarzen Notizbuch. Mit Vincent Elfer, der meine Hand hält und mir folgt.

Wenn der Himmel nicht genau *so* aussieht, dann werfe ich einen Beschwerdebrief beim Schicksalsamt ein. Im Inneren ist es sehr warm. Bücher stapeln sich in allen Ecken, sie füllen deckenhohe Regale, vor denen Menschen aus aller Welt stehen, die ihre Köpfe schräg halten, um die Titel auf den Buchrücken besser lesen zu können. Ich habe das Gefühl, dass wir alle eine große Familie sind. Eine Holzleiter an den Regalen lässt sich auf Rollen hin- und herschieben, damit man auch an die Buchschätze ganz oben herankommt. Ein grüner Plüschsessel steht in einer Ecke als Einladung, doch etwas länger hier zu verweilen. Gegenüber befinden sich ein kleiner Bistrotisch und zwei Stühle, die einem das Verlassen dieses Ortes nur noch schwerer machen. Ich fühle mich hier so wohl wie zu Hause. Vincent greift nach einem Buch im Regal und hält es mir entgegen.

»Was meinst du? Eine gute Alternative zum Tonband im *Hop-on-hop-off*-Bus?«

Es handelt sich um eine englische Ausgabe von *Hamlet*. Ich nicke begeistert bei der Vorstellung, Vincent würde daraus zitieren.

»Ich finde, das gehört in dein Repertoire.«

»Gekauft!«

Zwischen all den anderen buchverrückten Kunden fallen wir gar nicht weiter auf. Wir ziehen abgegriffene Einbände aus den Regalen, lesen ein paar Zeilen, schließlich ganze Seiten. Vincent nimmt auf der Fensterbank, ich auf einem der Klappstühle Platz. Dann versinken wir in diesem Paradies der Bücher und vergessen die Zeit, die hier drinnen niemals verschwendet ist. Manchmal stupst Vincent mich sanft an, lässt mich Zitate lesen, die ihm besonders gut gefallen. Ich zeige ihm Stellen in den Büchern meiner Helden, die er noch gar nicht gelesen hat. Wir flüstern dabei, als würden die anderen uns belauschen können. Als er mit leiser, etwas rauer Stimme aus *Hamlet* vorliest, lehne ich mich an ihn und schließe kurz die Augen. Wenn die Zeit nichts dagegen hätte, dann könnte sie sich jetzt gerne eine kleine Pause gönnen, ihren Zeiger an der Weltenuhr verlangsamen und schließlich stehen bleiben. Nur kurz. Nur für uns. Wenn die Ferien vorbei sind, wird das hier die Erinnerung, in deren Arme ich mich flüchten werde, wenn Vincent nicht mehr bei mir ist.

»Eines Tages, Emma, wird auch eines deiner Bücher hier stehen.«

»Vincent ...«

Ich lasse die Augen geschlossen, weil mir dann das Träumen leichter fällt. Seine Hand berührt kurz meine Wange.

»Hey, du schaltest ein, wenn ich im Radio bin. Und ich kaufe deine Bücher. Das ist ein Deal!«

»Aber hier stehen nur die richtig Großen.«

Schließlich öffne ich doch zögernd die Augen, aber es ist nicht nur ein Traum: Wir sitzen noch immer im schönsten Buchladen der Welt. Vincent blickt zu mir, lächelt selbstbewusst und nickt stolz.

»Ganz richtig. Deswegen sollten wir für dich schon mal einen geeigneten Platz im Regal finden. Komm!«

Er steht auf und zieht mich hinter sich her in den hintersten Winkel, wo sich außer uns nur noch ein sehr dünner spanischer Tourist befindet, der einen ganzen Stapel

Bücher in den Armen hält. Ja, es ist gar nicht so einfach, sich zu entscheiden, wenn man plötzlich im Bücherhimmel gelandet ist.

»Hier!«

Vincent deutet auf ein Regal in Augenhöhe, das gut gefüllt ist. Er nimmt ein Buch heraus und legt es auf einen Stapel anderer Bücher, die neben einem kleinen Hocker stehen. Dann dreht er sich zu mir und sieht mich ernst an.

»Diese Lücke ist für dich Emma.«

»Für mich?«

»Die gilt es zu füllen.«

»Aber ...«

Bevor ich weitersprechen kann, legt Vincent seinen Finger auf meine Lippen. Mein Herz setzt ein paar Schläge aus.

Eins.

Zwei.

Drei.

Dann erholt es sich von dem Schock und erinnert sich an seine lebenserhaltende Aufgabe.

Bitte, liebes Leben, halt kurz an und lass mich das hier auskosten! Lass es mich einfach nur genießen und nie mehr vergessen!

Als wäre die Berührung seines Fingers nicht schon genug, streift nun auch sein Blick meine Lippen. Sein Flüstern kann ich auf meiner Wange spüren, als er sich zu mir beugt.

»Das ist jetzt deine Lebensaufgabe, Emma. Okay?«

Es kostet viel Kraft, ihn nicht einfach zu küssen. Also lasse ich meinen Blick über die namhaften Autorennamen wandern, die hier vereint stehen. Hier findet sich kein Unbekannter, das hier ist die *Hall of Fame*, so viel steht fest. Vincent nimmt den Finger weg und lächelt mich stolz an, obwohl ich noch Jahre von einem Roman entfernt bin.

»Das ist eine ziemlich ehrgeizige Lebensaufgabe, findest du nicht?«

»Natürlich. Denkst du, Hemingway wollte nur Mittelmaß werden? Das Ziel muss sich immer ganz oben befinden!«

Wir stehen dicht beieinander, ich kann seinen Herzschlag fast spüren.

»Was ist deine Lebensaufgabe? Komm schon, raus mit der Sprache!«

Er atmet tief durch und sieht auf die Lücke im Regal, die er für mich und meine zukünftigen Bücher geschaffen hat, bevor er seine typische rasche Kopfbewegung macht und ihm die Haare vor die Augen rutschen. Diesmal lasse ich ihn damit aber nicht so einfach davonkommen. Ich hebe meine Hand, berühre kurz seine Wange und streiche ihm dann die Haare aus der Stirn. Er sieht verloren aus. Dabei war es doch nur eine einfache Frage.

»Meinen Vater nicht mehr zu enttäuschen.«

Kann es sein, dass mir Vincent zwischen all diesen Büchern gerade seine größte Angst verraten hat?

»Ich bin mir sicher, du enttäuschst ihn nicht.«

»Emma, du kennst ihn nicht. Er ist jemand, vor dem jeder Respekt hat. Er kommt in den Raum und irgendeine chemische Reaktion passiert in deinem Körper. Du willst nichts weiter als ihn beeindrucken und dass er stolz auf dich ist.«

»Das ist er jede Wette auch! Er ist dein Vater.«

»Wieso? Weil ich fünfzig Prozent seiner DNA habe?«

»Auch deswegen. Vor allem aber, weil du ein toller, beeindruckender Mensch bist. Schau doch nur mal, wie du dich um Jean-Luc kümmerst.«

Oder um mich!

»Glaub mir, er ist nicht von mir beeindruckt …«

»Wenn du erst mal deine eigene Radiosendung hast, wird er vor Stolz platzen.«

Vincent lacht kurz auf und greift dann nach einem anderen Buch aus dem Regal. Er liest den Titel, stellt es zurück und will mir offensichtlich ausweichen.

»Mein Vater hört kein Radio. Musik ist überhaupt nicht sein Ding.«

»Und was ist mit deiner Mutter? Hört sie Radio?«

Erst jetzt sieht er wieder zu mir und da ist ein minimales Lächeln.

»Beim Autofahren.«

»Dann wird eben *sie* stolz sein und deinem Vater davon erzählen. Und abgesehen davon: Was ist mit mir?«

»Was soll mit dir sein?«

Vincents Blick mustert mich eingehend, als müsste er erst über eine Antwort nachdenken, dann sieht er auf meine Schuhe und wiegt unschlüssig den Kopf.

»Du bist ziemlich klein, sehr zierlich, hast überzeugend rote Haare, einen sehr coolen Style …«

»Vincent!«

Er gibt auf.

»Entschuldige.«

»Zähle ich?«

Sein Blick verändert sich, wird ernster.

Mein Herzschlag verändert sich, wird schneller.

Mit dem Handrücken streift er meine Wange. Er muss nicht mehr antworten.

»Ja. Du zählst.«

Jetzt! Genau jetzt werde ich ihn küssen. Keine Sekunde darf mehr verstreichen, sonst werde ich mir das nie verzeihen können!

»Emma!? Bist du das!?«

Die Mädchenstimmen, die irgendwo hinter uns im Raum ertönen, katapultieren mich von Wolke sieben, auf der ich es mir fast gemütlich gemacht hätte. Der Aufprall tut höllisch weh und muss einen Krater um mich herum in den Boden gerissen habe, denn Vincent steht plötzlich zwei Schritte von mir entfernt. Ich sammele meinen ganzen Mut, bevor ich mich umdrehe und in die Gesichter von Stéphanie und Cathérine schaue. Zwei Mädchen, die ebenfalls mit Alain an unserer Schule im Austauschprogramm waren.

Das. Darf. Nicht. Wahr. Sein.

Paris hat angeblich 2,2 Millionen Einwohner. Und ausgerechnet diese beiden müssen *jetzt* hier auftauchen? Ist das so ein Lieblingsstreich des Universums? Schönen Dank auch!

»Sie ist es wirklich!«

»Das habe ich dir doch gesagt!«

Sie schnattern auf Französisch los, als ob ich gar nicht im Raum oder ihrer Sprache mächtig wäre. Zu meiner Überraschung dreht sich Vincent von mir weg und dem

Regal zu, als hätten sie uns bei etwas Verbotenem erwischt.

»Bonjour, Emma!«

Stéphanie, der Prototyp einer französischen Schönheit, die mit ihren hohen Wangenknochen und den dunklen Haaren an die junge Carla Bruni erinnert und die mich in Deutschland vielleicht zweimal angesprochen hat, stürmt auf mich zu, zerrt mich in eine Umarmung und küsst die Luft irgendwo neben meinen Wangen. Dann trifft ihr musternder Blick Vincent, der nur hilflos die Hand hebt und sich sofort wieder dem Regal zuwendet. Cathérine, die nicht ganz so auffällig hübsch ist, dafür aber bernsteinfarbene Augen und volle Lippen hat, drückt mich ebenfalls an sich – was sich viel herzlicher und ernst gemeinter als eben noch bei Stéphanie anfühlt –, bevor auch sie eine Vincent-Inspektion durchführt.

»Wir haben gar nicht gewusst, dass du in Paris bist!«

Zwar sprechen sie mit mir, aber ihre Blicke haften an Vincent wie Motten an klebrigen Fallen. Das gefällt mir nicht.

»Ich verbringe die Herbstferien hier.«

Ein Wunder, dass mein Gehirn noch die französischen Worte findet und nicht eine Meuterei wegen meiner Eifersucht anzettelt, die mein Sprachzentrum lahmlegen will.

»Und wer ist das hier?«

»Weiß Alain, dass du hier bist?«

»Ja, genau! Warst du schon bei ihm?«

Wie ein Kugelhagel prasseln ihre Fragen auf mich ein und mein Hilfe suchender Blick findet Vincent nicht, weil die Mädchen mir den Blick auf ihn versperren.

»Alain weiß, dass ich hier bin.«

»Oh! Und hast du auch Chloé getroffen?«

Cathérine steht das schlechte Gewissen ins Gesicht geschrieben.

»Ja.«

Dabei klinge ich erstaunlich kühl und suche kurz nach Vincents Blick, der mir zumindest den Ansatz eines Lächelns schenkt.

»Ihr seid also nicht mehr *zusammen?«*

Stéphanie beherrscht es, Worte kursiv auszusprechen. Ich werfe ihr einen genervten Blick zu.

»Waren wir das denn je?«

Sie sollen ruhig wissen, dass sein kleines, mieses Spiel aufgeflogen ist. Ich bin trotzdem hier. Ohne ihn. Mit Vincent.

Der will sich offensichtlich den neugierigen Blicken der beiden nicht länger aussetzen und murmelt: »Ich geh mal das Buch bezahlen ...«

In seinen Augen ist kein Leuchten mehr. Der Moment, der nur uns beiden gehören sollte, ist längst vorbei. Dabei bin ich noch lange nicht fertig mit dem, was ich zu sagen hatte. Er lässt mich allen Ernstes mit diesen beiden Mädchen alleine, obwohl ich ihn mit Blicken anflehe, dass er bleiben soll.

Kaum hat Vincent den Raum verlassen, legen Stéphanie und Cathérine los: »Sag schon! Ist der Typ dein Freund?«

Stéphanie zupft am Ärmel meines Parkas, weil ich es gewagt habe, ihr die Aufmerksamkeit zu entziehen.

»Ist er nicht.«

Nein, er ist mein Pink Flamingo! Und ich rate dir, deine perfekt manikürten Finger von ihm zu lassen.

»Egal, bring ihn trotzdem auf die Party mit.«

»Welche Party denn?«

»Die ich heute Abend im Haus meiner Eltern gebe. Fühlt euch eingeladen.«

Es soll wie eine freundliche Geste klingen, doch ich erkenne das verräterische Funkeln in ihren Augen. Es ist ein Test. Werde ich kneifen?

»Du musst kommen! Alain wird auch da sein!«

Cathérine scheint zu glauben, dass mich diese Information interessieren könnte oder mich dazu verleitet, diese Einladung anzunehmen.

»Allerdings ist es eine Kostüm-Party. Alle kommen verkleidet.«

»Das Motto sind die Zwanzigerjahre!«

»Das wird soooo cool! Du musst kommen!«

Ich bezweifele beides. Mein erster Impuls ist, eine blöde Ausrede zu finden und mich aus der Affäre zu ziehen. Doch auf der anderen Seite würde ich zu gerne Alains Gesicht sehen, wenn ich plötzlich auftauche und doch noch die Chance bekomme, zu sagen, was ich dringend loswerden muss. Bevor ich irgendwie antworten kann, zückt Stéphanie ihr Handy.

»Ich schicke dir alle Details. Es geht um acht Uhr los. Wäre cool, wenn du pünktlich wärst!«

»*À tout à l'heure!*«

Ihr Blick fällt auf Cathérine, die mir noch ein Lächeln schenkt, dann aber Stéphanie wie ein treues Hündchen durch den Raum in Richtung Ausgang folgt. Dort prallt diese mit Vincent zusammen, der eine kleine Tüte mit seinem Buch in der Hand hält.

»Oops! Pardon!«

Doch Stéphanie würdigt ihn keines Blickes und stiefelt davon – ganz anders als Cathérine, die sich beim Nachschauen, ob Vincent ihr vielleicht einen Blick zuwirft, fast den Hals ausrenkt. Kaum haben sie den Laden verlassen, atme ich zum ersten Mal wieder tief ein. Vincent kommt neben mir zum Stehen und deutet mit dem Daumen in die Richtung, wohin die Mädchen abgehauen sind.

»Interessante Freundinnen hast du.«

Er tut betont lässig, weil er sich nicht anmerken lassen will, wie angespannt er ist.

»Gehst du auf diese Party?«

Seine Stimme klingt genervt. Deswegen versuche ich, die Stimmung von vorhin wieder herzustellen, und stupse ihn an.

»Hast du etwa gelauscht?«

Vincent geht zurück zum Regal, dreht mir den Rücken zu und liest – mit schief gelegtem Kopf – die Titel auf den Buchrücken.

»Sie hat sich nicht gerade Mühe gegeben, in Zimmerlautstärke zu sprechen.«

»Ist dein Französisch doch besser, als ich angenommen habe?«

Langsam komme ich auf ihn zu, weil mir der Abstand zu groß vorkommt. Ich werde das Gefühl nicht los, dass sich etwas zwischen uns verändert hat, auch wenn ich nicht sagen kann, was es ist, denn die beiden Mädchen sind keinem von uns wichtig genug.

»Das Wort Party verstehe ich sogar auf Französisch.«

»Keine Ahnung, was ich machen soll. Was meinst du, soll ich hin?«

Es wäre mir so viel lieber, wenn ich den Abend mit ihm auf dem winzigen Balkon verbringen könnte. Ohne Alain und die ganzen Leute, die mich kaum kennen.

»Klang doch ganz cool. Außerdem wird Alain da sein.«

Als er das sagt, verschränkt Vincent die Arme vor der Brust, dreht sich zu mir und sieht mich abwartend an.

»Und deswegen soll ich hingehen?«

»Klar!«

»Das ist eine Motto-Party. Ich habe kein passendes Kostüm.«

»Wie lautet denn das Motto?«

»Die Zwanzigerjahre.«

»Das ist doch genau deine Zeit! Das ist ein Zeichen!«

Es scheint ihm nicht besonders viel auszumachen, dass ich dort auf Alain treffen werde.

Sein Lächeln wirkt so echt, dass es wehtut. Er will also wirklich, dass ich hingehe. Das verstehe ich nicht. Ich werde mir aber sicher nicht die Blöße geben und es ihm erklären.

Jetzt verschränke ich auch die Arme.

»Nur, wenn du mitkommst.«

»Ja, klar! Wieso nicht?«

In mir lodert eine kleine, aber sehr wütende Flamme auf.

»Gut!«

»Gut!«

Noch immer stehen wir uns mit verschränkten Armen gegenüber.

Carnaval de Paris

Karneval in Paris

Jean-Luc, der in dieser Stadt wohl jeden mit Vor- und Nachnamen kennt, empfiehlt uns einen winzigen Kostümverleih, der versteckt in einer Gasse hinter Notre-Dame liegt und einem gewissen Ibrahim gehört.

Vincent und ich stehen vor dem Schaufenster und bewundern die vielen altmodischen Kleider und Jacketts, die auf Schneiderpuppen hängen und so ziemlich jede Mode aus vergangenen Epochen abdecken.

»Wenn wir eine Zeitmaschine bräuchten, dann wüsste Jean-Luc auch, wo wir eine herkriegen, oder?«

Vincent nickt und deutet auf ein schwarzes Charlestonkleid, das für meinen Geschmack schon fast zu kurz ist.

»Das würde dir stehen.«

Dieses klassische Hängerkleid, das eigentlich nur aus Fransen besteht und damit viel Bewegungsfreiheit für die Tänze der Zwanzigerjahre geboten hat, sieht schlicht, aber schön aus. Trotzdem kann ich mir nicht vorstellen, dass ich dieses Kleid tragen könnte.

»Das ist viel zu kurz.«

»Quatsch!«

Zum ersten Mal, seit wir *Shakespeare and Company* verlassen haben, greift Vincent wieder nach meiner Hand und zieht mich durch die Tür, die unsere Ankunft mit einem Glöckchen ankündigt, hinein in einen Laden, der noch winziger ist, als ich es mir vorgestellt habe. Hinter dem breiten Tresen steht ein kleiner Mann mit grauen Haaren und einem buschigen Schnurrbart, der gerade einen Knopf an ein dunkelblaues Herrenjackett näht. Er sieht nicht auf, als wir reinkommen.

»Vincent et Emma?«

»Oui.«

»Jean-Luc hat gesagt, ihr seid unterwegs zu mir.«

Sein Französisch klingt anders als das von Jean-Luc. Vor allem habe ich deutlich mehr Mühe, sein Genuschel zu verstehen.

»Ich bin gleich bei euch.«

Die Zeit nutzen wir, um uns umzuschauen. Hier gibt es tatsächlich alles, was das Modeherz begehrt. Sicher, einige der Stücke sind nichts weiter als Faschingskostüme, doch dazwischen finden sich immer wieder Kleider, die aussehen, als hätte Coco Chanel sie höchstpersönlich angefertigt. Vincent greift nach einer roten Perücke, die in eine freche Bob-Frisur geschnitten ist und an der Seite eine silberne, feine Haarspange mit einem Schmetterling hat.

»Das wäre doch was für dich, oder?«

»Du nimmst diese ganze Motto-Sache ziemlich ernst.«

»Alain soll ja auch ordentlich staunen, wenn du ihm

wieder begegnest. Er wird dich ansehen und denken: Wow! Was für eine Frau!«

Dabei schaut Vincent mich nicht an, sondern zupft wie ein Friseurmeister einige Fransen der Perücke in die richtige Position.

»Er wird sich auf der Stelle in dich verknallen. Und dann schießt er Chloé ab. Du wirst sehen!«

»Verrät dir das wieder dein Zukunftsdingsbums?«

»So ist es immer, Emma.«

Er legt die Perücke zurück und sieht zu mir, sein Blick ist traurig und zerknirscht zugleich.

»So enden Geschichten wie deine. Mit einem großen Happy End. Auf einer schicken Party im schönsten Viertel von Paris. Mit einem reichen Prinzen.«

»Muss ich davor meinen Schuh verlieren?«

Vincent zuckt die Schultern und nimmt ein paar lange Perlenketten in die Hand, die er genauestens unter die Lupe nimmt.

»Du hast ein Happy End verdient, Emma.«

Stimmt, das habe ich. Das haben wir alle. Aber doch nicht so eines! Am liebsten würde ich Vincent die Kette wegnehmen und ihn zwingen, mich anzusehen, weil ich in seinen Augen sehen will, ob er mir ernsthaft ein Happy End *mit Alain* wünscht, und ich nicht glauben kann, dass unsere gemeinsame Zeit für ihn wirklich nur eine kurze Episode gewesen ist. Bevor ich ihn mit meinen Blicken erdolche, schiebt sich Ibrahim freundlich lächelnd zwischen uns.

»*Et alors,* wie kann ich euch helfen? Jean-Luc hat etwas von einer Party gesagt.«

Seine dunklen Augen mustern mich genau, als würde er sich schon mal eine geistige Notiz über meine Kleidergröße machen.

»Wir brauchen das passende Outfit für eine Zwanzigerjahre-Party heute Abend.«

»Du trägst Größe achtunddreißig, nicht wahr?«

Noch bevor ich antworten kann, wendet er sich zu Vincent und nimmt wieder Maß.

»Du bist fast ein Meter neunzig groß. Ich schätze ein Meter siebenundachtzig? Bien, bien. Ich glaube, da habe ich was für euch.«

Ibrahim bedeutet uns, dass wir ihm folgen sollen, während er in den hinteren Teil des Ladens verschwindet. Auch wenn es im vorderen Bereich aussieht, als würde es nicht genug Platz für all die Stoffe, Kleider und Accessoires geben, eröffnet sich hier hinten eine ganz neue Welt. Hier befinden sich drei Ankleidekabinen, Schneiderpuppen, noch mehr Stoff, Nähmaschinen und Koffer über Koffer voller Zeug. Ibrahim scheint genau zu wissen, in welcher Kiste und in welchem Kleidersack sich was befindet. Es ist fast so, als hätte er ein geistiges Register angelegt.

»Bien. Emma, zu deinen Augen passt dieses hier am besten.«

Er reicht mir ein helles Kleid, das sich am ehesten mit champagnerfarben beschreiben lässt. Es besteht aus verschiedenen Fransenlagen und hat dünne Träger.

»Probiere das mal, dann kümmern wir uns um die Accessoires. Monsieur, nun zu dir. Was schwebt dir vor?«

Vincent sieht kurz zu mir und lächelt Ibrahim dann an.

»Machen Sie aus mir einen *Great Gatsby,* auf den Fitzgerald stolz gewesen wäre!«

Ibrahim nickt begeistert, als wüsste er genau, was zu tun ist, und bugsiert Vincent in die Umkleidekabine neben mir. Er reicht ihm dann Kleidungsstücke, die ich nicht sehen kann. Ich bin sehr gespannt, wie Vincent im Anzug wohl aussehen wird, und betrachte das Kleid in meinen Händen. Niemals hätte ich gedacht, wirklich in die Zwanzigerjahre eintauchen zu können, und jetzt stehe ich hier mit zittrigen Händen und klopfendem Herzen. Allerdings ganz sicher nicht, weil ich Alain heute Abend wiedersehen werde, sondern weil Vincent sich, nur durch einen Vorhang von mir getrennt, ebenfalls auf eine Kostümreise in die Vergangenheit begibt. Ich kann nur seine Füße sehen, weil der Vorhang nicht bis ganz zum Boden reicht. Bevor meine Gedanken sich durch den Spalt auf die andere Seite aufmachen können, reicht mir Ibrahim ein Paar Handschuhe, die mir bis zu den Ellenbogen reichen, dazu noch eine Perlenkette, so ähnlich wie jene, die Vincent sich vorhin angesehen hat. Es folgen Schuhe mit hohen Absätzen.

»Emma, zieh das hier dazu an.«

Die High Heels lassen mich zweifeln.

»Ich weiß nicht, ob ...«

»Allez, allez!«

Widerspruch ist offensichtlich zwecklos. So bleibt mir nichts anderes übrig, als meine Turnschuhe, die Jeans und meinen bequemen Wohlfühlpullover gegen das von Ibrahim gewählte Outfit zu tauschen.

»Emma ...?«

Vincents Flüstern erreicht mich durch den Vorhang. Ich drehe mich sofort um, aber ich kann ihn nicht sehen, nur hören. Der feine rote Samtstoff trennt uns.

»Ja?«

»Ich habe in meinem ganzen Leben noch nie einen Anzug getragen.«

Ich höre, wie er den Gürtel seiner Jeans öffnet und die Schuhe von den Füßen schüttelt. Meine Haut fängt an zu kribbeln, als ich etwas näher an den Vorhang trete und seine bunten Socken erkenne. Kann ich mir ihn überhaupt in einem Anzug vorstellen?

»Außerdem habe ich keine Ahnung, wie man eine Fliege bindet.«

Die Jeans landen auf dem Boden neben seinen Schuhen und ich muss lächeln.

»Jean-Luc kann dir da bestimmt helfen.«

»Bist du sicher, dass ich mitkommen soll?«

Sein Pullover segelt auf das Jeanshäufchen. Mein Herz klopft etwas schneller, als ich meine Hand über den Stoff des Vorhangs gleiten lasse.

»Natürlich.«

»Das klang vor den Mädchen vorhin aber ganz anders.«

Ich muss nicht sein Gesicht sehen, um zu wissen, dass er sauer ist. Seine Stimme verrät ihn.

»Was meinst du?«

»Ich habe gehört, was du gesagt hast. Als sie gefragt haben, ob ich dein Freund bin.«

Kurz ist es so still, dass ich mir nicht sicher bin, ob Vincent nebenan überhaupt noch atmet.

»Du hast *Nein* gesagt.«

Die Stille danach legt sich erdrückend wie eine schwere Decke über uns und verschluckt alle Geräusche. Noch schlimmer ist der Nachhall des eben Gesagten, Vincents verletzte Stimme.

»Als wäre es dir peinlich. Als wäre *ich* dir peinlich.«

Gut möglich, dass mir gerade ein Stück von meinem Herz abbricht, während er spricht. Am liebsten würde ich den Vorhang aufreißen und ihm sagen, was ich schon eine Weile weiß.

»Du bist mir nicht peinlich. Niemals.«

»Sicher?«

»Absolut. Aber wie hätte ich ihnen erklären sollen, dass du eben nicht nur einfach ein Freund bist?«

Ich kann nur hoffen, dass Vincent versteht, was ich zwischen den Zeilen damit sage.

»Was bin ich dann?«

Wir sind jung, haben noch alle Zeit der Welt. Unsere Sanduhr des Lebens hat noch jede Menge Reserven, die es uns ermöglichen, Dinge auf später zu verschieben, weil wir vielleicht in fünf oder zehn Jahren anders empfinden. Doch ich weiß, wenn man etwas fühlt, sollte man es sagen, weil diese Worte nie verschwendet sind.

»Mein Pink Flamingo.«

Meine Stimme ist so leise, dass ich nicht sicher bin, ob er es hören kann. Er hält mit seinen Bewegungen inne. Außer meinem beschleunigten Atem kann ich nichts mehr hören. Dann berührt er den Vorhang an genau der Stelle, an der auch meine Hand liegt. Eine Gänsehaut jagt über meinen Körper.

»Und ohne dich gehe ich da nicht hin.«

»Ich muss dir was beichten, Emma.«

Die Umkleidekabinen verwandeln sich in unsere Version eines Beichtstuhls, weil es hier leichter fällt, die Wahrheit zu sagen, wenn wir nicht den Blick des Gegenübers spüren.

»Hm?«

Die anschließende Pause kommt mir ewig vor, während ich den Atem anhalte.

»Ich kann nicht tanzen.«

Egal, wie dick der Stoff zwischen unseren Fingern sein mag, ich kann Vincents Haut alleine aus der Erinnerung heraus an meiner fühlen.

»Ich kann in High Heels nicht gehen.«

»Ich vertrage kaum Alkohol.«

»Ich mag nicht, wie Cathérine dich angeschaut hat.«

»Ich will nicht, dass Alain dich toll findet.«

Mein Lächeln wird größer, als ich den Spalt zwischen den beiden Vorhängen mit meinen Fingern ein winziges bisschen aufschiebe, nur so weit, damit ich seine Augen sehen kann. Er steht so dicht am Vorhang wie ich und unsere Lippen sind nur Zentimeter voneinander entfernt. Ich kann sehen, dass er nur in seinen Boxershorts, seinen Socken und einem offenen, weißen Hemd dasteht. Kurz lasse ich meinen Blick über das sichtbare Stück Haut wandern, doch meine Augen werden magisch von seinen Lippen angezogen, während mein Herz den Trommelwirbel für diesen Augenblick spielt. Vincents Fingerspitzen berühren meine und ich möchte mich für den Rest meines Lebens so fühlen wie in diesem Moment.

»Wie weit sind wir?«

Ibrahim öffnet mit einem Ruck den Vorhang an Vincents Seite der Kabine. Dieser fährt erschrocken zurück, lässt den offenen Spalt zufallen und schubst mich damit zurück ins Hier und Jetzt.

»Fast fertig!«

Ich starre noch immer auf die Stelle, wo eben noch Vincents Gesicht war, und kann das warme Gefühl in meiner Brust weder abstreiten noch ignorieren. Außerdem fühlt es sich viel zu gut an. Lächelnd sehe ich wieder zu dem Kleid, in dem ich heute Abend auf diese lächerliche Party gehen werde.

An Vincents Seite.

»Du siehst atemberaubend aus, Mademoiselle Emma!«

Jean-Luc hält mir die Hand entgegen, als ich aus dem Fahrstuhl trete und etwas unsicher auf den hohen Absätzen auf ihn zukomme. Selbst Zola scheint begeistert von meinem Outfit, denn sie wedelt so aufgeregt mit dem Schwanz und blickt mich aus großen Knopfaugen an, als würde sie mich zum ersten Mal sehen. Tatsächlich fühle ich mich in dem Kleid, das bis zu meinen Knien reicht, wie ein anderer Mensch. Die Perlenkette hängt lang herunter, aber Ibrahim hat mir versichert, dass man sie so trägt. Durch die langen Handschuhe komme ich mir irgendwie erwachsen vor. Darin halte ich eine kleine, schwarze Handtasche, die mit Pailletten bestickt ist und in der mein Notizbuch und mein Geldbeutel Platz finden. Wenn ich mich schnell bewege, dann schwingen die vielen Fransen des Kleides um meinen Körper, das gefällt mir ganz besonders. Sogar die Perücke passt perfekt zum

Rest des Outfits, da sie fast meine echte Haarfarbe trifft und mir – ganz ohne Friseurbesuch – einen Bob zaubert. Beim Make-up habe ich mir etwas Hilfe von einem Youtube-Video geholt und finde, dass es mir ziemlich gut gelungen ist. So üppig schminke ich mich nur sehr selten, schon gar nicht im Alltag.

Vincent hat sich unten bei Jean-Luc umgezogen, weil er keine Fliege binden kann und mit den Hosenträgern nicht so richtig klarkommt. Bisher habe ich ihn noch nicht in seinem Outfit gesehen, aber in meinem Kopf sieht er umwerfend gut aus.

»Du wirst der Diamant auf dieser Party sein, Emma.«

Ich spüre, wie ich rot werde, und schlinge deswegen schnell meine Arme um Jean-Luc. Er ist etwas überrumpelt von meiner Umarmung, herzt mich aber fest zurück. Ich schulde ihm noch eine Antwort.

»Ich will nicht Journalismus studieren.«

Jean-Lucs Lachen erfüllt den Hausflur, während er nickt.

»Das habe ich mir schon gedacht.«

Er schiebt mich ein Stück von sich und sieht mich mit stolzen Augen an.

»Was willst du dann machen, Emma?«

Es mag an diesem Kleid, dem Make-up, den Schuhen oder einfach der Wahrheit liegen, aber meine Stimme klingt bei meiner Antwort fest und überzeugend.

»Ich will Schriftstellerin werden. Und ich will einmal in meinem Leben in Paris wohnen.«

Hinter uns öffnet sich die Tür und Vincent tritt zu uns in den Flur. Er trägt einen schwarzen Anzug und das weiße Hemd, in dem ich ihn vorhin in der Umkleide gesehen habe, dazu eine weiße Weste und eine schlichte, schwarze Fliege. Die Haare hat er mit Gel nach hinten gekämmt. In diesem Aufzug sieht er ganz anders aus, so erwachsen. Das jungenhafte, freche Grinsen wirkt jetzt gar nicht mehr so schräg. Langsam kommt er auf mich zu. Ich bemerke das weiße Taschentuch, das in seiner Brusttasche steckt, sowie die glänzenden Schuhe.

»Wow!«

Das will ich eigentlich sagen, aber Vincent ist schneller.

»Du siehst ... umwerfend aus!«

Er kommt weiter auf mich zu. Mit jedem Schritt wird mein Puls schneller.

»Du hast dich aber auch ganz schön in Schale geschmissen.«

»Das Beste hast du noch gar nicht gesehen.«

Er greift nach seiner Hose und zieht sie ein bisschen hoch, damit ich einen Blick auf seine Socken werfen kann. Sie sind grün mit kleinen, rosafarbenen Einhörnern.

»Wow!«

»Dem Anlass angemessen?«

»Absolut.«

Sein Lächeln ist stolz. Obwohl er sich nur für diesen Abend und die Party verkleidet hat, ist es ihm gelungen, er selbst zu bleiben. Egal, in welchen Klamotten: Vincent bleibt sich treu und das bewundere ich.

»Sollen wir los?«

»Oui.«

Jean-Luc hält uns auf, bevor wir auch nur einen Schritt machen können.

»*Un moment! Un moment s'il vous plaît!* Ich muss diese Erinnerung festhalten. Eure schicken kleinen Handys können doch alles. Her damit!«

Vincent reicht ihm sein Smartphone und erklärt es ihm kurz, bevor er sich vor mich stellt und zu mir heruntersieht.

Ich mag es, wie er mich betrachtet und dabei lächelt. Ich mag es, wie dicht er bei mir steht. Und ich mag es, wie er seinen Arm um mich legt. Kurz glaube ich, dass er etwas sagen will, aber dann zögert er und schüttelt einfach nur leicht den Kopf, als wäre es ihm peinlich. Schnell drücke ich ihm einen Kuss auf die Wange und hinterlasse einen roten Kussmundabdruck.

»Falls ich nachher vergesse, es dir zu sagen: Ich habe heute viel Spaß gehabt.«

Dann stupse ich ihn kurz an und lehne mich an ihn.

»Das ist übrigens aus *Pretty Woman*.«

Vincent grinst nur und nickt.

»Ich weiß.«

»Jetzt schaut doch mal, ich möchte ein schönes Foto machen! Für euer Album.«

Jean-Luc hält das Smartphone hoch und deutet an, dass wir uns noch näher zusammenstellen sollen. Vincent legt seinen Arm fester um mich, und ich spüre seine Hand auf meinem Rücken, direkt auf meiner Haut. Es ist nur eine ganz leichte Berührung, aber sie reicht aus, um zu merken, wie viel ich für ihn empfinde. Kein Kuss von Alain hat solch einen Schmetterlingsschwarm in meinem Bauch ausgelöst, wie es eine leichte Berührung von Vincent kann.

Wenn das hier nur ein Traum ist, den sich mein verliebtes Unterbewusstsein ausgedacht hat, dann könnte ich gerne noch eine ganze Weile schlafen. Sollte das aber die Realität sein, will ich nie mehr schlafen! Ich hebe meinen Blick langsam, streife damit seinen Hals, sein Kinn, die Lippen und finde schließlich seine Augen. Jean-Luc hat recht. *So* sieht eine Frau nur einen Mann an, für den ihr Herz schlägt. Genau in dem Moment, als mir das bewusst wird, drückt Jean-Luc auf den Auslöser.

Et maintenant?

Und was wird nun?

»Emma?!«

Stéphanie trägt ein rotes Kleid, das meinem ähnlich, aber um einiges kürzer ist. Außerdem hat sie eine Federboa um ihre Schultern gelegt und ihre Haare aufwendig zu einer Welle geföhnt. Sie sieht toll aus, keine Frage.

»Du bist ja wirklich gekommen!«

»Du hast mich schließlich eingeladen.«

»Ich weiß. Ich habe nur nicht erwartet, dass du tatsächlich auftauchst.«

Nicht gerade der beste Auftakt für eine Party. Stéphanie setzt ihr Verhör fort: »Und wer ist deine Begleitung?«

Sie nickt zu Vincent, der lässig neben mir steht, verdammt sexy dabei aussieht und den Raum sondiert. Natürlich weiß ich, wen er sucht. Auch ich habe schon mal einen Blick in die Runde riskiert. Aber bei all den Jungs in Anzügen bin ich mir nicht mal sicher, ob ich Alain erkennen würde.

»Das ist Vincent.«

Stéphanie lässt ihren Blick über Vincents Gesicht und seinen Körper wandern, als müsse er nicht an einem fiesen Türsteher, sondern an ihr vorbei.

»Mignon!«

Ach, jetzt ist er plötzlich süß? Vorhin war er das, in ihren Augen zumindest, noch nicht. Sie reicht ihm die Hand so, als würde sie einen Handkuss erwarten.

»Bonsoir, Vincent.«

Ihre Stimme hat einen säuselnden Unterton angenommen. Keine Ahnung, ob ich auch so klinge, wenn ich flirte. Doch Vincent stößt mit einem *Fist Bump* gegen ihre wartende Hand, was mir ein Grinsen entlockt. Stéphanie wirft mir einen fragenden Blick zu und ich nicke stolz.

»Ja, er ist immer so!«

»Verstehe. Kommt doch rein, ich stelle euch ein paar Leute vor. Die meisten hier sprechen Deutsch, also seid nicht schüchtern.«

Ein eiskalter Blick wird in meine Richtung abgefeuert.

»Aber das bist du ja ohnehin nicht.«

Einige der Jungs, an denen wir vorbeilaufen, schauen mir vielsagend hinterher, was Stéphanie auch nicht besonders zu gefallen scheint. Das Getuschel wird lauter, je weiter wir in den Raum treten – allerdings auf Französisch. Ich erhasche nur Wortfetzen.Vincent, der dicht hinter mir hergeht, beugt sich zu mir: »Ich hab da ein ganz mieses Gefühl.«

Beim Blick auf die Partygäste kann ich nur zustimmen, denn wir werden gemustert, als wären wir Außerirdische auf diesem Planeten.

»Das ist übrigens aus *Star Wars.*«

Ich werfe Vincent einen frechen Blick inklusive Grinsen über die Schulter zu.

»Ich weiß.«

»Emma, du steckst voller Überraschungen.«

Er drückt mir einen schnellen Kuss auf die Wange, was mir ein überraschtes Lächeln auf die Lippen zaubert. Das alles bleibt nicht unbemerkt und zieht einige interessierte Blicke auf uns.

»Wollt ihr was trinken?«

Stéphanie unterbricht uns genervt, weil ihr unser kleiner Flirt nicht besonders gefällt.

»Ich nehme einen Orangensaft.«

»Gibt es keine Cola?«, fragt Vincent.

Vincent wirkt regelrecht irritiert.

»Haben wir bestimmt noch im Getränkekeller. Kommst du mit?«

Vincent wirft mir einen fragenden Blick zu, als wolle er wissen, wer um alles in der Welt einen Getränkekeller hat. Ich zucke nur die Schultern, denn in meinem Zuhause lagern wir die Getränke für gewöhnlich im Kühlschrank. Dann folgt Vincent Stéphanie und winkt mir verschwörerisch zu, bevor er durch eine Tür verschwindet. Komisch. Vor einer Weile wäre eine Einladung zu dieser Party eine große Ehre gewesen. Vor allem, wenn ich mit Alain an meiner Seite gekommen wäre. Jetzt lehne ich an einem Tresen voller Essen und lächele, weil ich mit Vincent hier bin.

»Doch, sie soll hier irgendwo sein. Ich habe gehört, wie Stéphanie gesagt hat, dass sie kommt.«

Zwei Mädchen neben mir unterhalten sich kichernd

bei einem Glas Champagner – der ganz sicher echt und teuer ist – und sehen sich suchend im Raum um. Mich beschleicht genau das miese Gefühl, von dem Vincent vorher gesprochen hat.

»Ich sag dir, das wird eine Szene geben! Chloé wird die Chance nicht ungenutzt lassen.«

Entweder hat jemand die Raumtemperatur runtergedreht oder ich bilde mir diesen plötzlichen Kälteeinbruch nur ein. Jedes Haar an meinem Körper ist aufgestellt und kalter Schweiß bricht bei mir aus. Sie haben keine Ahnung, dass ich direkt neben ihnen stehe.

»Ich will Alains Gesicht sehen, wenn er sie sieht.«

»Ganz schön mutig von ihr, hier aufzutauchen.«

Jetzt wünsche ich mir fast, dass ich mich gegen den Saft und für den Champagner entschieden hätte.

»Wir sollten Julien und Pierre von ihr fernhalten.«

»Quelle belette!«

Flittchen!?

Erleichtert will ich aufatmen, denn jetzt wird mir klar, dass sie gar nicht über mich gesprochen haben. Ich drehe mich zu dem Tresen, auf dem sehr kleine, sehr teure Häppchen stehen, die unmöglich satt machen, und entscheide mich schließlich für einen kleinen Cracker, auf dem eine Garnele in einem Schaumhäubchen aus Cocktailsoße liegt.

»Bonsoir, Emma!«

Cathérine taucht neben mir auf wie ein Geist aus der Wunderlampe. Ich zucke merklich zusammen, was sie mit einem schüchternen Lächeln bemerkt. Sie trägt ein schwarzes Kleid, das meinem nicht unähnlich ist. Sie sieht wirklich toll aus, was auch ihrem perfekten Make-up geschuldet ist. Entschuldigend legt sie ihre Hand auf meine. Im Vergleich zu ihr glühe ich, obwohl mir irgendwie kalt ist. Das Gespräch der beiden Mädchen will mir nicht so recht aus dem Kopf gehen.

»Ich wollte dich nicht erschrecken.«

»Das hast du gar nicht. Ich war nur mit meinen Gedanken woanders.«

Kopfschüttelnd beiße ich in das Kanapee, in der Hoffnung, die blöden Hirngespinste zu verscheuchen, und bemerke, wie Cathérine ebenfalls einige kleine Häppchen auf ihren Teller schaufelt.

»Davon wird man ja nicht satt.«

Sie flüstert es mir zu, damit auch ja niemand die leise Kritik an Stéphanies Party hören kann.

»Ich hoffe, es gibt nachher noch etwas Richtiges zu essen.«

»Ich glaube, das wird nicht passieren.«

»Habe ich auch schon befürchtet.«

Wir sehen uns kurz an, dabei bemerke ich, dass ich Cathérine immer dann gemocht habe, wenn Stéphanie nicht in ihrer Nähe war. Jetzt weiß ich wieder wieso: Sie hat ein ehrliches herzliches Lächeln.

»Bist du alleine hier?«

»Nein. Vincent sucht irgendwo im Keller eine Cola.«

»Ist Vincent der Junge aus dem Buchladen?«

Bei der Erinnerung an die Stunden bei *Shakespeare and Company* flattert mein Herz wie ein überdrehter Vogel, der seine Flügel zu schnell bewegt, um auch ja sicher vom Boden abzuheben

»Das ist er.«

Sie nickt, als hätte sie verstanden – und ich nicke, als hätte ich verstanden, dass sie verstanden hat. Dann lachen wir kurz und das Eis ist gebrochen.

»Ich fand ja, Alain hat dich sowieso nicht verdient.«

»Chloé sieht das auch so.«

»Entschuldige noch mal, Emma. Ich hätte damals etwas sagen sollen, aber …«

»Schon okay. Es tut nicht mehr so sehr weh.«

»Hast du ihn schon gesehen?«

»Alain?«

»Ja, er ist auch hier und Chloé natürlich auch.«

»Wundert mich nicht.«

»Vielleicht solltest du die beiden lieber meiden.«

»Danke für den Tipp, aber ich habe nicht vor, mit ihnen auf ihr gemeinsames Glück anzustoßen.«

»Gut. Ich will nur nicht, dass sie gemein zu dir sind.«

»Ach, sollen sie doch. Ich bin nicht wegen ihnen, sondern wegen der Zwanzigerjahre hier.«

Dabei bewege ich mich ein bisschen und lasse die Fransen an meinem Kleid tanzen.

Lachend tut sie es mir gleich, auch ihr Kleid bewegt sich passend zu den Bewegungen.

»Wo habt ihr eigentlich die tollen Klamotten her?«

Gerade, als ich antworten will, taucht Vincent neben mir auf und sieht erleichtert aus, dass er wieder bei mir ist.

»Ich bin nicht nur den Spirituosenkatakomben entkommen, sondern hab dir auch den bestellten Saft mitgebracht.«

Er reicht mir das Glas Orangensaft so, als würde es sich

dabei um einen Pokal handeln. Mit einer kleinen Verbeugung nehme ich das Glas an.

Er grinst mich breit an, bis er Cathérine bemerkt, die ihn so neugierig wie eines der sieben Weltwunder mustert. Schnell reicht sie ihm die Hand, als sie seinen Blick bemerkt.

»*Bonsoir, Vincent. Je m'appelle Cathérine. Mein Deutsch is' nischt sehr gut.*«

Wieso klingt Deutsch mit französischem Akzent wahnsinnig sexy und cool? Und warum hört sich Französisch mit deutschem Akzent einfach nur total bescheuert an? Als wolle er sich bei mir vergewissern, ob *wir* sie mögen oder nicht, sieht er kurz zu mir. Aber ich nicke nur lächelnd und so nimmt er ihre Hand.

»Dein Deutsch ist auf jeden Fall besser als mein Französisch.«

Sie lächelt verlegen und weiß nicht, dass es kein pures Kompliment, sondern schlichtweg die Wahrheit ist.

»Und wie gefällt euch Paris?«

Cathérine wählt ein unverfängliches Thema und bald sind wir mitten in einem lockeren Gespräch. Vincent erzählt ihr begeistert, wie schön wir es bereits hier hatten und dass wir uns völlig in Montmartre verliebt haben. Es tut gut zu hören, wie er von unserer gemeinsamen Zeit spricht, mir dabei immer wieder einen liebevollen Blick zuwirft und lächelt. Mit jeder Minute, die verstreicht, fühle ich mich wohler in diesem Kleid und auf dieser Party. Inzwischen bin ich froh, dass wir nicht gekniffen haben, auch wenn ich Stéphanies Dolchblick quer durch den ganzen Raum spüren kann.

»Ihr seid ein sehr schönes Paar.«

Cathérines Kompliment trifft mich unvermutet, und ich werfe Vincent einen Blick zu, um zu sehen, wie er reagiert

»Danke schön.«

Stolz legt er seinen Arm um mich. Das Ziehen verwandelt sich sogleich in ein aufgeregtes Pochen. *Er streitet es nicht ab.* Keine Ausreden mehr. Cathérine sieht zu mir und ihr Blick mustert mich eindringlich von Kopf bis Fuß.

»So habe ich dich noch nie gesehen, Emma.«

»Ich weiß, ich trage viel zu selten Kleider, aber bei dem Motto …«

»*Mais non*, ich meine dein Lächeln. Du siehst so glücklich aus.«

»Das bin ich auch!«

»Meine Mama sagt immer: Paris ist wie ein Magnet für Menschen, die ihr Glück suchen.«

Sofort greift Vincent nach seinem Glas und hebt es zum Toast, wobei ich mir nicht sicher bin, ob er außer mir noch irgendwas wahrnimmt, denn noch immer ist sein Blick auf mich fixiert.

»Auf das gefundene Glück.«

Sein Flüstern erreicht mich durch die ganze Partygeräuschkulisse, die Gespräche, die Musik. Es trifft mein Herz, wo ein kleines Feuerwerk entzündet wird. Erst als unsere Gläser sich beim Prost berühren, nimmt die Zeit wieder die gewohnte Geschwindigkeit an. Ich bedanke mich stumm bei ihr, dass sie mir in den letzten Tagen immer mal wieder so kleine Slow-Motion-Momente geschenkt hat.

»Würdest du ein Foto von uns machen, Cathérine?«

Er reicht ihr sein Handy, und sie nickt grinsend, wobei sie mir einen verschwörerischen Blick zuwirft. Vincent, der noch immer einen Arm um mich gelegt hat, sieht irgendwie stolz aus, als wäre er für diese Minute seiner Lebensuhr mit allem um sich herum zufrieden. Vor allem aber endlich mit sich selbst.

Er beugt sich zu mir, küsst meine Wange und lässt seine Lippen einen Moment lang an genau dieser Stelle ruhen. Kurz spiele ich mit dem Gedanken, meinen Kopf zu drehen und ihn zu küssen. Weil ich das schon den ganzen Abend tun will und nicht weiß, wie lange ich noch warten kann. Cathérine fängt uns mit dem Foto in dieser Pose ein und lächelt zufrieden.

»*Et voilà!* Das schönste Paar des Abends.«

Wir betrachten stumm das Foto auf Vincents Handy. Mir fällt das Gefühl ein, als ich aus dem Zug gestiegen bin. Die Hoffnung, das Kribbeln und die Begeisterung, die dann nur wenige Stunden später zu Staub zerfiel, als wäre Paris nur ein Mythos aus Büchern, das niemals so sein kann, wie man es sich erhofft hat. Mit jeder Sekunde, die ich an Vincents Seite verbracht habe, hat er unbemerkt diese Glückskörnchen wieder zusammengesucht und wiederbelebt. Drei Tage Herzmassage für ein Gefühl, das ich schon aufgegeben hatte. Jetzt weiß ich, dass es mit Vincent immer da sein wird. Egal in welcher Stadt.

»Mademoiselle Teichner! Ich muss gestehen, das hier ist der Beweis, dass du absolut und zu hundert Prozent verliebenswert bist!«

In meinem Kopf habe ich mir ausgemalt, wie es sein wird, wenn ich ihn küsse. Wenn ich den Mut habe und einfach auf das Gefühl höre, das mich drängt aufzuhören, vernünftig zu sein und das Risiko einzugehen. Ich küsse sanft seinen Mundwinkel, spüre, wie unsicher ich in diesen High Heels stehe – und gerade, als ich den Kopf das letzte Stück drehen will, spüre ich einen harten Schubser in meinem Rücken, der mich taumeln lässt und den Inhalt meines Glases über den Rand schwappen. Direkt auf Vincents Hemd.

»Verdammt!«

Aus dem Augenwinkel nehme ich ein elfengleiches Geschöpf wahr, das breit grinsend an mir vorbeigeht und das Wort *»belette«* in meine Richtung flüstert. Vincent legt sein Handy auf den Tresen neben sein Colaglas

»Oh nein! Entschuldige!«

Doch Vincent winkt nur lächelnd ab und nimmt die Stoffserviette, die Cathérine ihm reicht.

»Ach, kein Ding. Zum Glück hat es nicht meine Socken erwischt!«

Ein Augenzwinkern, das zugleich der Versuch ist, den Schaden in Grenzen zu halten, während mein Blick über seine Schulter zu Chloé wandert, die neben Stéphanie stehen bleibt und leise lachend mit ihr tuschelt. Cathérine, die die Szene ebenfalls beobachtet, wendet sich wieder an Vincent.

»Wenn du es mit kaltem Wasser auswäschst, bleibt kein Rand auf dem Stoff.«

»Muss ich dafür wieder durch unterirdische Gänge ohne Licht schleichen?«

Cathérine lacht leise, schüttelte schnell den Kopf und deutet hinter uns.

»Non. Es ist die Tür da links.«

»Merci. Ich bin gleich zurück.«

Kaum ist Vincent außer Hörweite, rückt Cathérine näher zu mir.

»Das war Chloé.«

»Ich weiß. Blöde Kuh!«

»Ich sage ja, sie ist nicht begeistert davon, dass du hier bist.«

»Dann hätte mich ihre Busenfreundin nicht einladen sollen.«

Dabei feuere ich einen wütenden Blick durch den Raum in Richtung Chloé, die nur grinst und mir mit ihrem Champagnerglas triumphierend zuprostet. Cathérine mustert die beiden nicht weniger angefressen.

»Seitdem Stéphanie mit ihr rumhängt, hat sie sich verändert. Alleine das, was sie über euch schreiben.«

Ertappt verstummt sie und beißt sich auf die Unterlippe, bevor sie wieder zu mir sieht.

»Cathérine, wovon redest du?«

»Du musst wissen, ich habe es immer gewusst, dass du nicht so bist.«

»Ich kann dir nicht folgen.«

»Na, die Gerüchte über dich. Über euch.«

Sie nickt in die Richtung, in der Vincent gerade verschwunden ist, als würde das alles erklären, doch ihre Geste wirft nur noch mehr Fragen auf. Diese Party hat sich in einen emotionalen Windkanal verwandelt, in dem ich nur noch mit viele Mühe mein Gleichgewicht halten kann. Verständnislos sehe ich sie an.

»Es gibt Gerüchte über uns?«

»Emma! Du darfst Stéphanie nicht erzählen, dass du das von mir weißt!«

Ihre Stimme klingt fast panisch. Dieses Gefühl überträgt sich auf mich, und es ist, als würden eiskalte Hände nach mir greifen und mich fest umklammert halten.

»Es gibt diese geheime Facebook-Gruppe … und da sprechen einige Schüler über solche … *Dinge.*«

»Welche *Dinge*?«

»Wie du dich mit anderen Jungs tröstest … Weil Alain dich nicht wollte und du hoffst, dass er eifersüchtig wird.«

Ich lache überraschend laut auf, weil doch niemand diesen Unsinn wirklich glauben kann, aber Cathérine sieht mich ernst an.

»Wie um alles in der Welt kommen die denn auf diesen Schwachsinn?«

»Das Bild bei Facebook von euch. Und dann haben wir dich und Vincent in der Buchhandlung gesehen, es sah aus, als ob ihr euch küssen wollt. Stéphanie hat sofort Chloé angerufen.«

»Das ist ein schlechter Witz, oder?«

Belette …

Das Wort aus der Unterhaltung der beiden Mädchen hallt wieder durch meinen Schädel, der sich plötzlich so schwer anfühlt und höllisch brummt.

»Sie sagen, du würdest das öfter machen.«

»So ein Schwachsinn!«

Ich will wieder lachen, doch diesmal bleibt mir dieser Impuls im Halse stecken, wo er sich zu einem großen Kloß zusammenzieht. Nun sucht Cathérine meinen

Blick, sucht nach der Wahrheit in meinen Augen. Langsam nickt sie, als hätte sie das schon immer gewusst.

»Als ich dich mit Vincent gesehen habe, wusste ich, dass du ihn wirklich gernhast und er nicht nur ein Lückenbüßer ist.«

»Natürlich habe ich ihn gern!«

Vincents Handy, das neben uns auf dem Tresen liegt, fängt an zu vibrieren. Der dazugehörige Klingelton wird zunehmend lauter und reißt mich aus meinen Gedanken. Schnell werfe ich einen kurzen Blick aufs Display, in dem Glauben, der Anrufer sei Vincents Vater. Immerhin hat er es schon einige Male versucht. Doch was ich sehe, verpasst mir eine zusätzliche kalte Dusche, auf die ich gerade echt gut verzichten könnte:

Saskia Handy

Das hier ist doch einer Albtraumfantasie entsprungen! Aber ich wache nicht auf, nur das Telefon wird lauter und die Blicke der anderen durchbohrender. Von Vincent ist noch immer nichts zu sehen. Also tue ich das, was ich gerade lassen sollte. Mein Herz schlägt dabei bis zum Hals, meine Hand zittert, doch ich tue es trotzdem.

»Hallo?«

Kurze Stille. Ich hege die Hoffnung, Saskia hätte wieder aufgelegt, doch dann höre ich ihre Stimme. Klar, gefasst und definitiv genervt.

»Ja! Hi, ist Vincent da?«

Die Stimme passt zum Bild auf seinem Handy, das ich gesehen habe. Es ist eine helle Mädchenstimme, die älter klingt, als sie eigentlich ist. Schnell schalte ich mein Sprachzentrum wieder ein.

»Ja. Also nein.«

Ich hasse es, dass sie mich so sehr verunsichert.

»Was denn jetzt!?«

»Ja, er ist da. Nein, nicht im Moment. Ich bin übrigens Emma.«

Keine Ahnung, wieso ich das sage. Aber irgendwie funktioniert mein Gehirn gerade nur noch im Notstrommodus – übrigens mein Herz scheint auch langsam, aber sicher den Geist aufzugeben. *Sie weiß nicht, wer ich bin, und wird es nie erfahren.*

»Kannst ihm ausrichten, dass sein Vater echt nervt?«

»Das weiß er schon. Danke.«

»Okay. Ist Vincent noch in Paris?«

»Ja.«

»In dieser Bruchbude von Dachgeschosswohnung?«

Es stört mich, dass sie so über Jean-Lucs Wohnung spricht, die so viel mehr ist als das, was sie darin sieht.

»In Montmartre, ja.«

»Okay, spitze! Dann richte ich das seinem Vater aus, der ist nämlich stinkewütend und sucht ihn wie blöde.«

»Nein! Warte! Ich glaube nicht, dass Vincent das will …«

»Hör mal, es ist mir egal, was Vincent will. Sein Vater ruft mich in meinem Urlaub an, und zwar ständig! Keine Ahnung, wieso Vincent ihm nicht gesagt hat, dass wir nicht mehr zusammen sind, aber hey – ich will meine Ruhe, okay?! Kannst du ihm das ausrichten?«

Mehr muss und will ich nicht hören, sondern lege einfach auf, lasse das Handy zurück auf den Tresen sinken und blinzele hektisch die neuen Tränen weg, die sich auf den Weg an die Oberfläche machen wollen.

»Ist alles okay?«

Cathérine sieht mich besorgt an, doch ich habe keine ehrliche Antwort auf die Frage, weil mein Leben gerade einen kompletten U-Turn an einer stark befahrenen Kreuzung hingelegt hat. Jetzt bin ich als emotionale Geisterfahrerin unterwegs.

Je suis venu te dire que je m'en vais

Ich komm, um dir zu sagen, dass ich geh

Entweder hat einer die Musik runtergedreht, oder jemand hat Wattepads in meine Ohren gestopft, denn alles, was Cathérine sagt, kommt sehr gedämpft und leicht verzerrt bei mir an. Gerade stürze ich im freien Fall zurück in mein altes Leben, weil die Seifenblase um mich herum geplatzt ist.

»Emma, du siehst blass aus. Willst du an die frische Luft?«

Ich nicke benommen und lasse mich von ihr durch den Raum zur Terrassentür geleiten, die in den kleinen Garten führt, in dem ein paar Jungs rumstehen und rauchen. Sie schenken uns keine weitere Beachtung, und die frische Luft, die ich mir erhofft habe, wird dank ihrer stinkenden Glimmstängel verpestet. Dennoch atme ich einmal tief ein und spüre die kalte Abendluft, die sich auf meine viel zu warme Haute legt.

Hinter uns wird die Tür geöffnet, und ich höre Schritte,

die ich sofort Vincent zuschreibe. Wenn man viel zu Fuß gemeinsam unterwegs ist, gewöhnt man sich eben auch daran.

»Ach, hier seid ihr! Ich dachte schon, ihr seid mit den sexy Franzosen da drinnen durchgebrannt.«

Er klingt unverändert gut gelaunt. Seine Stimme beruhigt mich, die Berührung seines Armes, als er neben mich tritt, fühlt sich noch immer vertraut an. Zum Glück gibt mir die Dunkelheit den Schutz, den mein Gesicht braucht, um nicht sofort meine Gefühlslage zu verraten. Vincent mustert mein Profil, denn ich starre noch immer in den Garten.

»Ziemlich frisch hier draußen. Willst du vielleicht meine Jacke?«

Charmant wie immer. Und ja, mir ist kalt, aber nicht wegen des Windes, der die kunterbunten Blätter von den Bäumen wehen will. Cathérine bemerkt meinen Blick. Sie schlingt die Arme um ihren Oberkörper, täuscht eine kleine Frostattacke vor und sieht uns dann entschuldigend an.

»Ich gehe wieder rein, mir ist es zu kalt. Bis gleich.«

Bevor Vincent etwas sagen kann, verschwindet sie und lässt uns mit den wenigen Rauchern alleine. Vincents Blick kann ich noch immer auf mir spüren, doch ich schaffe es einfach nicht, ihm ins Gesicht zu sehen.

»Okay, irgendwas ist passiert. Und ich hege den leisen Verdacht, ich habe was verpasst.«

»Dein Handy hat geklingelt. Und ich bin rangegangen.«

Er zieht scharf die Luft ein.

»Mein Vater?«

»Nein.«

Schließlich gebe ich auf und drehe meinen Kopf zu ihm.

»Saskia.«

Eine minimale Kopfbewegung folgt, die mir doch schon vertraut ist. Zu dumm nur, dass seine Haare ihm dank des Gels nicht den erwünschten Schutz verschaffen. Ein ganzer Film voller Emotionen zieht durch das Grün seiner Augen – und dann nimmt er den Arm von meiner Schulter.

»Wieso bist du an mein Handy gegangen?«

»Weil es geklingelt hat?«

»Na und? Es ist mein Handy!«

»Darum geht es jetzt aber nicht. Saskia lässt dir was ausrichten.«

Ich mach eine Pause, weil ich wissen will, ob Vincent erahnt, was sie gesagt hat, oder ob er den Ahnungslosen spielen wird. Seine Anspannung ist jetzt fast greifbar, es fällt ihm schwer, mir in die Augen zu sehen. Das trifft mich wohl am meisten.

»Du sollst deinen Vater anrufen.«

Vincent zieht die Augenbrauen zusammen, sieht aber nach wie vor ganz knapp an meinem Gesicht vorbei.

»Und dass du deinen Vater mal updaten solltest, was euren Beziehungsstatus angeht.«

Jetzt finden seine Augen doch kurz meine, aber nur für den Bruchteil eines Herzschlages.

»Du hättest nicht an mein Handy gehen sollen.«

Vermutlich hat er damit recht, aber ich finde dennoch,

ich habe irgendeine Erklärung verdient, wieso er das Beziehungsende verschwiegen hat.

»Mehr hast du also nicht zu sagen?«

»Doch. Das habe ich.«

Schon bevor er loslegt, kann ich das wütende Vibrieren in seiner Stimme hören. Als ich dann auch noch das Funkeln in seinen Augen sehe, weiß ich, dass ich endgültig im falschen Film angekommen bin.

»Geh nie wieder an mein Handy.«

Es ist viel mehr die Art und Weise, wie er es sagt, als was er sagt, die mich wie eine Ohrfeige trifft. So habe ich ihn noch nie reden hören, und ganz sicher nicht mit mir. Es ist eine neue Seite an ihm, die ich dem Jeans tragenden Vincent mit der wilden Frisur und der Lederjacke nicht zugetraut hatte. Wie er jetzt so vor mir steht, fast arrogant und abweisend, passt er perfekt auf diese Party und zu diesen Leuten. Es ist nur eben nicht mehr *mein* Vincent.

»Wie du willst.«

Keine Ahnung, wieso meine Stimme zittert und ich ein verräterisches Brennen in meinen Augen spüre. Vincent macht einen Schritt auf mich zu. Kurz hoffe ich, er wird sich entschuldigen, mich in den Arm nehmen und nicht mehr loslassen.

»Du weißt nicht, was in meinem echten Leben passiert und wieso manche Dinge so sind, wie sie eben sind! Es geht dich nichts an, v-verstanden?«

Das ist der Vincent aus dem Souvenirladen, der so verletzt ist, dass er verbal wild um sich schlägt und alles trifft, was sich bewegt.

»Entschuldige, wenn ich überrascht bin, weil nicht mal dein eigener Vater weiß, dass ihr seit acht Wochen, sechs Tagen, vier Stunden, drei Minuten und neun Sekunden kein Paar mehr seid. Aber ich scheine ja nichts über dein *echtes* Leben zu wissen!«

»In meinem echten Leben würde es dir nicht gefallen, okay? W-weißt du, wie es sich anfühlt, w-wenn das, was m-mein eigener V-v-vater an mir am meisten mag, meine F-freundin ist?«

Man geht immer davon aus, wenn man weder Blut noch Verletzung sehen kann, dass dann auch kein Schmerz vorhanden ist. Vincent ist der lebende Gegenbeweis.

»S-s-saskia war gut genug für ihn, sie hat seine hohen A-ansprüche erfüllt. Ich tue es nicht. Was glaubst du, w-wie er mich ansieht, w-w-wenn er erfährt, dass sie mich f-für eine theoretische, sp-panische Version von Alain v-verlassen hat?«

Ich hasse es, wenn er stottert. Nicht, weil er es tut, sondern weil er es immer dann tut, wenn er in einen Boxring mit seinen inneren Dämonen steigt.

»Wieso hast du mir das denn nicht viel früher gesagt?«

»W-weil es dich nichts angeht, v-v-verdammt! Weil *du* nicht gut genug f-für ihn w-wärst!«

Seine Worte, die er mir ins Gesicht schreit und meine Wangen aufflammen lassen, bringen mein galoppierendes Herz ins Stolpern.

»Weißt du, ich hatte angenommen, ich müsste nur gut genug für dich sein. Aber das reicht wohl nicht!«

»Wieso musstest du dich nur einmischen!?«

Weil du mir wichtig bist!

Weil ich mich in dich verliebt habe!

Weil ich nicht zusehen kann, wie jemand dir das Gefühl gibt, nicht gut genug zu sein!

»Das solltest du mal deinen Vater fragen, Vincent!«

Damit lasse ich ihn stehen und will nur noch eines: nach Hause.

Doch so weit komme ich leider nicht, denn gerade als ich meine Tasche vom Tresen hole und in Richtung Tür stolpere, kreuzt Stéphanie mit Chloé im Schlepptau meinen Weg und lächelt mich gespielt höflich an. Dabei kann sie meine Tränen sehen, doch das scheint sie herzlich wenig zu interessieren.

Als Chloé mich sieht, lächelt sie ebenfalls süffisant. Sie mustert mich dabei genau und ich muss bei ihrem Anblick unwillkürlich an die böse Herzkönigin aus *Alice im Wunderland* denken. Gleich wird sie den Befehl erteilen, man solle mir den Kopf abschlagen, wetten?

»Sieh an, sieh an. Stéphanie, ich wusste nicht, dass du auch solche Leute eingeladen hast.«

Eine schlechte Schauspielerin ist sie auch noch! Sie weiß doch, dass ich hier bin, schließlich hat sie mich vorhin geschubst! Stéphanie, die sich mit einem Blick in die Runde noch mal davon überzeugt, dass auch alle zuhören, sagt: »Keine Sorge, Chloé. Das Flittchen wollte gerade gehen.«

Es sind gemeine Worte, die wehtun, weil sie eine dreckige Lüge sind. Weil ich jetzt für die Rolle des Bösewichts in der Geschichte gecastet bin und keiner sich fragt, wie *ich* mich dabei gefühlt habe. Es macht keinen Unterschied, wenn ich ihnen meine Sicht der Dinge erzähle, denn sie haben sich in ihrer geheimen Facebook-

Gruppe schon längst eine Meinung über mich gebildet. Ohne mich wirklich zu kennen. Chloé wirft mir einen abschätzigen Blick zu und bricht dann in höhnisches Gelächter aus. Diesmal lachen die anderen mit, obwohl niemand so recht weiß, über welchen Witz sie sich amüsieren sollen.

»Aber Mädels, das ist doch kein Flittchen! Alain hat mir erzählt, dass sie sogar noch Jungfrau ist!«

Jetzt wird das Gelächter noch lauter. Ich spüre, wie das gefühlte Eis unter meinen Füßen nachgibt und ich einbreche. Sofort verschluckt mich das eiskalte Wasser und das Lachen um mich herum hört endlich auf. Stattdessen sehe ich diese Szene jetzt vor mir, als hätte jemand den Ton dieses Horrorvideos ausgeschaltet. Es gelingt mir beim besten Willen nicht, die Tränen weiter zurückzukämpfen. Mir schießen Worte in Lichtgeschwindigkeit durch den Kopf, die ich sagen will, die aber zu schnell vorbeisausen, als dass ich sie festhalten und aussprechen kann. Ich möchte ihnen allen sagen, wie sehr es geschmerzt hat, als ich herausgefunden habe, dass ausgerechnet der Junge, den ich viel zu nah an mein Herz gelassen habe, mich von Anfang an nur belogen hat. Wie weh es tut, wenn sich die Worte, die das Herz zum Fliegen gebracht haben, nur als leere Lügen entpuppt haben, und wie sehr ich hoffe, dass sie sich niemals so fühlen müssen: alleine zu sein in einer fremden Stadt mit demoliertem Herzen.

»Wie niedlich! Eine Jungfrau!«

Als müsste ich mich dafür schämen oder als wäre ich die Einzige hier, sehen mich die Mädchen mitleidig an.

»Sie hat wohl gehofft, dass Alain ihr Erster ist!«

Chloé kommt auf mich zu und bleibt so knapp vor mir stehen, dass ich ihr teures Parfüm riechen kann. Wenn ihr Blick eines klarmacht, dann ist es das: Sie hält mich für nicht gut genug, um in ihrem Dunstkreis zu sein. Ihr Grinsen gleicht dem eines Krokodils, wenn es seine nächste Beute entdeckt hat.

Aber das hier ist *meine* Chance, ihnen zu sagen, was ich von der ganzen Sache halte, und noch mal lasse ich mir das sicher nicht durch die Lappen gehen. Diese Geschichte bekommt endlich ihr Ende, und zwar eines, das *ich* geschrieben habe.

»Dein Freund ist ein Arschloch! Er hat nicht nur mich belogen, sondern vor allem dich betrogen. Das weißt du ganz genau. Ich wünsche dir und Alain ein langes Glück, denn ihr habt einander verdient!«

Diesmal zögert sie, bevor sie ihre Antwort in meine Richtung spuckt, weil sie nicht weiß, ob es ein Kompliment oder eine Beleidigung sein soll.

»Nur kein Neid, Emma! Du kriegst niemals einen Typen wie Alain ab.«

»Als ob ich das will! Vincent hat mir gezeigt, wie es sich wirklich anfühlt, wenn man glücklich ist. Wenn man sich nicht verstellen muss und man einfach so sein kann, wie man ist.«

Damit nehme ich die Perücke vom Kopf und spüre, wie meine langen, roten Haare mir um die Schultern fallen. Das ist schon viel besser, denn das bin schon viel mehr – ich!

»Bei ihm muss ich mich nicht verkleiden. Wie schade, dass du nie wissen wirst, wie gut sich das anfühlt.«

Obwohl ich lächele, läuft eine Träne über meine Wange, weil er jetzt nicht hier ist. Weil er nicht hören kann, wie stolz ich auf ihn bin. Weil er sich immer treu geblieben ist, selbst jetzt, da ich wütend auf ihn und seine verletzenden Worte bin.

Ich drehe mich um und will nur noch weg von dieser Albtraumparty und pralle dabei gegen einen Körper, hoffe, dass es der Mensch ist, den ich mir so sehr wünsche. Zwei Hände legen sich um meine Hüfte und geben mir Halt.

»Emma! Nicht so stürmisch. So kenne ich dich ja gar nicht.«

Alain! Na bravo, der hat mir gerade noch gefehlt! Er riecht zwar noch immer wie im Sommer, aber jetzt wirkt sein Aftershave zu herb und zu wenig echt. Sofort muss ich an den Duft von Lavendel denken. Seine harten blauen Augen mustern mein Gesicht amüsiert.

»Lass mich bitte los!«

Ein Lächeln schleicht sich auf seine Lippen und er hält mich noch immer viel zu fest.

»Das klingt schon viel mehr nach der Emma, die ich kenne.«

Wenn Beziehungen – oder »Affären« – *so* auseinanderbrechen, dann bleibt da nichts mehr übrig von dem, was einmal schön war. Dann benutzt man das Wissen über den anderen, um ihm wehzutun. Alain hat alles weitererzählt, was ich ihm anvertraut habe. Nun beugt er sich zu mir und flüstert, damit nur ich es hören kann: »Du hast mit mir echt was verpasst. Ich hätte dir gezeigt, wie es geht.«

Wütend stoße ich ihn vor die Brust und will zu einer verdienten Ohrfeige ausholen, doch er hält mein Handgelenk fest und lächelt überheblich.

»Lass sie los!«

Plötzlich kommen Schritte hinter mir näher. Alain gibt meine Hand sofort frei und versucht dabei, seine Coolness zu bewahren. Vincent schiebt sich vor mich wie eine Art Schutzmauer. Ich kann sehen, wie angespannt seine Kiefermuskeln sind, als er zu Alain sieht, der zwar mindestens einen halben Kopf kleiner ist, sich aber so benimmt, als würde ihm die ganze Welt zu Füßen liegen.

»Bist du ihr Neuer?«

Alains Deutsch ist leider gut genug, um die Auseinandersetzung mit Vincent zu führen.

»Ich bin Vincent. Bist du das Arschloch?«

Der charmante Vincent ist offenbar irgendwo auf dieser Party verloren gegangen. Kurz hadert er mit sich und will Alain noch etwas sagen, bleibt stattdessen aber stumm und sieht wieder zu mir. Sein sonst sanfter Blick ist noch immer wütend.

»Lass uns hier verschwinden!«

Seine Stimme klingt gepresst, weil er sich zusammenreißt, um nicht laut zu werden. Ich nicke unsicher, als er mich durchs Wohnzimmer führt, wohin Alain uns folgt.

»Ich hoffe, du hast mehr Glück als ich. Vielleicht lässt sie wenigstens dich ran!«

Vincent sieht zu mir, erkennt die Tränen, die über meine Wangen rollen, und bleibt wie angewurzelt stehen. Sein Blick ist ganz kurz zärtlich, bevor er sich verändert und wieder düster wird.

Seine Schultern straffen sich, während er sich völlig ruhig zu Alain umdreht.

»Dafür entschuldigst du dich jetzt bei Emma.«

»Ich tue – *was!?*«

Alain tut ganz cool, doch ich kann sehen, wie sein Blick etwas unsicherer wird.

Vincent lässt meine Hand los und geht einen weiteren Schritt auf Alain zu.

»Du entschuldigst dich jetzt bei Emma. Dafür, dass du sie belogen und betrogen hast. Dafür, dass du versuchst, sie vor deinen schicken Freunden hier zu blamieren. Dafür, dass du ein Vollidiot bist!«

Direkt vor Alain bleibt er stehen. Vincent nutzt seine Körpergröße voll aus und beugt sich etwas runter.

»Und vor allem dafür, dass du ihr wehgetan hast!«

Alain lacht auf, aber es ist unüberhörbar, dass er nicht mehr ganz so entspannt und cool ist. Vincent schüchtert ihn durch seine Ruhe ein. Außer der Musik, die im Hintergrund läuft und alle zum Tanzen motivieren soll, ist nichts mehr zu hören.

»Ich entschuldige mich für gar nichts!«

»Solltest du aber …«

»Wieso? Sie ist doch nur eine …«

Ich werde nie erfahren, wie der Satz endet, denn weiter kommt Alain nicht. Vincents Faust trifft ihn überraschend im Gesicht, Alain geht zu Boden und krümmt sich.

»Meine Nase!«

Sofort sind zwei seiner Freunde bei ihm und helfen ihm zurück auf die Beine. Ich kann etwas Blut auf seinem schicken weißen Anzug sehen.

Vincents Blick fixiert Alain, der vor Wut fast überkocht.

»Du kannst nicht sehen, dass Emma dir in allem überlegen ist. Sie ist hübsch, clever, witzig und außergewöhnlich. Du hast ihr wehgetan. Wenn du denkst, ich stehe nur hier rum und sehe dabei zu, dann hast du dich geirrt.«

»Sie ist eine ...«

Diesmal unterbricht Vincent ihn, indem er Alain heftig vor die Brust schubst, der zwei Schritte zurücktorkelt, wo ihn wieder seine Freunde auffangen. Diese Blamage kann er natürlich nicht auf sich sitzen lassen und kommt nun wie ein wilder Stier auf Vincent zugestürmt. Ein unkoordinierter Schwinger soll in Vincents Gesicht landen, trifft ihn aber nur halb an der Schläfe. Fast fürchte ich, dass eine Schlägerei ausbricht, aber die Mädchen wissen das zu verhindern. Meine Hand umklammert Vincents und ich ziehe ihn sanft von den grimmig schauenden Jungs weg. In der Menge taucht Cathérine vor mir auf und greift nach meinem Arm.

»Los, hier entlang!«

Unser Rückzug passiert schnell, bevor es doch noch eskalieren kann. Cathérine schiebt uns in Richtung Seitentür, weg von dem ganzen Chaos, in dem es gar nicht mehr so recht um uns zu gehen scheint. Sie öffnet eine Tür, die durch einen Boteneingang direkt ins Freie der Seitengasse führt. Sofort legt sich die frische Abendluft wieder kühlend auf meine glühende Haut, als wir nach draußen treten.

»Geht durch das Gartentor! Dahinten seid ihr dann schneller an der Straße.«

Cathérine sieht mich entschuldigend an, als würde sie das alles wirklich bedauern.

»Es tut mir so leid, Emma.«

Bevor ich antworten kann, zieht sie mich in eine Umarmung.

»Halte Vincent fest, ja?«

Damit lässt sie mich los. Dankbar lächele ich sie an, als sie wieder nach drinnen verschwindet. Wir sind alleine und sehen uns an. Vincent atmet viel zu schwer, mein Herz rast. Dann greift er nach meiner Hand und zieht mich stumm mit sich.

La vie en rose

Eine Welt, in der Rosen blühen

Vincent geht sehr schnell, als müsse er dringend so viel Abstand wie möglich zwischen sich und diese Party bringen. Nur leider kann ich in diesen Schuhen kaum mithalten und bin gezwungen, seine Hand loszulassen, was ihn nicht vom Weitergehen abhält. Ich bleibe schließlich stehen, nur um zu sehen, ob er es bemerkt. Er tut es zwar, aber ganz offensichtlich spielt das für ihn keine Rolle. Im Schein der Straßenlaternen entfernt er sich immer weiter von mir und macht damit diesen Abend endgültig zu einer Katastrophe historischen Ausmaßes. Enttäuscht ziehe ich die Schuhe aus und spüre den nasskalten Asphalt unter meinen nackten Füßen. Selten habe ich mich so verloren und verwirrt gefühlt. Die ganze Kraft und Energie ist aus meinem Körper gewichen. Meine Haut scheint noch immer zu brennen, nur die Tränen, die über meine Wange laufen, lassen endlich nach. Irgendwo weit weg von mir bleibt Vincent schließlich stehen, dreht sich langsam wieder in meine Richtung, hält aber sicheren Abstand.

»Können wir bitte einfach nach Hause gehen?«

Ein Glück, dass er mir das zuruft, sonst wäre die Frage sicherlich kaum durch das Rauschen meiner Gedanken gedrungen. Seine Stimme vibriert. So gerne ich antworten möchte, ich kann es nicht. Alle Worte sind aus meinem Kopf verschwunden. Ich fühle mich unendlich leer, obwohl ich doch so viel zu sagen habe. In der Dunkelheit dieser Seitenstraße, die nur spärlich von den Straßenlaternen beleuchtet wird, kann ich seine Augen aus der Entfernung nicht finden, sie bleiben im Schatten, so wie sein ganzes Gesicht. Nur dass seine Hände noch immer zu Fäusten geballt sind, kann ich überdeutlich erkennen.

»Emma, ich will nach Hause!«

Er ist ohne Zweifel noch immer wütend, nur weiß ich nicht so genau, auf wen eigentlich. Auf mich? Auf Saskia? Auf seinen Vater – oder auf sich selbst? Ich fühle mich zu müde, um einen weiteren Streit mit ihm auszufechten.

»Dann geh doch!«

Wie gerne würde ich meine Stimme cool klingen lassen, doch sie zittert bei jedem Wort. Nur mit Mühe kriege ich die Worte über die Lippen, denn es ist überhaupt nicht das, was ich sagen will. Vincent macht einen Schritt auf mich zu, tritt in den Lichtkegel der Laterne, und ich sehe das wütende Funkeln in seinen Augen. Kann er nicht einfach zu mir kommen und mich umarmen? Stattdessen kämpft er mit seiner Fliege, die ihm ganz offensichtlich die Luft abschnürt.

»Wieso hast du das getan, Vincent?«

Noch immer fummelt er hektisch an seiner Fliege rum, als würde er gleich ersticken, wobei ich sehen kann, dass seine Hände zittern – vor lauter Adrenalin nehme ich an.

»Weil er es verdient hat.«

»Du hast ihm die Nase gebrochen.«

»Wohl kaum. Auch wenn das nur gerecht wäre.«

Müde schüttele ich den Kopf, weil dieser Abend noch immer keinen Sinn macht.

»Das hättest du nicht tun dürfen.«

»Oh! Hätte ich nicht? Hast du Angst, dass sein umwerfendes Aussehen nachhaltig ruiniert ist? Ich wette, Mama und Papa zahlen den besten Schönheitschirurgen von ganz Frankreich, um ihn wieder so verdammt perfekt hinzukriegen!«

Er steigert sich immer weiter in seine Wut, die sich jetzt gegen seinen Idealzwilling richtet.

»Ich wette, einer wie Alain ist für seinen Vater nicht unsichtbar.«

Jetzt mache ich einige Schritte auf Vincent zu, bis ich in seiner Nähe stehen bleibe. So nahe, dass ich zumindest die Tränen in seinen Augen erkennen kann.

»Aber ich kann dich sehen. Auch wenn ich nicht mehr zähle.«

Er schüttelt den Kopf. Die Wut aus seiner Stimme ist verschwunden und er kommt noch einen Schritt auf mich zu. Jetzt kann ich auch die leichte rötliche Färbung an seinem Auge erkennen, wo Alain ihn doch heftiger erwischt hat als angenommen.

»Emma ... Du zählst. Immer.«

»Nicht, wenn es um deinen Vater geht.«

»Aber wenn es um mich geht. Es tut mir leid, was ich gesagt habe, ich war wütend, weil ich so viel Abstand zwischen uns und mein Zuhause bringen wollte. Und jetzt sind sie doch irgendwie hier. Du bist zu gut für meinen Vater, es tut mir ehrlich leid …«

Bevor er weitersprechen kann, bringe ich ihn mit einem entschlossenen Kopfschütteln zum Schweigen. Vincent hat unser Versprechen gebrochen. Jeden Tag ein bisschen mehr und heute Abend völlig.

»Du hättest das vorher nicht tun dürfen, Vincent.«

»Alain hat schlecht über dich gesprochen! Was hätte ich denn sonst tun sollen? Rumstehen und zusehen?«

»Gar nichts hättest du tun sollen. Einfach gar nichts.«

»Ich werde mich nicht dafür entschuldigen.«

»Das solltest du aber.«

»Alain hat es verdient, verdammt noch mal!«

»Aber du hast es versprochen!«

Er sieht mich vollkommen irritiert an und schüttelt den Kopf, weil er offensichtlich nicht die leiseste Ahnung hat, wovon ich spreche.

»Wovon redest du?«

»Du hast versprochen, nicht der Held in dieser Geschichte zu werden.«

Bis jetzt habe ich mich selbst überzeugen wollen, dass ich ihn am Ende dieser Ferien loslassen könnte, dass wir nur sehr gute Freunde sind und ich bloß ein bisschen Herzklopfen bekommen würde, wenn er mich anlächelt. Doch nach dem, was er für mich da drinnen getan hat, zerfallen diese Lügen zu Staub. Ich sehe ihn direkt an und zucke die Schultern.

»Jetzt bist du mein Held. Und du weißt, was mit Helden passiert.«

Vincent kommt weiter auf mich zu, bis er direkt vor

mir stehen bleibt und nach den Schuhen in meiner Hand greift. Dabei streift er meine Haut und lächelt sanft. Sein Blick fühlt sich wie eine warme Umarmung an und am liebsten würde ich für immer hier stehen bleiben. Damit er meine Tränen nicht sehen kann, will ich mich wegdrehen, doch er legt seine Hand an meine Wange und zwingt mich so, ihn wieder anzuschauen.

»Was passiert denn mit den Helden?«

Er steht so dicht vor mir, dass ich seine Worte auf meinen Lippen spüren kann.

»Man verliebt sich in sie.«

Da stehen wir nun. Irgendwo in Paris. Er im Anzug, ich ohne Schuhe. Und wir sehen uns einfach nur an. Endlich fällt die ganze Anspannung dieser blöden Party langsam, aber sicher mehr und mehr von mir ab. Keine Ahnung, ob der Sekundenzeiger irgendeiner Uhr sich überhaupt noch bewegt. Ehrlich gesagt, es ist mir auch ziemlich egal. Alles, was ich noch wahrnehme, ist sein Blick auf mir, der mich aufmerksam beobachtet. Jetzt weiß ich, wenn ich wieder zurück nach Hause muss, dann wird nichts mehr so sein wie vorher. Diesmal halte ich seinem Blick stand und genieße dabei jede Sekunde. Nein, diesmal ist es Vincent, der als Erster wegsieht. Aber nur kurz, dann lege ich meine Hand an seine Wange und habe seinen Blick wieder.

Die schönsten Dinge im Leben passieren dann, wenn man es nicht mehr - oder gerade nicht - erwartet, weil man aufgehört hat, an Wunder zu glauben. Wenn ich an Jean-Lucs Worte über Clara nach all den gemeinsamen Jahren denke, dann wächst in mir der Wunsch, auch eine solche Liebesgeschichte erleben zu dürfen, egal wie kurz sie auch sein mag. Einmal im Leben sollte man sich Hals über Kopf verlieben, weil es für keinen von uns eine Ewigkeit gibt. Und es gibt kein perfektes Timing für diese Momente im Leben, die wir auf ewig festhalten wollen. Deswegen höre ich jetzt auf mein Herz, das mir seit zwei Tagen Klopfzeichen gibt. Ich stelle mich auf die Zehenspitzen, streife seine Lippen kurz mit meinen und spüre, dass er lächelt.

Sei mutig, Emma! Angst ist wichtig. Hab Angst vor dem offenen Meer. Vor dunklen Gassen. Vor großen Hunden. Aber niemals – ich betone – niemals vor der Liebe …

Sei mutig!

Ich lege meine Arme um seinen Nacken und dann küsse ich ihn zögernd und schüchtern, bevor ich vor meiner eigenen Courage zurückschrecke und ihn ansehe. Es ist nicht gerade ein Kuss, der in die Geschichte eingehen wird, das ist mir schon klar. Spätestens jetzt wird er wissen, dass das ganze Gerede auf der Party nur billige Lügen waren. Meine Stimme klingt belegt, als ich endlich etwas sage: »Das wollte ich schon den ganzen Abend machen.«

Es ist die reine Wahrheit. Als ich ihn bei Jean-Luc im Flur gesehen habe, wollte ich ihn küssen, schon weil er diesen ganzen Unsinn, das Kostüm, die Frisur und alles nur für mich mitgemacht hat.

»Weißt du, wie lange ich *dich* schon küssen will?«

Irgendwo in der Ferne hupt ein Auto. Das bietet zwar nicht gerade den Soundtrack, der zu dieser Szene passt, aber Vincents flüsternde Stimme klingt dennoch wie Musik in meinen Ohren.

»Hm?«

»Zwei Tage, acht Stunden, vier Minuten und neun Sekunden …«

Er beugt sich etwas zu mir runter, seine Augen leuchten so aufgeregt. Ich weiß, was er hören will.

»… zehn …«

Das Klopfen seines Herzens ist so laut zu hören, es pocht im gleichen Rhythmus wie meines, das am liebsten aus meiner Brust ausbrechen will.

»… elf …«

Damit finden seine Lippen meine. Er küsst mich mit einer Selbstverständlichkeit, als wäre das nicht irgendein Kuss, sondern einer dieser Küsse, die die ganze Welt anhalten, die Musik verstummen lassen und Herzen heilen können. Ich wünsche mir nichts mehr, als diesen Augenblick für immer zu umarmen, damit die Erinnerung an unseren ersten Kuss nie verblassen kann. Es gibt immer diesen *einen* Kuss, den man nicht vergisst. Auf jeden Fall ist es dieser hier, über den ich eines Tages schreiben will, weil ich nicht weiß, wie viel Zeit vergangen ist, als wir uns wieder voneinander lösen. Aber ich weiß ganz sicher, dass es mein erster Kuss ist, bei dem ich den Boden nicht mehr unter meinen Füßen spüre – dafür aber seine Hand, die an meiner Wange liegt und mir Sicherheit schenkt. Ich erwidere den Kuss, der nach Pfefferminz, Abenteuer und ein kleines bisschen auch nach der Ewigkeit schmeckt, die vielleicht ja doch irgendwo auf uns wartet. Sicher ist nur, dass Vincent mir hier eine Erinnerung beschert, die mein Herz auch in zehn Jahren noch so aufgeregt klopfen lassen wird wie just in diesem Moment.

Als wir uns lösen, habe ich das Gefühl, wir funkeln in der Nacht wie Wunderkerzen. Vorsichtig berühre ich seine Schläfe, was keine so gute Idee ist, denn er zuckt kurz.

»Autsch ...«

»Das sollten wir behandeln.«

»Ist nur ein Kratzer.«

Seine Lippen zeigen ein stolzes Lächeln.

»Du solltest mal den anderen sehen!«

Jetzt muss ich auch lächeln und wische mir die Tränenspuren, die mein Mascara hinterlassen hat, weg, aber vermutlich macht das alles nur noch schlimmer.

»Ich sehe schrecklich aus, nicht wahr?«

Doch Vincent schüttelt den Kopf, streicht mir eine Haarsträhne aus dem Gesicht und lässt seinen Handrücken an meiner Wange ruhen.

»Du siehst wunderschön aus.«

Wieder fallen mir Jean-Lucs Worte ein: *Sag ihr immer, wie hübsch sie ist. Vor allem, wenn sie es mal nicht ist.*

Ich lehne meine Stirn an seine Brust und atme seinen Duft tief ein. Vincent zieht sein Jackett aus und legt es mir um die Schultern. Es sind diese Gesten, mit denen er sich in mein Herz geschlichen hat. Jeden Tag ein bisschen mehr. Zuerst habe ich es nicht bemerkt, weil ich nicht darauf geachtet habe. Doch wenn man sich in der Nähe eines Menschen so wohlfühlt, wenn man eine Umarmung sein Zuhause nennen will und man einen Geruch schon vermisst, bevor er überhaupt weg ist, dann sind das – und ein viel zu schnell schlagendes Herz! – sehr eindeutige Indizien für: Verliebtheit.

»Komm, verschwinden wir von hier.«

Éblouie par la nuit

Hingerissen von der Nacht

Da wir nun etwas planlos mitten in Paris stehen, aber den Abend in diesen schicken Klamotten noch nicht für beendet erklären wollen, ruft Vincent bei Jean-Luc an und bittet ihn um eine Empfehlung für eine passende Location in Paris. Nachdem wir ihm kurz erklären, dass die Party ein totaler Reinfall inklusive Drama war, ist Jean-Luc heilfroh, dass wir trotzdem alles gut überstanden haben. Er empfiehlt uns ein Restaurant. Es liegt im Quartier Montparnasse: das weltberühmte *La Closerie des Lilas*, in dem Hemingway einige Kurzgeschichten geschrieben hat. Es habe noch den Charme und das Flair vergangener Tage und wir dürften in unseren Outfits bestens dorthin passen.

So finden wir uns also in diesem Restaurant wieder, das es schon zu der Zeit gab, als Frauen Fransenkleider und Männer Smokings mit Fliege getragen haben. Zwischen all den gut gekleideten Gästen fallen wir zwei an der Bar gar nicht so sehr auf. Weil der jungen Frau am Empfang unsere Aufmachung so gut gefällt, führt sie uns an einen

Tisch für zwei und lässt uns auf Kosten des Hauses erst mal eine Vorspeise und Getränke bringen. Wir würden, so ihre Worte, den Stil von damals wieder erwecken. Dann bringt uns ein großer Kellner mit Spitzbart einen kleinen Beutel voller Eis für Vincents Wange, die sich schön weiter rot-blau färbt. Auf die Frage, wie er sich das Veilchen eingefangen hat, antwortet Vincent ehrlich.

»Für die Ehre einer Frau.«

Das trägt uns nicht nur Anerkennung, sondern auch einen weiteren Gang auf Kosten des Hauses ein. Wir sitzen in den roten Sesseln an einem runden Tischchen, essen grünen Spargel mit Wachteleiern, Speck und Parmesan und fühlen uns wie Gott in Frankreich. In meinem Kopf spielt sich unser Kuss noch immer in einer Endlosschleife ab, was das verliebte Lächeln auf meinem Gesicht erklärt.

»Den ganzen Abend habe ich mir vorgestellt, wir könnten zusammen irgendwo essen oder spazieren gehen, statt auf dieser dämlichen Party zu sein.«

Vincent hält den Eisbeutel an sein Auge und grinst mich zufrieden an.

»Ich würde das hier mit dir für nichts auf der Welt tauschen.«

Bevor ich etwas erwidern kann, wird uns die Hauptspeise gebracht: Jakobsmuscheln auf Erbsenpüree mit einer kleinen Schinkenhaube. Nur in Paris findet man Gerichte, die aussehen, als hätte ein Architekt sie auf den Teller drapiert. Diese Speise muss sich weder vor dem Triumphbogen noch dem Eiffelturm verstecken. Vincent greift nach der Serviette und breitet sie auf seinem

Schoß aus. Dann betrachtet er fast ehrfürchtig das Essen. Schließlich traut er sich vor mir, spießt eine der Muscheln auf und probiert. Sofort leuchten seine Augen, er nickt begeistert und fordert mich auf, ebenfalls zuzuschlagen. Was ich auch tue, und kauend genieße. Vincent schluckt, bevor er weiterspricht.

»Von diesen Häppchen auf der Party wäre doch kein Mensch satt geworden.«

»Du benutzt die Serviette?«

Vincent nickt, als wäre es das Selbstverständlichste der Welt. Was es ja genau genommen auch sein sollte – aber eben nicht bei Vincent, der sich bisher die Hände immer an der Jeans abgewischt hat.

»Und du schluckst, bevor du sprichst?«

»Überrascht?«

»Sind das deine Tischmanieren, die als verschollen galten?«

Er schüttelt den Kopf und lehnt sich weiter über den Tisch zu mir.

»Die waren immer da. Jetzt muss ich aber nicht mehr so tun, als ob ich nicht dein Held sein will.«

Betont auffällig tupft er sich mit der Serviette die Lippen und grinst dabei so schief wie am ersten Tag. Dieser Abend, der wie ein Albtraum begonnen hat, entwickelt sich immer mehr zu einer real gewordenen Version meiner Tagträume.

»Du siehst also, ich beherrsche die Kunst der Tischmanieren zur Perfektion.«

Sein Handy gibt einen kurzen Piepton von sich und weckt die Erinnerung an unseren Streit auf der Party. Vincent bemerkt die Veränderung in meinem Gesicht und schaltet sein Handy auf lautlos.

»Entschuldige.«

Ich sollte mir auf die Zunge oder auf eine Jakobsmuschel beißen, doch die Frage muss raus.

»War das wieder Saskia?«

Langsam lässt er die Gabel sinken und starrt auf den Teller vor sich, in der Hoffnung, dort eine Ausrede auf meine Frage zu finden.

»Nein. Das war mein Vater.«

»Du kannst dich nicht für immer vor ihm verstecken.«

»Ich weiß. Leider.«

»Warum ist es dir so wichtig, was er von dir denkt?«

Vincent atmet schwer aus, legt die Gabel zur Seite und lehnt sich in den sesselähnlichen Stuhl zurück. In diesem Aufzug sieht er so viel älter und reifer aus, und dennoch verbirgt sich hinter seine Augen ein kleiner Junge, der nichts weiter will als die Aufmerksamkeit seines Vaters.

»Nach der Scheidung meiner Eltern ist meine kleine Schwester bei meiner Mutter geblieben, und ich habe mich entschieden, zu meinem Vater zu ziehen. Wir beide hatten nie so eine besonders liebevolle Beziehung. Ich glaube, ich bin zu schräg für ihn. Nicht fokussiert genug, wie er es ausdrücken würde, und ganz sicher habe ich die falschen Interessen. Außerdem scheint mir das entscheidende Siegergen zu fehlen.«

»Was ich nicht verstehe ... Warum wolltest du dann bei ihm und nicht bei deiner Mutter bleiben?«

Statt zu antworten, sieht er mich einfach nur an. Jetzt sehe ich den kleinen Jungen in ihm sehr deutlich. Unschlüssig zuckt er die Schultern und spricht mit belegter Stimme schnell weiter, bevor ihn die Emotionen umreißen.

»Ich dachte, wenn ich zu ihm ziehe, ist er nicht so alleine. Weißt du? Wenn wir alle zu Mama gegangen wären, dann hätte er doch geglaubt, wir haben ihn nicht lieb oder so. Das wollte ich nicht.«

Unauffällig wischt er sich mit dem Handrücken über die Augen, doch es ist zu spät, mir sind seine Tränen schon längst aufgefallen. Vincent macht sich Gedanken um all die Menschen um ihn herum. Deshalb ist er so außergewöhnlich.

»Zu dumm nur, dass ich wohl einfach nur eine große Enttäuschung bin.«

»Unsinn, er ruft doch ständig an, weil er sich Sorgen macht.«

»Oder weil er Angst hat, dass ich sein ganzes Geld ausgebe.«

Wieder versucht Vincent eine Tatsache, die ihm wehtut, mit einem Witz zu überspielen.

»Dann habe ich Saskia kennengelernt. Papa fand sie toll, weil sie gut aussieht und Top-Noten hat. Sie will in Berlin Wirtschaftswissenschaften studieren. Papa sagte, sie wäre ein tolles Mädchen, weil sie ihr Leben jetzt schon im Griff hat.«

Sein Blick folgt der tanzenden Flamme der Kerze vor uns auf dem Tisch.

»Zum ersten Mal seit langer Zeit war er stolz auf mich, weil ich so ein Mädchen zur Freundin hatte. Wenn er erfährt, dass wir nicht mehr zusammen sind, bin ich wieder nur der Niemand mit den bunten Socken.«

Es sind oft die Menschen, von denen man es nicht vermutet, die in ihrem Inneren am zerrissensten sind. Vincent hat Saskia schon längst losgelassen, aber für seinen Vater hat er diese Lüge aufrechterhalten. Was Kinder nicht alles für die Liebe ihrer Eltern tun!

»Als Mama und Papa noch zusammen waren, ging es viel besser mit uns allen. Ich verstehe einfach nicht, wieso sie sich nicht mehr angestrengt haben. Ich meine, sie haben sich doch irgendwann mal geliebt, sonst hätten sie nicht geheiratet. Jean-Luc und Clara haben ein ganzes Leben zusammen ausgehalten. Warum haben es meine Eltern nicht geschafft?«

Ich greife über den Tisch nach Vincents Hand und drücke sie schnell.

»Ich bin froh, dass du so bist, wie du bist. Wenn dein Vater das nicht sieht, ist es sein Verlust. Lieber ein Pink Flamingo als eine graue Taube.«

Vincent lächelt die Tränen einfach weg und sieht mich dankbar an.

»Und du bist *mein* Pink Flamingo, Vincent.«

»Darf ich dir ein Geheimnis verraten?«

»Jedes!«

»Es fühlt sich an, als ob *ich* versagt hätte, nicht meine Eltern.«

»Aber wieso?«

»Keine Ahnung. Wenn ich mehr Zeit zu Hause verbracht hätte, dann hätten sie sich vielleicht weniger gestritten, oder wenn ...«

Er bricht mitten im Satz ab, weil seine Stimme versagt und er schnell nach dem Glas greift.

»Das ist Quatsch, Vincent! Nicht alle können wie Jean-Luc und Clara sein.«

»Aber ist es nicht schön zu wissen, dass manche Menschen noch immer so sind? Wenn auch nur wenige. Es macht trotzdem irgendwie Mut.«

»Vincent, du wirst mit deinem Vater reden müssen.«

»Ich weiß, ich weiß.«

Er stützt sein Gesicht in die Hände und schließt die Augen, bedacht darauf, seine lädierte Gesichtshälfte nicht zu sehr zu berühren.

»Du solltest ihn anrufen und sagen, wo du bist. Er macht sich Sorgen, auch wenn er es nicht zugeben wird.«

Keine Ahnung, wieso ich seinen Vater verteidige, denn ehrlich gesagt mag ich ihn nicht besonders, weil er Vincent das Gefühl gibt, zu klein zu sein. Mein Papa lobt mich selbst dann, wenn ich nicht die Klassenbeste bin, sondern einfach, weil ich seine Tochter bin.

»Ich will ihn wirklich stolz machen. Aber ich will auch nicht aufhören, *ich* zu sein, nur weil er mich gerne anders hätte.«

»Weißt du … Wenn du ihm das nicht sagen kannst, solltest du es ihm vielleicht schreiben.«

»Nicht jeder ist Hemingway, Emma.«

»Ich denke, es reicht, wenn du *du* bist.«

»Da spricht die Expertin.«

Plötzlich schießt mir eine Idee durch den Kopf.

»Eine Postkarte!«

Damit greife ich nach meiner Tasche, die auf dem Stuhl neben mir liegt. Man sollte niemals unterschätzen, was alles in eine winzige Frauenhandtasche passt. Während Batman seinen Batgürtel zückt, haben wir Batgirls die Zauberwaffe garantiert im Inneren unserer Handtasche griffbereit.

»Postkarte!? Emma, manchmal sind deine Gedanken echte Kängurus!«

»Na, das sagt ja wohl der Richtige!«

Sie steckt hinten in meinem Notizbuch. Fast hätte ich die Karte von Jean-Luc in dem ganzen Chaos vergessen, aber jetzt lege ich sie vor uns auf den Tisch und fahre sanft mit dem Finger über den rauen Karton, auf dem sie gedruckt ist.

»Jean-Luc hat gesagt, man soll Postkarten schreiben und loslassen, was zu viel wird. Er dachte an Alain und sicher auch an Saskia.«

Vincent schnappt sich die Karten und betrachtet sie eine ganze Weile nachdenklich. Sie zeigt den Eiffelturm mit einer traurigen Wolke direkt über seiner Spitze, ein schlichtes Motiv.

»Ich denke, das ist ganz okay, wenn du anderen Ballast loslassen willst.«

Ohne ein weiteres Wort greift er nach dem Kugelschreiber, den ich ihm reiche. In einer sehr krakeligen Jungenhandschrift setzt er Wort um Wort, Zeile um Zeile auf den wenigen Platz der Rückseite. Es scheint so, als gäbe es eine Menge Dinge, die er seinem Vater sagen will, denn er nutzt den gesamten Platz. Kaum ist er fertig, liest er das eben Geschriebene noch einmal schnell durch. Ganz langsam zieht sein schiefes Lächeln wieder bei ihm ein, während er erleichtert nickt.

»Unterschätze niemals die Macht des geschriebenen Wortes, Vincent.«

»Du klingst schon wie eine Schriftstellerin, Emma.«

»Danke.«

»Jetzt muss ich nur noch den Mut haben, um ihm diese Postkarte zu geben.«

Als er sich wieder seinem Teller zuwendet, steckt Vincent die Karte in die Innentasche seines Jacketts und lässt die dunklen Gedanken damit los, zumindest für heute Abend.

»Aber jetzt genießen wir Paris!«

Ich nicke.

»Du und ich!«

La romance de Paris

Eine Romanze in Paris

Die Lichter der Stadt spiegeln sich auf dem dunklen Wasser der Seine wie funkelnde Sterne am Nachthimmel. Wir haben die meisten Geräusche der Straßen, Cafés und Bars hinter uns gelassen und schlendern Hand in Hand durch die Stadt, die in den letzten Tag zu unserer geworden ist. Wie schon am ersten Tag trage ich wieder seine Jacke, auch wenn sie diesmal zu einem schicken Anzug gehört. An einem zarten Brückengeländer hängen so viele Liebesschlösser, dass man meinen könnte, es würde unter dem Gewicht zusammenbrechen. Aber die Pont des Arts hält sich tapfer und zeigt offenbar keine Ermüdungserscheinungen, denn noch immer bringen täglich verliebte Paare hier ihre Schlösser und die damit verbundenen Versprechen an. Auch wenn Vincent meine Hand schon vorher gehalten hat, schießen jetzt verliebte, kleine Energieteilchen durch meinen Körper und zaubern ein unerschütterliches Lächeln auf meine Lippen. Seit wir das Restaurant verlassen haben, fühle ich mich, als würden wir in Lichtgeschwindigkeit reisen und die Sterne so viel heller scheinen – und das alles nur für uns! Der Mond kommt mir unglaublich nah und groß vor. Jeder Schritt führt mich weiter in ein ganz neues Kapitel meines Lebens.

»Bereit für einen interessanten Funfact?«

»Nur zu. Beeindrucke ein Mädchen, Elfer!«

Er zieht mich näher an sich, legt seinen Arm um mich und schützt mich damit vor dem Wind, der hier am Fluss stärker weht.

»2014 brach ein Stück des Brückengeländers unter dem Gewicht dieser Liebesschlösser zusammen.«

»Na, ein Glück, dass wir kein Schloss dabeihaben. Wir würden sonst ein architektonisches Denkmal in die Fluten stürzen.«

»Das wäre total verantwortungslos.«

Wir lehnen uns nur ein bisschen über das Brückengeländer, als ob wir ihm nicht trauen würden, und betrachten das Wasser, wie es weiterfließt, ganz unbeirrt von all den kleinen Dramen, die sich in der Stadt zeitgleich irgendwo abspielen.

»Aber vielleicht können wir ja unsere Zeit hier anders verewigen.«

Obwohl er mit mir spricht, sieht er mich nicht an, sondern sein Blick folgt den winzigen Wellen des Flusses.

»Hast du da an was Bestimmtes gedacht?«

Vincent deutet auf meine Hand, die das Brückengeländer vorsichtig umklammert hält. Das Freundschaftsbändchen habe ich seit dem Souvenirladen nicht mehr abgenommen, nicht mal zum Duschen. Auch an seinem Handgelenk habe ich es jeden Tag gesehen.

»Es wäre doch schade, wenn wir keine Erinnerung an unsere Zeit hier ließen.«

»Du beendest unsere Herzschmerzfreundschaft?«

Er nimmt meine Hand wieder in seine und beginnt, den Knoten des Lederbändchens zu lösen.

»Ich befürchte, wir haben heute Abend die Grenze der Freundschaft übertreten.«

Dabei küsst er meine Stirn und lässt seine Lippen einen kurzen Moment dort verweilen, dann nimmt er mir das Bändchen ab und bindet es an das Eisengeländer. Zwischen den bunten, schweren Schlössern fällt es fast gar nicht auf. Man muss wissen, dass es dort hängt, um es zu erkennen. Schließlich hält er mir seine Hand entgegen, und ich löse den Knoten, den ich vor wenigen Tagen selber geknüpft habe.

»Ein bisschen werde ich das Armband vermissen.«

»Sollst du ja auch. Dann kommst du wieder hierher und besuchst es.«

Endlich schaffe ich es, den Knoten aufzukriegen und binde seines direkt neben meines.

»Eigentlich ist diese Brücke ja eher dafür bekannt, dass man sich mit überteuerten Fahrradschlössern ewige Treue schwört.«

»Mag sein. Aber jemand muss ja ab und zu mal die Regeln brechen.«

Wir bewundern unser kleines Werk, das vielleicht schon in wenigen Tagen wieder entsorgt wird. Es hat für niemanden außer uns auch nur irgendeine Bedeutung, aber manche Denkmäler müssen nicht für immer stehen, damit man sich an die Geschichte dahinter erinnert.

»Du wirst mir fehlen, Vincent.«

Wir haben bis jetzt nicht über unseren bevorstehenden Abschied gesprochen, aber am Montag geht die Schule wieder los. Wir wissen beide, dass wir zurück nach Hause müssen.

»Du mir auch. Man sollte dir ein Warnschild umhängen, Emma Teichner.«

»Ach ja? Wieso denn das?«

»Achtung! Lassen Sie diese junge Frau nicht Ihr Leben betreten, sonst droht sofortige Abhängigkeit von ihrer liebreizenden Gegenwart. Eltern haften für ihre Söhne.«

Ich lehne meinen Kopf an seine Brust und schlinge beide Arme um ihn. Endlich darf ich ihm so nah sein, wie ich es mir die ganze Zeit über gewünscht habe. Er hält mich ebenfalls fest, dadurch kann ich seinen Herzschlag noch deutlicher hören.

»Ist das ein Kompliment?«

»Ich verstehe die Frage nicht.«

So stehen wir eine kleine Weile stumm da, versuchen verzweifelt die Zeit festzuhalten, die uns durch die Finger rinnt. Irgendwann holt Vincent tief Luft und sieht zu mir runter.

»Weißt du, ich glaube, dass ich mein *Gap Year* in Paris verbringe.«

»Als Au-pair-Junge oder wie?«

»Ich dachte eher als Concierge-Azubi. Jean-Luc könnte Hilfe gebrauchen.«

Ich hebe meinen Kopf, damit ich ihn besser ansehen kann.

»Das ist dein Ernst, oder?«

»Australien wird doch ohnehin gnadenlos überschätzt. Warum Riesenspinnen und weiße Haie, wenn ich das hier haben kann?«

Er breitet die Arme aus und deutet auf das nächtliche Paris, das vor uns liegt und in seiner Abendgarderobe bezaubernd schön aussieht.

»Das ist eine gute Idee. Du lebst dann meinen Traum, Vincent. *Einmal in Paris wohnen.*«

Jetzt sieht er wieder zu mir und betrachtet mein Gesicht genauestens, als würde er es auswendig lernen wollen.

»Komm doch mit.«

Seine Worte lösen ein Echo in mir aus, nicht in meinem Kopf oder meinen Ohren, sondern in meinem Herzen, wo ich sie auf ihren Wahrheitsgehalt prüfe. Ich lege zögernd meine Hand auf seine Brust.

»Sag das noch mal.«

Alles worauf ich mich diesmal konzentriere, ist das rhythmische Klopfen seines Herzens und das Grün seiner Augen.

»Komm doch mit.«

Meine Handfläche auf seiner Brust kribbelt wie verrückt. Sein leichtes Lächeln ist hoffnungsvoll.

»Du könntest bei *Shakespeare and Company* jobben. Ich habe gelesen, sie suchen immer jemanden, der aushilft. So verdienst du etwas Geld, frischst dein Französisch auf, und – das ist der beste Part an meinem Plan – du wohnst wirklich einmal im Leben in Paris.«

Das ist nicht wahr. Der beste Part an *seinem* Plan ist die Tatsache, dass wir zusammen in Paris wären. Diese Zukunftsvision ist nur ein Gedankenspiel und nichts Festes, nur ein verrückter Plan. Aber so abwegig, wie ich mir gerade einreden will, ist das alles gar nicht. Nach dem Abitur wollte ich mir tatsächlich ein Jahr für mich gönnen, das habe ich sogar schon mit meinen Eltern besprochen: vielleicht ein bisschen rumreisen, Abenteuer erleben, Städte sehen, neue Menschen treffen – und schreiben. Vor allem schreiben! Doch warum andere Städte besuchen, wenn man seine Herzensstadt schon längst gefunden hat?

»Mach keine Witze, Vincent. Ich könnte mir das wirklich vorstellen!«

Jetzt legt er seine Hand auf meine und hält sie fest an seine Brust gepresst.

»Das ist kein Witz.«

»Ein Jahr. Paris, du und ich?«

»Na ja, es dauert ja doch etwas, bis man so einen Roman schreibt, oder?«

Wie ist es möglich, dass alle anderen Menschen, ja sogar meine Eltern, meinen Traum von der Schriftstellerei als genau das abtun? Vincent hingegen gibt mir das Gefühl, er könnte sehr wohl in Erfüllung gehen, wenn ich mich nur anstrenge.

»Du glaubst wirklich so sehr an mich?«

»Ich habe dir einen Platz im Regal freigeräumt. Natürlich glaube ich an dich!«

»Wieso? Du hast nichts von mir gelesen.«

»Das stimmt. Aber ich habe die besten Tage meines bisherigen Lebens mit dir verbracht. Wenn du so schreibst, wie du lachst, lebst und die Welt siehst, dann wird es ein Bestseller.«

Ich küsse ihn, weil ich nicht anders kann. Zum einen

sind seine Lippen ausgesprochen küssenswert. Zum anderen ist Vincent der erste Mensch, der mich nicht als das rothaarige, zu klein geratene Mädchen sieht. Etwas überrascht sieht er mich an.

»Okay, wofür war der?«

»Weil du mich so siehst, wie du mich siehst.«

Er streicht mir eine Haarsträhne aus dem Gesicht und streichelt meine Wange mit seinem Blick. Dann schüttelt er leicht den Kopf und küsst sanft meine Lippen.

»Wie kann man dich denn anders sehen?«

Das Leben ist wie ein großes Puzzle. Wir alle sind kleine Teile eines großen Ganzen, man muss nur die Stelle finden, an die man gehört, und das Bild ergibt einen Sinn. Zu Hause kam ich mir ziemlich fehl am Platz vor. So, als ob ich Dinge anders wahrnehmen und nur merkwürdige Sachen mögen würde, mit denen meine Freunde nicht wirklich etwas anfangen können. Es mag daran liegen, dass ich als Flamingo zwischen all den Tauben einfach keinen echten Artgenossen habe. Hier in Paris, mit Vincent, habe ich den Platz in meinem Lebenspuzzle gefunden. Hier darf ich groß träumen, weil Paris genau für solche Menschen geschaffen scheint: für Künstler, Träumer, Schriftsteller, Musiker und Menschen, die den Mut haben, nach den Sternen zu greifen. Es ist eine Stadt für Mädchen mit schwarzen Notizbüchern und für Jungs mit bunten Socken. Noch habe ich keine Ahnung, wie ich meinen Eltern oder sonst jemandem erklären soll, was hier die letzten Tage passiert ist, oder wieso ich nichts davon erzählt habe, doch eines weiß ich ganz sicher: Ich werde nach Paris zurückkommen und bleiben. Irgendwann vielleicht sogar für immer.

Il est cinq heures, Paris s'éveille

Es ist fünf Uhr,
Paris erwacht

Die Bar mit den meisten Menschen davor ist immer eine gute Wahl, also landen Vincent und ich an dem letzten freien Tisch vor einem Laden mit dem Namen *Au Clair de Lune* in der Rue Ramey. Es ist viel zu spät, wir sollten nach Hause. Aber mir fällt es schwer, die Nacht, Vincent und Paris loszulassen.

»Hast du schon gebucht?«

Ich rühre mit dem Strohhalm in meinem alkoholfreien Cocktail und beobachte die Eiswürfel, die klirrend aneinanderstoßen, weil seine Antwort unserer gemeinsamen Zeit ein definitives Ende setzen wird.

»Ja. Mein Zug geht morgen Abend. Und du?«

»Ich habe ja nie gebucht, weil immer ein gewisser *Jemand* dazwischenkam …«

Er grinst stolz und winkt ganz royal einer imaginären Menge.

»Danke, danke!«

»Jetzt sollte ich mich mal um einen Zug kümmern.«

Wir nicken und sehen uns dabei an, weil wir wissen, dass keiner von uns dieses Kapitel beenden will. Schließlich ist es Vincent, der seine Ellbogen auf den Tisch stützt und seinen Blick über mein Gesicht wandern lässt.

»Ist es nicht schön, dass unser letzter gemeinsamer Abend so endet, wie unser erstes Treffen begann? Du und ich an einem Tisch.«

»Und diesmal bleibst du sogar zum Frühstück.«

»Sieh uns an, wie großartig wir aussehen.«

»Und wieder trage ich deine Jacke.«

»Manche Dinge müssen eben sein.«

Er legt den Kopf schief.

»Weißt du, Emma, du magst zwar die Zahnpastatube nicht zuschrauben, aber du lässt ältere Menschen immer zuerst in die Métro einsteigen.«

Überrascht ziehe ich die Augenbrauen nach oben.

»Gut beobachtet, Sherlock.«

»Und du gehst nicht bei Rot über die Ampel, wenn Kinder in der Nähe sind.«

»Ach Vincent, wie süß von dir. Ich wollte schon immer einen Stalker.«

Er legt seine Hand auf meine, streichelt sie leicht mit dem Zeigefinger.

»Das sind die guten Eigenschaften der Emma Teichner.«

Die meisten Mädchen wollen vielleicht hören, dass sie sexy, heiß und unwiderstehlich sind, aber wenn Vincent mir solche Komplimente macht, spüre ich die Wärme in meinen Wangen steigen.

»Abgesehen davon bist du auch noch so verdammt hübsch.«

Spätestens jetzt glüht mein Gesicht, und ich weiß nicht so recht, wie ich mit diesem Kompliment umgehen soll.

»Das liegt am Kleid.«

»Ach Emma, ich habe mich schon lange v-vor diesem Kleid in d-dich v-v-verknallt.«

Hoppla!

Vincents Augen verraten, wie peinlich es ihm ist, gerade jetzt zu stottern, doch für mich gibt es keine schönere Liebeserklärung! In keinem Film, keinem Song und keinem Buch. Bevor er etwas sagen oder tun kann, lehne ich mich über den Tisch, nehme sein Gesicht sanft in meine Hände und küsse ihn zärtlich. Als wir uns voneinander lösen, streichele ich seine Wange und spreche leise weiter.

»Ich habe mich auf jeden Blick in dich verknallt, Vincent. Mit jedem Lächeln, jedem Augenzwinkern und jeder Berührung.«

»Ich Glückspilz!«

Nur widerstrebend lehne ich mich zurück in meinen Stuhl und bringe einen Abstand zwischen uns, der mir viel zu groß vorkommt. Vincent geht es damit wohl nicht anders, denn er rückt mit seinem Stuhl um den runden Tisch, bis er ganz dicht neben mir ist und ich mich an seine Schultern lehnen kann. So sitzen wir ein Weilchen da, beobachten das Nachtleben um uns herum, lauschen Gesprächen, die wir kaum verstehen, und genießen die Tatsache, dass wir zusammen hier sind.

»Glaubst du, Paris wird sich an uns erinnern, wenn wir wieder weg sind?«

Vincent schnaubt amüsiert und nimmt einen großen Schluck von seinem Getränk.

»Ich bitte dich, als ob man *uns* vergessen könnte!«

»Zehn Millionen Besucher im Jahr. Das waren deine Worte. Wir sind nur zwei weitere Gesichter.«

Er beugt sich zu mir runter und küsst meinen Mundwinkel, bevor er seine Lippen über meine streichen lässt.

»Emma, für mich bist du die eine, die ich nicht vergessen kann. Außerdem haben wir unsere Spuren hier hinterlassen.«

Irgendwie fühlt sich das alles viel zu sehr nach einem Abschiedsgespräch an, doch Vincent lässt sich auch davon nicht die Laune verderben und lächelt gegen meine Lippen.

»Denk nur an das Museum auf dem Mars, das unser Bild ausstellen wird.«

Sofort kehrt auch mein Lächeln zurück, wenn ich an unseren ersten gemeinsamen Tag denke, der die Weichen für das alles gestellt hat. Als wäre er ein fixer Punkt in der Geschichte der Zeit, den ich kreuzen musste, ganz gleich, was sonst in meinem Leben passiert wäre. Ich frage mich, ob sich wirklich etwas in Paris verändern wird, wenn wir weg sind.

»Ist es zu viel verlangt, wenn eine Stadt uns ebenso sehr lieben soll, wie wir sie vergöttern?«

»Ich denke, Paris wird dich auf jeden Fall vermissen!«

Langsam schiebt Vincent unsere Getränke zur Seite und hakt seine Finger in meine.

»Versprichst du mir was, Emma?«

»Kommt darauf an.«

»Auch wenn Paris sich nicht mehr an uns erinnern sollte ... Du wirst das alles hier nicht vergessen, okay?«

»Ganz sicher nicht.«

»Kann ja sein, dass wir uns in drei, vier Jahren nicht mehr kennen oder mögen. Du bist dann eine erfolgreiche Schriftstellerin und bist mit diesem heißen britischen Schauspieler mit den perfekten Wangenknochen zusammen. Dann weißt du nicht mal mehr, wie ich heiße. Vielleicht ist diese Zeit jetzt in Paris alles, was wir jemals haben werden.«

Die Vorstellung löst einen stechenden Schmerz in meiner Brust aus, weil er recht hat. Niemand kann uns eine Garantie geben, dass wir auch außerhalb dieser schillernden Seifenblase namens Paris zusammenbleiben.

»Vergiss bitte nicht, wie schön es hier war, okay? Lass mich im Notfall zumindest eine Erinnerung in deinem Leben bleiben.«

Für nichts auf der Welt möchte ich die gemeinsame Zeit mit ihm hier missen. Sie wird als Highlight in meinem Leben in meine ganz persönliche Geschichte eingehen. Eines Tages, wenn ich alt und grau bin, werde ich mit jungen Leuten an einem Tisch sitzen und ihnen von Vincent erzählen, egal was passieren wird. So wie Jean-Luc uns von Clara erzählt hat. Ich hebe meine Hand zum Schwur.

»Ich verspreche hoch und heilig, dass ich dich und unsere Zeit in Paris nie vergessen werde.«

»Gut. Wenn ich nur eine einzige Erinnerung behalten darf, dann ist es eine mit dir.«

Er führt meine Hand an seine Lippen und verharrt in

genau dieser Position während wir uns ansehen. Der Gedanke, dass wir uns tatsächlich nie wiedersehen könnten, legt sich wie ein Eisblock auf mein Herz. Schnell schüttle ich den Kopf, um ihn zu vertreiben, als wäre er in diesem Augenblick ein Eindringling.

»Welche Erinnerung genau willst du denn behalten?«

»Das kann ich dir nicht verraten.«

Ein geheimnisvolles Lächeln umspielt seine Lippen, die noch immer meine Hand berühren, als wisse er mehr als ich.

»Wieso nicht?«

»Weil sie noch nicht passiert ist.«

»Wie meinst du das?«

Jetzt erst lässt er meine Hand los und lehnt sich in den Stuhl. Dabei sieht er frech und abenteuerlustig aus, weil seine Augen aufgeregt funkeln, als hätte er ein Geheimnis, das außer ihm nur diese Stadt kennen würde.

»Na, wir haben doch noch ein ganzes Jahr zusammen in Paris vor uns …«

Während Paris aufwacht, wollen Vincent und ich nur noch in unsere Betten kommen und ein bisschen schlafen. Wir sind trunken von diesem Tag, dem Abend und diesem Teil der Nacht. Die meisten Bars schließen ihre Türen oder rufen zur letzten Runde auf, als wir Arm in Arm an ihnen vorbeilaufen. Bis jetzt haben wir es geschafft, die Müdigkeit auszutricksen, doch nun hat sie gewonnen. Wenn wir morgen aufwachen, dann führt kein Weg an einem Abschied vorbei.

»Übrigens, Vincent …«

Etwas hat mich schon den ganzen Abend beschäftigt. Obwohl ich nicht so recht weiß, wie ich es ansprechen soll, habe ich das Bedürfnis, es aus meinem Kopf zu kriegen.

»Hm?«

»Was die Mädchen auf der Party gesagt haben, du weißt schon ...«

»Belette?«

»Richtig. Ich meine, ich bin nicht einfach nur *keine belette*, sondern habe weder je mit einem Jungen geschlafen noch auch nur mal mit einem im selben Bett die Nacht verbracht.«

»Emma ...«

»Nein, ich will nur nicht, dass du einen winzigen Teil ihres Schwachsinns glaubst.«

»Emma, entspann dich. Ich bin ziemlich froh, dass dieses Arschloch nicht mal in die Nähe deines Bettes gekommen ist – oder sonst ein Kerl.«

Ich greife nach seiner Hand und hake meine Finger bei ihm unter, so wie wir es immer getan haben, selbst dann, als wir nur Herzschmerzfreunde waren. Eines Tages werde ich ihm sagen, wie süß ich das fand und noch immer tue. Wir sind nur noch ein paar Meter von Jean-Lucs Haus entfernt.

»Möchtest du denn mein Erster sein?«

Ich kann den Schock in seinem Gesicht sehen. Kurz genieße ich den Moment, einen fast verschüchterten Vincent zu erleben, doch dann grinse ich ihn frech an und erlöse ihn endlich.

»Der erste Junge, der mit mir in einem Bett schlafen darf.«

Keine Ahnung, ob ich ihn für die Erleichterung, die sich auf seinem Gesicht ausbreitet, umarmen oder knuffen soll, aber er ist schneller, dreht mich an meiner Hand wie beim Tanzen einmal um mich selbst und sieht einfach glücklich aus.

»Emma Teichner, es wäre mir eine Ehre!«

Sicher lande ich wieder in seinen Armen und lasse ihn den Haustürschlüssel aus der Tasche seines Jacketts fischen, das ich noch immer trage. Er muss sich weit runterbeugen, und wir stehen dicht voreinander, sodass sich unsere Nasen berühren und seine Lippen meinen viel zu nah sind, um sie nicht zu küssen. Es könnte daran liegen, dass unsere gemeinsame Zeit zu Ende geht, oder einfach daran, dass ich ihn viel zu gerne küsse. Selbst als er die Haustür aufschließt und wir uns Mühe geben, so leise wie möglich zu sein, küssen wir uns noch immer, stolpern fast über die Schwelle und unterdrücken unser Lachen.

»Psst! Wir wecken sonst noch Jean-Luc.«

Es ist schon fast Morgen, und die Absätze meiner High Heels klackern viel zu laut auf dem Steinboden im Hauseingang, als plötzlich das Licht angeht und wir wie zwei ertappte Einbrecher stehen bleiben. Überrascht von der unerwarteten Helligkeit blinzele ich einen kurzen Augenblick und erkenne Jean-Luc, der in seiner Wohnungstür steht und ziemlich angespannt wirkt. Neben ihm steht ein großer Mann mit breiten Schultern und einem dunkelblauen Anzug, der müde aussieht und eine unübersehbare Ähnlichkeit mit Vincent hat.

Les amoureux des bancs publics

Die Liebenden auf den Parkbänken

»Papa!«

Vincents Hand hält meine jetzt viel fester als eben noch. Das rhythmische Geräusch könnte der Sekundenzeiger seiner Uhr oder sein beschleunigter Herzschlag sein.

»Vince.«

Die Abkürzung seines Namens und die Art und Weise, wie sein Vater es ausspricht, klingt hart und kühl.

»Kannst du mir mal erklären, was du dir dabei gedacht hast, einfach abzuhauen?«

Vincent hat eine Menge von seinem Vater geerbt, das ist offensichtlich. Die grünen Augen, das markante Kinn, die Körpergröße und selbst die Frisur – zumindest jetzt, da er Haargel benutzt hat. Nur die Freundlichkeit, die Vincent ausmacht, muss er von seiner Mutter haben.

»Ich b-bin nicht abgehauen.«

»Wie nennst du das hier sonst?«

Jean-Luc fängt meinen Blick auf und kann mir nur ein

ahnungsloses Schulterzucken anbieten, doch so wie er Vincents Vater ansieht, ist auch er kein bekennender Fan.

»Ferien.«

»Werd jetzt nicht frech, Junge!«

Herr Elfer senior macht einen einschüchternden Schritt auf uns zu und Vincents Körper neben mir spannt sich noch mehr an. Schnell gehe ich auf ihn zu und strecke ihm meine Hand entgegen, dabei bin ich mir noch immer meines Outfits bewusst und verlasse mich darauf, dass die Auffrischung meines Make-ups auf der Damentoilette im *Au Clair de Lune* meinem Look gerecht wird. Mein Lächeln ist so charmant wie möglich.

»Herr Elfer, ich habe schon viel von Ihnen gehört. Ich bin Emma.«

Vincents Vater ist von meiner Anwesenheit so überrascht, als hätte er mich eben erst bemerkt und nicht schon, als ich mit seinem Sohn durch die Tür gekommen bin. Etwas irritiert mustert er mich, bevor er meine Hand nimmt.

»Angenehm, Emma.«

»Ihr Sohn und ich verbringen die Herbstferien zusammen in Paris.«

»Das kann ich sehen.«

Sein Blick ist nicht so leicht zu deuten. Sicher, das Kleid und alles beeindrucken ihn irgendwie, aber natürlich bin ich nicht Saskia. Das scheint ihm wenig zu gefallen, denn er sieht an mir vorbei zu Vincent, der sich noch immer keinen Zentimeter weiter in den Raum bewegt hat.

»Saskia hat mir verraten, wo du steckst. Ist das nicht toll? Der eigene Vater muss erst die Freundin seines Sohnes anrufen, um zu erfahren, wo er sich rumtreibt.«

Beim letzten Wort sieht er mich an und wirft mir ein entschuldigendes Lächeln zu. Vincent verschränkt die Arme vor der Brust.

»Ex-Freundin.«

Jetzt lächelt Herr Elfer zum ersten Mal. Doch es ist weniger freundlich als vielmehr einschüchternd.

»Pack jetzt dein Zeug. Wir gehen.«

Vincents Vater ist all das, was einen erfolgreichen Businessman ausmacht: Er ist gut aussehend, bestimmt und hat sein Ziel klar vor Augen. Allerdings sind das nun *nicht* gerade die Eigenschaften, die ihm eine Nominierung als Vater des Jahres einbringen. Als ich wieder zu Vincent sehe, fängt er meinen Blick auf und scheint daraus Kraft oder Mut, vielleicht auch beides, zu schöpfen, denn seine Körperhaltung verändert sich.

»Ich habe ein Zugticket für morgen und komme dann nach Hause.«

»Nein, du steigst jetzt mit mir in das Taxi, und wir fahren zum Flughafen.«

»P-papa ...«

»Vince! Ich diskutiere das jetzt nicht mit dir.«

»Monsieur Elfer ...«

Jean-Luc verlässt seinen Platz an der Tür und kommt zu uns, dabei reibt er die Hände gegeneinander, als würde er angestrengt nachdenken.

»Vincent hätte sich bei Ihnen melden sollen und dafür entschuldige ich mich. Aber er hat nichts Falsches getan.«

»Nichts für ungut, Monsieur Descartes, aber Sie verstehen nicht. Mein Sohn ist von zu Hause davongelaufen.«

»Ist er nicht!«

Meine Stimme klingt fester und kühler als sonst, was mich und die anderen offensichtlich überrascht. Nur Herr Elfer sieht mich lächelnd an, als würde er mich nicht für voll nehmen.

»Emma, richtig?«

Ich nicke. Gar nicht so einfach, diesem Blick standzuhalten.

»Nun, Emma, wissen Ihre Eltern denn, wo Sie sind?« Als ich nicke, sagt Vincents Vater: »Sehen Sie, die machen sich keine Sorgen. Mein Sohn hat es nicht für nötig gehalten, mich zu informieren, wo er sich aufhält.«

Damit wendet er sich wieder Vincent zu.

»Mama weiß, wo ich bin.«

Den Kommentar übergeht sein Vater einfach, als hätte er ihn nicht gehört.

»Geh dein Zeug packen, wir müssen los. Wer weiß, was für Unsinn du hier sonst noch anstellst.«

Ich starte einen weiteren Versuch, habe aber keine Ahnung, womit ich ihn umstimmen will. Aus mir spricht die Panik, Vincent schon jetzt loslassen zu müssen.

»Herr Elfer …«

»Emma, lass gut sein.«

Vincent winkt müde ab. Er kennt seinen Vater und weiß, dass ich keine Chance gegen ihn habe, doch so schnell gebe ich nicht auf.

»Vincent ist keiner, der *Unsinn anstellt*! Und das sollten Sie als sein Vater auch wissen. Er ist der höflichste, zuvorkommendste, ehrlichste, cleverste, charmanteste, liebevollste, witzigste und vor allem außergewöhnlichste Junge, den ich kenne.«

Statt Herrn Elfer anzusehen, von dem ich mir keine ernsthafte Reaktion erwarte, wandert mein Blick zu Vincent.

»Sie haben einen tollen Sohn!«

Vincents Lächeln wächst, als er endlich zu mir schaut, obwohl er diese Worte bestimmt lieber von seinem Vater als von mir hören will. Jetzt sind sie gesagt und niemand kann sie zurücknehmen.

»Danke für diese Ausführung, Emma, aber das weiß ich alles schon.«

Herr Elfer sagt das einfach nur so daher und ist sich nicht mal im Ansatz bewusst, wie viel es seinem Sohn bedeuten würde, wenn er es auch mal selbst ausgesprochen hätte.

Wir alle sehen ihn jetzt überrascht an.

»Das ändert nichts daran, dass wir jetzt gehen. Vince, hol deine Sachen!«

Vincent schüttelt wieder den Kopf und sieht entschlossen aus.

»Ich kom-m-me nicht mit und f-fahre morgen mit dem Zug wie gep-plant.«

»Ich bin doch nicht umsonst hierhergekommen, verdammt noch mal!«

»Ich h-habe dich nicht darum gebeten.«

Jetzt scheint Vincent wieder Herr über seinen eigenen Körper geworden zu sein, denn er kommt zu mir und Jean-Luc, hält aber weiterhin deutlichen Abstand zu seinem Vater.

»Junge, jetzt werde ich langsam sauer.«

»Monsieur Elfer ...«

Jean-Luc versucht zu intervenieren, aber er wird scharf unterbrochen: »Ich bin sein Vater, Monsieur Descartes.«

»Nun, dann sollten Sie sich auch öfter so benehmen.«

Jean-Lucs Treffer erwischt Vincents Vater eiskalt und mit voller Wucht, doch er erholt sich schnell und lässt sich nichts anmerken.

»Haben Sie Kinder?«

Jean-Luc wirft einen Seitenblick zu Vincent, sofort ist da dieses traurige Lächeln.

»Non, leider nicht.«

»Nun, dann sollten Sie mir vielleicht keine Ratschläge in Erziehungsfragen erteilen.«

Vincent macht einen Schritt auf seinen Papa zu, als wolle er Jean-Luc vor weiteren Gemeinheiten beschützen, und erst jetzt bemerke ich, dass er sogar fast ein bisschen größer ist als sein Vater.

»Wenn Jean-Luc mein Vater wäre, müsste ich nicht von zu Hause abhauen.«

»Mir gefällt dein Ton nicht, Vince.«

Trotzdem spricht Vincent schnell weiter, er sieht seinem Vater dabei genau an, und vermutlich fällt ihm nicht mal auf, dass er schon gar nicht mehr stottert, während sich auf meine Lippen ein stolzes Lächeln schleicht.

»Ich bin ich, Papa! Und du bist du! Und sosehr ich mir gewünscht habe, dass wir ein gutes Team werden, das klappt einfach nicht!«

»Blödsinn, Junge!«

»Du magst mich nicht mal besonders. Wir sind wie WG-Partner, die sich aus dem Weg gehen.«

Sein Vater will etwas erwidern, entscheidet sich aber doch dagegen, vielleicht weil er insgeheim weiß, dass Vincent recht hat.

»Ich fahre morgen mit dem Zug nach Hause und dann ziehe ich wieder zu Mama. Das ist besser für uns beide.«

»Was soll der Unsinn? Du bleibst natürlich bei mir!«

»Wieso?«

»Weil du mein Sohn bist.«

Die Stille ist erdrückend. Vincent wirkt so, als wäre er zu schnell in eine Kurve gebogen und nur mit Mühe in letzter Sekunde an einem Baum vorbeigeschliddert.

»Du bist mein Sohn und ich ...«

Sein Vater sucht die richtigen Worte, die ausdrücken, was er fühlt. Aber vor Publikum fällt ihm das offenkundig nicht so leicht. Er räuspert sich, kratzt sich am Kinn.

»Emma, Monsieur Descartes, würde es Ihnen etwas ausmachen, uns kurz alleine zu lassen? Mein Sohn und ich würden das lieber unter vier Augen besprechen.«

Zur Sicherheit werfe ich Vincent einen fragenden Blick zu, doch der nickt schicksalsergeben. Schnell greife ich in die Innentasche seines Jacketts, das ich noch immer trage, und reiche ihm die Postkarte, die er für eine Unterhaltung wie diese geschrieben hat. Er nimmt sie, unsere Finger berühren sich, und ohne auch nur ein Wort sagen zu müssen, weiß ich, dass er das hier packen wird. Da ich noch immer etwas zögernd dastehe, greift Jean-Luc nach meinem Arm und zieht mich ein bisschen mit sich.

»Komm, Mademoiselle Emma, ich mache uns Tee ...«

Es ist keine Frage, aber ich nicke dennoch. Mein Magen zieht sich krampfhaft zusammen, als Jean-Luc die Tür hinter uns schließt und es sich anfühlt, als würde Vincent hinter einer zentimeterdicken Wand verschwinden.

»Willst du Milch und Zucker in deinen Tee?«

Zola liegt in ihrem Körbchen unter dem Tisch und sieht mich aus ihren Knopfaugen an, als wüsste sie, dass ich mir Sorgen mache. Jean-Luc geht zu seiner kleinen Kochnische und setzt Wasser auf, ohne auf meine Antwort zu warten.

»Wie war die Party denn?«

Er will mich von den Stimmen im Flur ablenken, die nur sehr gedämpft durch die Tür zu uns nach drinnen dringen.

»Ziemlich öde. Bis Vincent Alain die Nase gebrochen hat.«

»Comment?«

Überrascht sieht er zu mir und kann meinen Worten nicht glauben, weil Vincent nicht der Typ für eine Schlägerei ist.

»Alain hat nicht besonders nett über mich gesprochen.«

Jetzt lächelt Jean-Luc fast ein bisschen stolz.

»Ah Vincent! *Mon Vincent.*«

Als wäre sein Name alleine schon Erklärung für alles, wendet er sich wieder dem Wasserkocher zu. Ich lausche wieder in Richtung Tür, doch die beiden draußen sprechen sehr leise.

»Komm, Emma! Setz dich zu mir.«

Ich gebe auf und nehme Platz, sehe zu Jean-Luc, der viel entspannter als ich wirkt. Er hegt keinen Zweifel, dass Vincent mit seinem Vater klarkommt.

»Morgen geht es also zurück nach Hause, ja?«

»Leider.«

»Habe ich mich schon bei dir bedankt?«

»Bei mir? Wofür?«

»Dafür, dass ihr zwei etwas mehr Leben hier reingebracht habt.«

Dabei macht er eine allumfassende Handbewegung, die das ganze Haus oder nur diese Wohnung meinen könnte. Doch dann legt er die Hand auf seine Brust, und ich verstehe, was er wirklich meint.

»Ich hoffe, wir dürfen wiederkommen.«

»Jederzeit, Emma. *Toujours.*«

Dann scheint ihm etwas einzufallen. Allerdings geht er nicht zum Wasserkocher, wie ich angenommen habe, sondern zur Kommode, wo er ein großes, in Zeitungspapier gepacktes, flaches Paket herausholt und es auf den Tisch vor uns legt.

»Damit ich euch nicht vergesse, habe ich mir dieses Schmuckstück hier gekauft.«

Er reißt das Papier auf – und ich erkenne sofort, um was es sich handelt. Es ist das gemalte Pendant eines Polaroids, ein eingefangener Moment, gebannt auf Leinwand. Der Place de Tertre, die Kinder, die Männer, die Boule spielen, und die zwei kleinen Figuren auf der Bank: eine junge, rothaarige Frau in einer viel zu großen Lederjacke und ein junger Mann mit bunten Socken.

»Woher haben Sie das denn!?«

»Als Vincent mir davon erzählt hat, musste ich es einfach kaufen.«

Er reißt das Zeitungspapier noch etwas weiter ein, damit die ganze Schönheit des Gemäldes zum Vorschein kommt. Ich fahre mit dem Finger über die getrocknete Farbe. Fast fühlt es sich an, als säße ich wieder auf der Bank und würde den Wind auf meinem Gesicht spüren, die Schwere von Vincents Lederjacke auf meinen Schultern inklusive eines Lächelns auf den Lippen.

»Ich weiß, ihr hattet ganz andere Pläne damit. Aber ich dachte, bis es Reisen zum Mars gibt, behalte ich es. In meinem Alter sammelt man Erinnerungen wie kleine Schätze.«

Jean-Luc sieht zu mir, als warte er auf meine Erlaubnis. Seine sonst klaren blauen Augen sind ein wenig glasig. Rasch nicke ich.

»Man sagt, manche Erinnerungen werden zu Geschichten, andere zu Liedern, wieder andere zu Gemälden. So behalte ich ein Stück von euch hier.«

Er legt seine Hand auf meine und lächelt mich dankbar an. Jetzt wird mir bewusst, dass unsere Zeit in Paris nicht nur unser Leben, sondern auch das von Jean-Luc ein bisschen verändert hat. Er wischt sich mit dem Daumen über die Augen, als hinter uns die Tür geöffnet wird und wir uns beide umdrehen, wo Vincent im Türrahmen steht. Sofort beschleunigt sich mein Puls, und ich fürchte, nicht mehr genug Zeit zu haben, um mir all die Kleinigkeiten einzuprägen, an die ich denken will, wenn wir getrennt sind.

»Alles okay?«

Er wiegt nachdenklich den Kopf, als wäre die Beantwortung dieser Frage nicht so einfach, wie es scheint. Mein Herz fühlt sich tonnenschwer an und sinkt in meinem Brustkorb in die Tiefe. Vincent sieht müde aus, als hätte ihn das Gespräch mit seinem Vater viel Energie gekostet.

»Du fährst mit deinem Vater nach Hause, nicht wahr?«

Er nickt und kommt langsam auf uns zu. Zola hebt den Kopf, sobald sie Vincent sieht, und kurz darauf sind ihre tippelnden Schritte auf dem Boden zu hören. Sie steuert die Tür an, wo sie sich direkt davor so weit wie möglich ausstreckt, als wolle sie ihm den einzigen Ausweg versperren und am Gehen hindern.

»Oh nein! Soll ich noch mal mit ihm reden?«

»Das ist nicht nötig, wirklich.«

Er kommt zu mir und legt seinen Arm um mich.

»Ich kann dich noch nicht gehen lassen, Vincent!«

So habe ich mir unseren Abschied wirklich nicht vorgestellt. So gerne möchte ich noch ein paar Dinge loswerden, ihn küssen, umarmen und vielleicht eines seiner T-Shirts klauen, wenn er nicht hinsieht. Langsam geht er neben mir in die Hocke, damit wir uns besser ansehen können. Schnell schlinge ich meine Arme um seinen Hals und halte ihn, so fest ich kann.

»Ich will einfach noch nicht Auf Wiedersehen sagen.«

Er küsst meine Wange, und ich spüre, dass er lächelt. Nicht einfach nur ein bisschen, sondern ein ausgewachsenes Prachtexemplar von einem Lächeln.

»Zum Glück musst du das auch noch nicht.«

Sanft schiebe ich ihn etwas von mir, nur so weit, um ihm in die Augen sehen zu können, die mich anstrahlen wie Polarlichter am Himmel.

»Wie bitte?!«

»*Comment!?*«

Jean-Luc und ich sehen uns überrascht an, bevor unsere Blicke wieder zu Vincent schnellen, der nickt.

»Mein Vater übernachtet im *Hotel Le Squara*. Wir fahren morgen.«

»Wie hast du das denn hingekriegt?«

Meine Überraschung ist überdeutlich zu hören.

Vincents Lächeln wird etwas verlegen. Er hakt seine Finger in meine und betrachtet sein Werk, bevor er leise weiterspricht.

»Ich habe nur gesagt, jemand muss dir morgen früh die Kruste vom Brot schneiden.«

Ich boxe ihm leicht gegen die Schulter und er grinst frech zurück.

»Papa ist zwar nicht begeistert, dass ich wieder zu Mama ziehen will, und möchte zu Hause noch mal in Ruhe mit mir über alles reden, aber er hat eingesehen, dass bei uns einiges schiefläuft und es so nicht weitergehen kann.«

»Das ist doch gut, oder?«

»Ja, zumindest ist es ein Anfang.«

Ich streichele seine Wange, während er erleichtert lächelt.

»Ich bin stolz auf dich, Vincent.«

»Danke für das, was du gesagt hast, Emma.«

»Ist nur die Wahrheit.«

Vincent hat lange genug auf diese Wahrheit warten müssen. Und wenn sein Vater nicht in der Lage ist, diese Worte über seine Lippen zu bringen, dann werde ich das von jetzt an tun.

»Vergiss eine Sache niemals, hörst du?«
»Hm?«
»Du bist außergewöhnlich.«

Liebes Paris!

Wenn Du wüsstest, wie glücklich ich gerade bin, während ich diese Zeilen schreibe! Ich bin zum Schlafen zu müde, wenn so was möglich ist. Außerdem gibt es noch einen Grund, wieso ich die Müdigkeit bekämpfe.
Vincent liegt neben mir und schläft tief und fest.
Er sieht so entspannt und friedlich aus – endlich. Ich möchte ihm so gerne die Haarsträhne aus dem Gesicht streichen, aber dann wacht er bestimmt auf, und dann kann ich ihn nicht länger unbeobachtet ansehen. Ich klinge wie eine irre Stalkerin, schon klar, aber weißt Du, bald fahren wir nach Hause. Dann werde ich es vermissen, ihn anzusehen. Deswegen stehle ich mir jetzt ein bisschen Zeit und gebe dafür meinen Schlaf auf.
Danke, Paris! Danke von Herzen für eine unvergessliche Zeit, die mir so vieles geschenkt hat und die ich nie mehr vergessen werde. Klar, sobald ich in den Zug steige und nach Hause fahre, steigt irgendwo an Deinem Bahnhof ein anderes Mädchen mit großen Träumen aus – und Du wirst auch sie verzaubern. Mich hast Du dann schon wieder vergessen, deswegen will ich Dir jetzt sagen, wie dankbar ich Dir bin, denn durch Dich (und Vincent!) wurde mein Leben und mein Herz ganz schön auf den Kopf gestellt. Dabei ist all das rausgefallen, was ich nicht mehr brauche.

Dir möchte ich noch sagen: Bleib, wie Du bist, mit all deinen Gassen, Cafés, Bistros, mit der Musik, den Büchern, Künstlern, Träumern, mit dem Hupkonzert auf den Straßen und den Müllmännern, die schon um fünf Uhr morgens Krach machen – denn genau so bist Du wunderschön.
Und wenn es nicht zu viel verlangt ist, könntest Du gut auf Jean-Luc aufpassen? Er ist uns nämlich sehr ans Herz gewachsen. Danke – für alles. Vor allem aber für die Kleinigkeiten, die Dich zur Stadt meines Herzens machen!

Deine Emma

Leise schlage ich das Notizbuch zu und lege es auf das Nachtkästchen, bevor ich unter die Decke krieche und mich neben Vincent kuschele, der sich ein wenig bewegt, aber nicht richtig wach wird. Im Halbschlaf legt er einen Arm um mich. Wenn ich mich nicht irre, zuckt über seine Lippen kurz ein Lächeln, das auf mich überspringt. Dann schließe ich glücklich die Augen. Zum ersten Mal schlafe ich also neben einem Jungen ein. Neben dem tollsten Kerl in ganz Paris. Mit meinem Kopf an seiner Schulter und seinem Arm um mich gelegt, schlafe ich schließlich ein.

Rendez-vous dans une autre vie

Wiedersehen in einem anderen Leben

Der Karton ist vollgestopft mit den Neuerscheinungen für den Juli, und es ist meine Aufgabe, die Bücher nach Autorennamen ins Regal zu sortieren. Meinen Favoriten darf ich dann auch noch einen kleinen Tisch widmen und ihn passend zum Thema dekorieren. Das ist meine Lieblingsbeschäftigung hier. In den ersten Wochen habe ich nur die alten Bücher im hinteren Teil der Buchhandlung abgestaubt und nach Farben sortiert. Und Touristen erklärt, wo sie was finden, und sie auf Deutsch, Englisch und Französisch beraten. Ich glaube, mit meinen Sprachkenntnissen habe ich die Leute bei *Shakespeare and Company* überzeugt, mir den Aushilfsjob zu geben, den ich vor meiner Ankunft in Paris bereits im Internet entdeckt hatte. Nur zwei Monate nach dem Abitur haben meine Eltern mich am Bahnhof fest umarmt und mich in mein großes Abenteuer aufbrechen lassen.

Heute ist es ganz besonders stickig im Laden, weil der

Sommer Paris fest im Griff hält und es draußen bestimmt über dreißig Grad hat. Ich freue mich jetzt schon auf meinen Heimweg, wenn ich an der Seine entlangschlendere und die vielen Touristen beobachte, die wie verrückt Fotos knipsen und sich mit staunenden Gesichtern Schritt für Schritt mehr in diese Stadt verlieben.

Ein Erinnerungslächeln huscht über mein Gesicht, denn es ist noch gar nicht so wahnsinnig lange her, da ging es mir ganz genau so. Die traumhaften Tage in Paris, die Begegnung mit Vincent.

Vincent …

Was der wohl gerade so treibt? Noch immer sehe ich sein Gesicht vor mir, wie frech er damals gelächelt und damit mein Leben verändert hat. Ohne unser Treffen damals wäre ich heute vielleicht nicht hier, würde jetzt nicht in diesem weltbekannten Buchladen aushelfen und mich während dieses Jahres eine Bewohnerin der Stadt nennen dürfen. Mein Herz hüpft freudig, wenn ich an meine Wohnung mit dem winzigen Balkon denke. Ich kenne mittlerweile die Bars in meinem Viertel, grüße den Mann in der Boulangerie, bei dem ich jeden Morgen mein Croissant kaufe, besuche die Ponts des Arts, auch wenn die Armbändchen nicht mehr dort hängen, und treffe Cathérine in der Mittagspause auf einen der unschlagbar leckeren Burger in der Rue Saint-Severin. Ich wette, die meisten Touristen halten mich für eine Einheimische, was mich verliebt lächeln lässt.

»Emma?«

Lavendel! Es riecht nach Lavendel und Sommer. Seine Stimme klingt noch immer so vertraut. Ich halte in meinen Bewegungen inne, starre auf das Regal vor mir in der Ecke, wo zwischen all den Büchern noch immer eine Lücke klafft, weil niemand das Buch zurückgestellt hat. Die Lücke, die auf mich wartet.

»Emma Teichner?«

Langsam drehe ich mich um, was viel Selbstbeherrschung kostet, denn ich kann es kaum erwarten, endlich wieder sein Gesicht zu sehen. Jedes Mal, wenn ich an ihn denke, spielen sich die gleichen Szenen vor meinem inneren Auge ab, und ein aufgeregtes Kribbeln jagt durch meinen Körper.

Und dann sehe ich ihn, wie er lässig dasteht, als wäre auch er nur ein weiterer Kunde im Laden, der sich die Bücher ansehen will. Als würde er zu Paris gehören wie der Eiffelturm. Er trägt hellblaue Jeans, wie immer bis zu den Knöcheln hochgekrempelt, ein T-Shirt der Band *Arcarde Fire*, die Sonnenbrille am Kragen des Shirts, und die Haare hängen ihm verschwitzt in wilden Strähnen in die Stirn, und das Lächeln ist tatsächlich noch so schief wie am ersten Tag. Weiß er eigentlich, wie unverschämt gut er aussieht? Ich werfe einen kurzen Blick zu meinem Kollegen, der nicht weit von uns entfernt Bücher sortiert und dabei höchst konzentriert aussieht, dann sehe ich wieder zu Vincent, der meinen Blickwechsel bemerkt hat.

»Vincent Elfer!?«

»Überrascht?«

»Nun, ich war mir nicht sicher, ob du es wirklich bist.«

Gespielte Enttäuschung huscht über sein Gesicht und die Augenbrauen ziehen sich zusammen. Ich deute auf seine nackten Füße, die in den neuen Turnschuhen stecken.

»Ohne Socken habe ich dich fast nicht erkannt.«

Das Lächeln in meiner Stimme ist unüberhörbar.

»Ha-ha.«

Er streicht sich die Haare umständlich aus dem Gesicht, so wie immer. Sein Blick mustert mich, als müsse er überprüfen, ob auch ich noch immer *die* Emma bin, die er damals in diesem Buchladen fast geküsst hätte. Meine Haare sind etwas kürzer, die Sonne hat ein paar Sommersprossen auf meine Nase gezaubert, ich trage kurze Jeans und ein weißes Trägertop mit einem pinkfarbenen Flamingo als Brustmotiv. Außer der Tatsache, dass ich inzwischen volljährig bin, hat sich nichts Weltbewegendes an mir verändert. Ich bin noch immer ich, vielleicht mehr denn je. Beim Anblick meines Shirts grinst Vincent breit.

»Lange nicht gesehen, Pink Flamingo.«

Ich spiele das Spiel mit, solange mein Kollege, der sich ganz gerne für den leitenden Angestellten hält, in Hörweite ist.

»Zu lange, Belohnungsmensch.«

Egal, wann wir uns das letzte Mal gesehen haben, bei einem wie Vincent ist es immer zu lange her. Wie er jetzt vor mir steht, könnte er, mal von den fehlenden Socken abgesehen, letztes Jahr in eine Zeitkapsel gefallen und eben erst wieder aufgetaucht sein.

»Was machst du hier?«

Er zuckt die Schultern, greift wahllos nach einem Buch aus dem Regal, liest den Klappentext und stellt es dann wieder zurück.

»Ich war zufällig in der Gegend und dachte, ich schau mal rein, ob die Lücke noch da ist.«

Jetzt grinst er etwas, sieht an mir vorbei zum Regal hinten in der Ecke.

»Das ist sie.«

»Und ob dieses süße Mädchen noch hier arbeitet.«

Er deutet mit dem Finger auf mich, lässt seinen Blick über meinen Körper wandern und nickt dann.

»Tut sie noch.«

»Du bist und bleibst ein Spinner.«

Vincent winkt verlegen ab, sein Lächeln aber bleibt frech.

»Danke für die Blumen. Und du? Schreibst du immer noch fleißig Flaschenpost?«

Ich nicke zu einem schwarzen Notizbuch, das auf dem Tresen neben mir liegt. Ohne das tue ich, seitdem ich in Paris bin, keinen Schritt mehr. Es ist mein Verbündeter, der stets bereit ist, eine neue Idee oder eine Geschichte zu hören.

»Nicht während der Arbeitszeit. Aber sonst ja.«

Vincents Lächeln wird breiter, während er sich im Landen umsieht. Vermutlich verbindet auch er diesen Ort mit den Ferien letztes Jahr. Mir fällt es schwer, nicht an ihn zu denken, egal wo in Paris ich bin. Zu viele Erinnerungen haben wir an Orten versteckt, die ich inzwischen täglich besuche.

»Schön zu sehen, dass sich manche Dinge nicht verändern, Emma.«

Erst jetzt verzieht sich der Kollege in den vorderen Teil des Ladens, wo Kundschaft auf ihn wartet, und ich atme etwas auf. Endlich kommt Vincent lächelnd zu mir. Das Spiel ist vorbei. Er stellt die Papiertüte neben mich auf den Karton mit den Büchern, beugt sich zu mir runter und küsst sanft meine Lippen.

»Woho, Vorsicht! Du weißt, wie die Firmenregel lautet: *Keine Küsse am Arbeitsplatz!*«

Er hebt abwehrend die Hände, setzt seine Unschuldsmiene auf – und küsst mich noch mal.

»Du hast dein Mittagessen vergessen. *Vincents Lieferservice* hat es nur flott vorbeigebracht. Das ist alles.«

Gerade als er auf Abstand gehen will, schnappe ich nach dem Kragen seines Shirts und ziehe ihn wieder an mich, erwidere seinen Kuss und lächle gegen seine Lippen, dabei schmiege ich mich an ihn und atme tief ein.

»Ich danke dir. Heute Morgen war ich total in Eile.«

»Das habe ich bemerkt. Du hast die Zahnpastatube nicht zugeschraubt.«

Als ich ihn und die Dachgeschosswohnung heute Morgen viel zu spät für meinen Arbeitsbeginn verlassen habe, hat er noch tief geschlafen, und wie immer hätte ich ihm noch eine kleine Weile dabei zusehen können. Mit einem Augenzwinkern küsst er meine Stirn und lässt mich, sehr zu meiner Enttäuschung, wieder los.

»Ich muss weiter.«

»Was? Bleibst du nicht noch etwas? Die Neuerscheinungen sind eingetroffen.«

Sonst kann man ihn damit immer ganz gut ködern, doch heute schüttelt er den Kopf, schielt aber trotzdem in den Karton neben uns und zuckt die Schultern.

»Sprachkurs, schon vergessen?«

»Vincent! Mit Jean-Luc und seinen Freunden Boule spielen ist kein echter Sprachkurs.«

»Ich finde, meine Aussprache der französischen Schimpfworte ist schon viel besser geworden.«

Kopfschüttelnd drehe ich mich wieder zum Karton, damit er mein Grinsen nicht sehen kann. Doch so leicht lässt er mich nicht davonkommen, greift nach meinem Arm und dreht mich wieder zu sich.

»Kommst du in der Mittagspause vorbei und feuerst mich an?«

Er beugt sich noch mal zu mir, legt seine Arme um meine Taille und streift meine Lippen mit seinen, bevor er mich küsst und dann sein Kinn auf meine Schulter legt. Egal, was der Kollege sagt, Kuscheln am Arbeitsplatz sollte nicht verboten, sondern empfohlen werden!

»Wenn du Glück hast.«

So verharren wir in unserer Umarmung und lauschen dem Herzschlag des jeweils anderen.Wenn man versteht, dass einem keine Ewigkeit bleibt, fängt man an, seinen Traum tatsächlich in die Tat umzusetzen.

Ich habe all meinen Mut zusammengenommen und bin nach Paris gekommen, weil es die Stadt ist, in der ich unbedingt mal leben wollte. Vincent hat Abstand zwischen sich und seine Familie gebracht, um seinen eigenen Weg zu gehen. Er hat sein Zuhause in einer fremden Stadt gefunden, das haben wir beide.

Man darf vor vielen Dingen im Leben Angst haben, das habe ich gelernt. Jedoch niemals vor der Liebe, sich selbst und den eigenen Träumen. Denn es sind eben diese Träumen, die uns vorantreiben, wegen denen wir mit einem Lächeln morgens aufwachen und selbst den schlimmsten Tag überstehen. Wenn niemand über deine Träume lacht, dann sind sie wahrscheinlich nicht groß genug. Wer weiß schon, ob ich jemals einen Roman schreiben und damit die Lücke im Regal wirklich füllen werde? Oder wie lange meine Ewigkeit mit Vincent in Paris dauern wird? Aber wenn ich es nicht versuche, werde ich es nie erfahren. Denn ich will einfach nur *eine* gute Geschichte erleben: meine. *Es geht nicht um den Ausgang unserer Geschichte. Es geht darum, sie zu einer Geschichte zu machen, die man auch Jahre später noch gerne erzählt.*

»Hey, Emma ...«

»Hm?«

»Weißt du noch, die Sache mit der einen Erinnerung, die ich behalten will?«

Ich drehe mich in seinen Armen, damit ich ihn ansehen kann. Sein sonst so freches Lächeln ist jetzt ernster und ganz offen. Bevor er weiterspricht, streicht er sich die Haare aus den Augen.

»Natürlich.«

»Ich weiß jetzt, welche es ist.«

»Hm?«

»Paris, du und ich.«

Emmas & Vincents Paris-Playlist

1. Ne me quitte pas – Jacques Brel
2. J'aime Paris – Zaz, Nikki Ynofsky
3. Que reste-t-il de nos amours – Charles Trenet
4. Je ne sais pas pourquoi – Pierre Brignole
5. Faut pas pleurer comme ça – Daniel Guichard
6. L'amour est parti – Juliette Gréco
7. Le Grand Café – Benjamin Biolay
8. Sacré-Cœur – Tina Dico
9. Place du Tertre – Biréli Lagrène
10. C'est la vie – Stereophonics
11. Non, je ne regrette rien! – Édith Piaf
12. Mon vieux – Daniel Guichard
13. C'est si peu dire que je t'aime – Jean Ferrat
14. Sous le ciel de Paris – Zaz, Pablo Alborán
15. La tendre image du bonheur – Yves Duteil
16. Le parapluie – Georges Brassens
17. Notre-Dame de Paris – Édith Piaf
18. La maison du poète – Charles Trenet
19. Avec un brin de nostalgie – Charles Aznavour
20. Hymne à l'amour – Édith Piaf
21. J'arrive à toi – Carla Bruni
22. On ne voit pas le temps passer – Yvette Théraulaz
23. C'est beau la vie – Catherine Deneuve, Benjamin Biolay
24. Un jour parfait – Calogero
25. Le Jardin du Luxembourg – Hélène Ségara
26. À bicyclette – Yves Montand
27. Carnaval de Paris – Dario G
28. Et maintenant? – Colette Renard
29. Je suis venu te dire que je m'en vais – Serge Gainsbourg
30. La vie en rose – Édith Piaf
31. Éblouie par la nuit – Zaz
32. La romance de Paris – Zaz, Thomas Dutronc
33. Il est cinq heures, Paris s'éveille – Zaz
34. Les amoureux des bancs publics – Georges Brassens
35. Rendez-vouz dans une autre vie – Francois Hardy

Die Playlist und weitere Informationen zu »Paris, du und ich« unter:
www.cbj-verlag.de/adriana-popescu-playlist

Danksagung

Mein größter Dank gilt wie immer Mams, Paps und Molly. Danke für die Räuberleiter zu den Sternen, wo sich meine Träume tummeln. Ihr seid unersetzbar.

Dank an meinen Herzensmann Marc, der mit mir an alle Orte gereist ist und mir eine Lücke im Regal freigeräumt hat. Dafür und jede Kleinigkeit DANKE. 831.

Thomas Lang, der sich jedes Mal aufs Neue in das Bergwerk meiner Wörter begibt, um aus Kohle Diamanten zu machen. Ich salutiere vor dir als General und Wegbegleiter. Autmofte!

Danke an meine zauberhafte Lektorin Martina Patzer, die mit der Nagelschere das Schönste aus dieser Geschichte geholt hat und mir zahllose Ohrwürmer verpasst hat. Non, je ne regrette rien!

Dem Cast meines Lebens, den besten Freunden und Erinnerungshütern einer gemeinsamen Vergangenheit: ein dickes, fettes Danke!

Sabine, Notker und Corvin, in eurem Wohnzimmer ein Teil eurer Familie sein zu dürfen ist unbezahlbar.

Marco, Joe und Annett, für jeden noch so kurzen gemeinsamen Moment, den wir uns in unserem hektischen Alltag gönnen, einfach Danke!

Anne aka Kelly für jedes Telefonat, den Trip im Steak Train, das offene Ohr, die Ziele zwischen allen Ozeanen bis zu unserem Haus in Brighton, Puppe! Punkt.

Pippa Pond Watson. Ein einziges ›Yeah‹ würde reichen. Nur du weißt, wer Vincent wirklich ist und wieso ich mit ihm sofort durch Paris oder das Universum reisen würde. Mit dir als Companion. Yeah?

Alessandra, Danke fürs Lesen, deine Meinung und die Begeisterung, wann immer ich dich auf den Hop-on-hop-off-Bus geschickt habe!

Kora & Lotta, fürs Dranglauben und Zola. #TeamZolly

Den Bakers für die Umarmungen und das freundliche Lächeln, wenn die Nervosität einen umbringen will.

Und weil ich nicht so viel Platz habe, wie ich bräuchte, um Danke sagen zu können: Danke euch da draußen! Ihr wisst nicht, wie viel ihr zu jedem Buch beitragt. Ich weiß, die richtige Bande wird sich angesprochen fühlen!

Be awesome!
Stay gold! Stay weird! Stay different!
Allons-Y!

Adriana Popescu

Mein Sommer auf dem Mond

ca. 350 Seiten, ISBN 978-3-570-31198-1

Cooler Sportler, niedliche Träumerin, lässiger Underdog und freche Sprücheklopferin – alles nur Fassade ...

... und die müssen Fritzi, Bastian, Tim und Sarah aufgeben, als sie mit ihren tiefsten Geheimnissen im Therapiezentrum auf Rügen landen. Einen lebensverändernden Sommer lang werden die vier vom Schicksal zusammengewürfelt und ordentlich durchgeschüttelt. Dabei wachsen sie über sich hinaus, finden ihr wahres Selbst, großen Mut und entdecken die erste wahre Liebe ...

30332

cbt

www.cbj-verlag.de